太平記〈よみ〉の可能性

歴史という物語

兵藤裕己

講談社学術文庫

目次

太平記〈よみ〉の可能性

歴史という物語

はじめに——楠正成をめぐる二、三の問題

青葉茂れる桜井の……

明治六年（一八七三）に発行された文部省編纂の国語教科書、『小学読本』（榊原芳野《さかきばらよしの》編）は、巻四に楠正成《くすのきまさしげ》・正行《まさつら》父子の話をのせている。

この前年の八月には、近代の学校制度にかんする最初の基本法令として、学制が公布されていた。教育課程を大・中・小学校の三課程にわけ、そのうち国民すべてを対象とした課程として、明治新政府はまず小学校教育の普及に着手した。そして全国に小学校を設置するとともに、統一教材の作成をいそいだのだが、その一年後につくられた最初の本格的な国語教科書が、『小学読本』全六巻であった。

和漢の故事に取材したその巻四にあって、楠父子のエピソード（第二十三課）は、もっとも長文の教材になっている。内容は、「楠正行は正成朝臣《あそん》の子なり」ではじまり、楠正行にたいする父正成の遺訓と、母の訓戒が、原典の太平記を抄出・平易にしたかたちで収録されている。(1)

延元《えんげん》元年（北朝の建武《けんむ》三年〈一三三六〉）五月、兵庫の合戦におもむいた楠正成は、途

『楠公訣児図』（前田育徳会蔵）狩野探幽筆。明から亡命し、水戸光圀の保護をうけた学者、朱舜水が賛を書いている

中、摂津国《せっつのくに》桜井で嫡子正行に遺訓する。

このたびの出陣が自分にとって最期の合戦になること、そして自分が死ねば、天下はかならず足利尊氏《あしかがたかうじ》のものとなるが、しかし汝は、その期におよんでけっして卑怯未練なふるまいをせず、父の「多年の忠烈」の志をついで「再び義旗を挙」げるべきである。「汝の孝行これに過ぎたる事なし」。このように言いおいた正成は、正行を故郷の河内《かわち》へ帰しつかわし、兵庫湊川《みなとがわ》の合戦で壮烈な最期をとげた。

話はつづいて、父正成が戦死したあとの賢母の訓戒となる。父のあとを追って自殺をはかる正行にたいして、母はつぎのように教訓する。

父が汝を生かしたのは、幼い汝をあわれんだわけでも、また自分の亡きあとを子にとむらわせるためでもない。ひとえに、父の志をついで、「再び勤王《きんのう》の兵を起せとなり」。母にさとされた正行は、日々の鍛錬おこたりなく、長じてのち大いに朝敵を打ち破り、弟の正時《まさとき》とともに四条畷《しじょうなわて》で戦死した。末尾には、つぎのような結語がそえられる。

……正行始め父の遺訓を受くと雖《いえども》至孝の余りに、その死を座視するに忍びずして、自殺せむとしたり。若《も》しこの時その母の止むる事なくば、鸞鳳《らんほう》の卵を砕くに斉《ひと》しく、無二の忠臣を空しく失ふべきを、母の誡《いましめ》によりて忍耐の念を起し、忠孝両全の子と成り、上宸襟《しんきん》を慰め奉り、下に乃父《だいふ》の志を継ぎたるは、父の訓は有れども又この母の力によれり。

（傍点筆者）

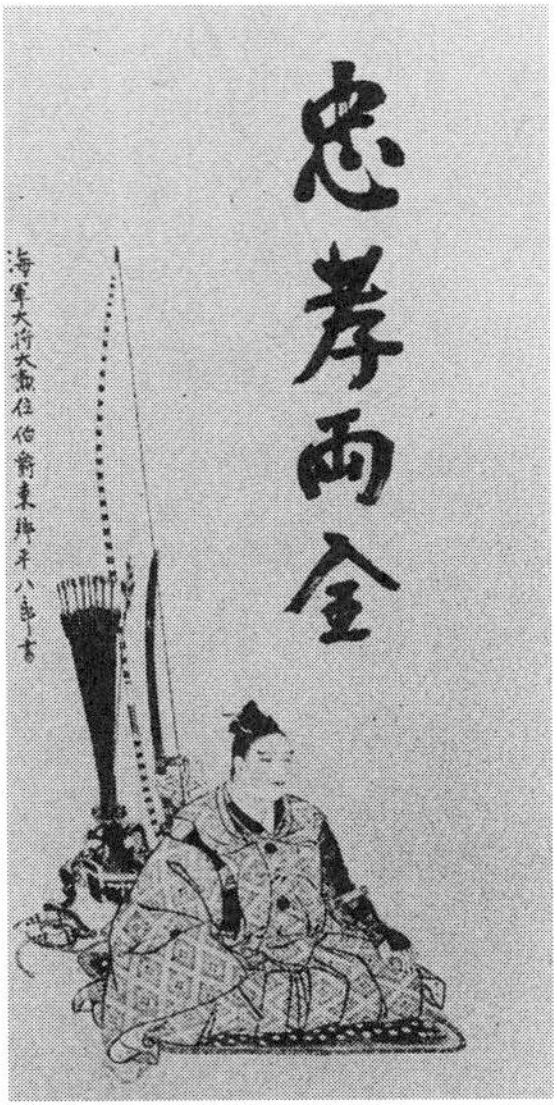

小堀鞆音筆『小楠公』「忠孝両全」は東郷平八郎元帥の書。なお、桜井の駅跡（大阪府島本町）に立つ記念碑の題字は乃木希典大将の手になる。日露戦争の二大英雄がそろってこうした揮毫をしているのは興味ぶかい

父正成と母の教訓によって、楠正行は「忠孝両全の子」にそだったというのである。

あるべき日本国民の手本として、楠正成と正行、および正行の母が特筆されたわけだが、以後くりかえし教材化された楠親子のエピソードは、ほぼこの『小学読本』の方向が踏襲《とうしゅう》されたといってよい。そして大小楠公の物語は、小学唱歌「青葉茂れる桜井の……」（落合直《おちあいなお》文《ぶみ》作詞「桜井の訣別」）の哀調とともに、まさに国民的な美談として喧伝《けんでん》されてゆくのだが、しかし明治六年という時点で、この物語が「国民」的美談として受容される背景には、太平記の読みの問題ともかかわって、考えておくべきいくつかの前提があるのである。

なにかしら異様なもの

まず、原典の太平記における楠正成・正行父子の描かれかたである。たしかに楠父子は、太平記でもっとも好意的・同情的に描かれる人物である。正成は、「智仁勇の三徳を兼ねて、死を善道に守」った人物といわれ（巻十六「正成兄弟討死の事」流布本）、父の遺志をついだ正行の死は、「命を君臣二代の義に留めて、名を古今無双の功に残せり」と評されている（巻二十六「楠正行最期の事」）。

だが子細にみていくと、この極端に理想化されたふたりの行動パターンには、儒教的な「忠」あるいは「孝」の徳目一般には容易に還元できない、なにかしらきわめて特殊・例外的なものがうかがえるのである。

たとえば、正成の遺訓にもみえる「多年の忠烈」である。正成は、登場のはじめから、天皇に異様なほど親近する人物として描かれている。巻三「主上《しゆじよう》御夢《おんゆめ》の事」で、かれは、後《ご》醍醐《だいご》天皇のみた不思議な霊夢によって笠置《かさぎ》の行在所《あんざいしよ》によびだされる。天皇と河内の一土豪との尋常ならざるむすびつきが、夢告という神秘的な契機によって説明されるわけだ。

史実がどうであったかはともかく、正成はじっさい、夢告でもなければ、天皇にはその存在さえ知られない身分である。天皇に直接つかえる立場にもない河内の一土豪であり、太平記の身分カテゴリーにしたがえば、「臣」にたいする「民」である。にもかかわらず、正成は、天皇に献身する希代の「忠臣」として描かれる。君臣上下の枠組みをこえた正成の「忠烈」の物語は、制度的に要求される「忠」の儒教的倫理からはたしかに逸脱するものをはらんでいる。

あるいはまた、太平記できわめて同情的に描かれる楠父子の最期である。湊川合戦で、正成は弟の正季《まさすえ》と「手に手をとり組み、刺しちがへ」（古本系）て自害する。おなじく正行も、四条畷合戦で弟の正時と刺しちがえて自害する。そして正成・正季兄弟に殉じて一族郎等数十名が「一度に腹を切」ったように、正行・正時兄弟が自害した折も、数十名の一族郎等が「腹かき切つて、上が上に重なり臥」している。

兄弟ふたりが刺しちがえるという自害のパターンは、太平記では、楠父子の二例をのぞけば、ほかに思いあたる例がない。運命をともにする兄弟・一族の妙になまなましいきずなは、その天皇との結びつきかたと同様、社会的な契約関係や儒教的な徳目一般ではわりきれない、なにかしら血の盟約めいたものをおもわせる。そしてこの種の（いわば楠氏的な）モラルが国民道徳の規範として鼓吹《こすい》されたとすれば、日本近代の国民国家は、たしかに西欧十九世紀のそれとは異質な、ある特殊なモラルを内包して成立したのである。

「民間」・在野の士と「武臣」

あらかじめことわっておくが、楠氏（楠木氏だろうか）[2]の史実を詮索することが本書のテーマなのではない。問題は、芝居や実録小説（講談）の世界でくりかえし再生産され、「日本」社会、あるいは国家をいまも呪縛《じゅばく》しつづけている楠氏的な物語である。史上実在した楠氏（楠木氏）は、楠氏とその対立項の物語を読みとくさいの補助的な資料でしかない。

太平記の正成は、湊川で討ち死にする直前に、弟の正季とともに「七生までただ同じ人間に生まれて朝敵を滅ぼさばや」と誓っている。

死後の往生をねがわずに、「七生まで」（「七生」は六道輪廻をこえるかずで、未来永劫《みらいえいごう》の意）煩悩《ぼんのう》の人間界に生まれかわって、「朝敵」足利氏に復讐したいというのだが、このような正成の執心をひきついだ嫡子正行も、尊氏の執事高師直《こうのもろなお》の首（じつはその影武者だったのだが）を討ちとったときの悦びようは、この首を宙に投げ上げては受け取り、受け取つては手玉についてぞ悦びける。

（巻二十六「四条畷合戦の事」）

というもの。足利氏とその武家政権にたいして、最期の瞬間までこのような異様・グロテスクともいえる敵意をいだきつづけるのが、太平記の楠氏である。

太平記で「民間」・在野の士として紹介される楠氏にたいして（巻三「主上御夢の事」）、足利氏は、「源家累代の貴族」と紹介されている（巻九「足利殿御上洛の事」）。源氏嫡流の武家の棟梁《とうりょう》として、武士社会を代表して天皇につかえる「武臣」の家筋だが、また足利氏にとっての「先代」、北条《ほうじょう》氏も、太平記では「武臣相模守《さがみのかみ》平《たいらの》高時《たかとき》と云ふ者あり」と紹介されている（巻一「後醍醐天皇御治世の事」）。

「先代」北条氏がほろんで足利政権が発足する過程を、太平記は、源平の「武臣」交替史として構想している。太平記のいわゆる第一～二部（巻一～二十一）の世界だが、楠一族がしつように反攻をくわだてる北条氏・足利氏とは、要するに源平の「武臣」交替として構想される太平記の歴史の枠組みそれ自体であった。

「忠臣」正成

源平の「武臣」交替の物語は、そのまま中世から近世にいたる日本歴史の枠組みでもある。足利将軍を京都から追放した織田《おだ》氏は桓武平氏《かんむへいし》を自称しており、また足利氏・織田氏にかわる徳川《とくがわ》氏は、清和源氏新田流《せいわげんじにったりゅう》の由緒を主張している。そのような物語的な現実の枠組みのなかで、「忠臣」正成の物語はくりかえし（まさに「七生まで」）近世社会に転生することになる。

たとえば、近世の太平記講釈（いわゆる太平記読み）によれば、楠正成は正行に遺訓して、新田義貞《よしさだ》を「忠臣に非ず」、「先づ以て朝敵なり」と述べている（『太平記評判秘伝理尽鈔《たいへいきひようばんひでんりじんしょう》』巻十六）。徳川氏が清和源氏新田流の由緒を主張した時代に、新田氏を「先づ以て朝敵」とする太平記講釈（その担い手）の位相に注目したいが、慶安《けいあん》四年（一六五一）に幕府転覆をくわだてた浪人の太平記講釈師（軍学者）、由比正雪《ゆいしょうせつ》は、講釈や実録小説の世界では楠正成の後裔《こうえい》を主張している。

また元禄《げんろく》十五年（一七〇二）に五代将軍綱吉《つなよし》の治世をゆるがした赤穂事件の立役者、大石《おおいし》内蔵助《くらのすけ》は、事件直後から楠正成の生まれかわりと風聞され、その浪人一揆の物語（忠臣蔵）は、「忠臣」正成のメタファーを潜在させるかたちで流布してゆく。

芝居や講釈の世界でくりかえし再生産された「忠臣」正成の物語が、近世の幕藩国家において ある種の「解放」「革命」のメタファーとして機能したことはみのがせない。もちろん原因は、正成の物語それ自体にのみあるのではない。天皇と「武臣」という二極関係で構成された近世国家の物語的な枠組みじたいが、その対立項ないしは補完物として、くりかえし「忠臣」正成をよびおこしていたのである。

物語が現実をつくる

たとえば、吉田松陰《よしだしょういん》における「草莽崛起《そうもうくっき》」（民が身を起こして国事に奔走すること）のスローガンは、みずからを正成の「七生」までの生まれかわりに擬することで発起されていた。幕末の脱藩浪人たちの討幕運動とは、制度の枠組みをこえて「日本」という普遍的レベルのモラルにむすびつく運動であった。そして君臣上下の枠組みをとび超えて天皇に直結することが、既存の法制度を相対化するもっとも有効な論理であったとすれば、それは戦前の右翼にも、また尊王愛国を標榜《ひょうぼう》する現代の暴力的なアウトロー集団にもつうじる行動の日本的エートスである。

日本社会のネガティブな部分が、歴史的にみてもっともラディカルな「日本」的モラルの担い手だったという構造がある。親方への忠孝、兄弟（兄弟分）の信義といった社会公認の（というより、公認せざるをえない）モラルが、制度外のアウトロー集団によって典型的になわれてゆく。かれらのアジテートする、もうひとつの天皇の物語は、その延長上に日本近代の「国民」概念さえ先取りしていたはずである。

本書は以下、太平記テクストに起源をもち、近世、近代に流通したフィクションとしての歴史について考察する。それは太平記読み（講釈）をはじめとして、芝居や小説、また『大日本史』等の史書によってくりかえし再生産された南北朝の歴史である。そして南北朝が、天皇制のもっともイデオロジカルに問題化した時代である以上、講釈や芝居をメディアとした南北朝時代史の浸透は、その影響力において、近世・近代の片々たる思想家の言説とはくらべようもない。というより、思想家や学者の言説じたいが、「南北朝時代史」という物語のうえに構成されている。

芝居が〈世界〉[3]の約束事によってつくられるように、あたかも現実の歴史も、共有される物語のうえで推移したようなのだ。結論の先取りめくが、日本の近世・近代の天皇制は、太平記〈世界〉というフィクションのうえに成立する。ポール・リクールふうにいえば、歴史《イストワール》とはすなわち物語《イストワール》であり、物語として共有される歴史が、あらたな現実の物語をつむぎだしてゆく。

第一章　太平記の生成

1　語り物「平家」と足利義満

見落とされている事実

太平記全四十巻は、ふつう三部にわけて考えられている。

文保《ぶんぽう》二年（一三一八）の後醍醐天皇の即位にはじまり、元弘《げんこう》三年（一三三三）の北条氏の滅亡、建武政権の発足までを記した第一部（巻一～十二）。

建武政権の崩壊と、足利尊氏の北朝擁立、楠正成や新田義貞の戦死をへて、暦応《りゃくおう》二年（一三三九）の後醍醐天皇の崩御《ほうぎょ》までを記した第二部（巻十三～二十一）。

古本系巻二十二の欠巻をはさんで、足利政権の内訌《ないこう》と、北朝方守護大名の抗争、それに乗じた南朝勢力の進出と敗退をへて、貞治《じょうじ》六年（一三六七）の足利義満《よしみつ》の登場までを記した第三部（巻二十三～四十）である。(1)

こうした内容上の区分は、太平記の数次にわたる書きつぎの事実ともからんで、その複雑な（段階的な）成立過程を暗示しているが、とくに足利政権の発足までを語る第一〜二部（巻一〜二十一）の展開で注意されるのは、その源平交替の図式である。

第一部は、北条氏（桓武平氏といわれる）の滅亡を十二巻構成で語っている。あきらかに平家物語十二巻を意識した構成だが、つづく第二部では、新田・足利両氏の覇権抗争が語られる。平家（北条氏）滅亡後の「源氏一流の棟梁《とうりよう》」といわれる新田・足利「両家の国争ひ」だが、源平両氏を軸とした叙述の枠組みは、後述するように、個々の合戦や人物造形の細部にまでおよんでいる。

太平記が成立する南北朝から室町初期にかけては、語り物「平家」（平曲）(2)が流行のピークをむかえた時代である。琵琶法師が畿内を中心とする広範な座組織（いわゆる当道《とうどう》）(3)を形成したのもこの時代だが、しかし太平記と「平家」とのかかわりで注目したいことは、太平記に記されたこの時代の政治史が、現実においても「平家」の物語に規制されて推移していたことである。

たとえば、元弘年間におこった反北条氏の内乱が、あれほど急速に足利・新田（ともに源氏嫡流家）の傘下《さんか》に糾合《きゆうごう》された理由はなんなのか。足利氏が全国の武士たちに号令を発することができた根拠は、なによりも当時の武士たちに共有された源平交替の物語にあったろう。平家物語が、政治史の推移にたいして神話的に作用していたわけで、そこに足利政権は、語り物「平家」の流通・管理のありかたに重大な関心をしめすようになる。

あらかじめ述べておけば、平家物語は、足利義満以後の歴代の足利将軍によって管理された。従来見落とされている事実だが、まずこの点について確認しておくことから、太平記をなりたたせる物語的な基盤について考えてみたい。

「覚一の平家」

太平記巻二十一は、暦応四年（一三四一）春のできごととして、「覚一《かくいち》検校《けんぎょう》と真性《しんしょう》」が、高師直邸で「平家」を演奏したことを記している（巻二十一「塩冶《えんや》判官《はんがん》讒死《ざんし》の事」）。覚一と真性（ともに実在した琵琶法師）のふたりが、この時代を代表する「平家」の名手として知られていたらしいが、覚一の記録上の初見は、『師守記《もろもりき》』（北朝の官人中原師守の日記）暦応三年（一三四〇）二月四日条の、つぎのような記事である。

今日、予、六条御堂に参る。日中の聴聞の為なり。其の後、覚一の平家を聞く。異形。

「覚一の平家」という熟した言いかたに、覚一の語る「平家」が、当時著名であったことがうかがえる。

当道《とうどう》（座）の記録類によれば、覚一は当道の「中興開山」といわれ、惣検校（当道の最高責任者）の初代に位置づけられている（『職代記《しきだいき》』他）。覚一が惣検校を名のったかどうか、同時代の記録からは確認できないが、(4) かれの事績としてたしかなものに、「平家」語りの最初の正本《しょうほん》、いわゆる覚一本の平家物語を制作したことがあげられる。

奥書によれば、応安《おうあん》四年（一三七一）春、すでに齢《よわい》「七旬」（七十歳）をすぎた覚一が、自分の死後に伝承上の「諍論《じょうろん》」がおこることを予測し、「後証に備へ」るべく、「一字を闕《か》かさず口筆をもつて書写」したのが本書であるという。(5)

伝承を確定しておくことが、座組織の維持と不可分の関係にあったのだが、覚一の正本は、そののち、後継者の定一《ていいち》検校に伝授され、定一のあとは、弟子の塩小路《しおこうじ》慶一《けいいち》（第二代惣検校）、さらにその弟子、井口《いぐち》相一《そういち》（第三代）に相伝されたらしい。(6)

語りの正統を文字テクスト（正本）として管理することで、惣検校を頂点とする当道のピラミッド型の内部支配が補完される。(7) たとえば、覚一から正本を伝授された定一検校は、清書本を作成して、原本のほうは、覚一の位牌所である清聚庵《せいじゅあん》におさめている（大覚寺文書）。語りの正本は、習得や記憶の便宜のために参照されるよりも、むしろ秘蔵・秘匿されることで正本としての機能を発揮したわけだ。

ゆめゆめ他所に出だすべからず

正本の作成と伝授は、当道（座）の確立と不可分の問題であった。正本を伝授するにさいして、覚一は、「此本ゆめゆめ他所に出だすべからず、また他人の披見に及ぼすべからず」

と戒めている。「付属の弟子」（正統の後継者）以外は、「同朋ならびに弟子」といえども転写を禁じたわけだが、しかし「平家」正本の伝来にかんして注目したいことは、このような覚一の遺戒にもかかわらず、それが「他所」「他人」であるはずの足利将軍に進上されていることだ。すなわち、大覚寺文書（摂津国河辺郡）記載の覚一本奥書の一節、

右、この本を以て、定一検校、一部清書しをはんぬ。ここに定一逝去の後、清書の本をば室町殿《むろまちどの》に進上す。……　（宝徳四年〈一四五二〉六月十四日奥書）

定一によって清書された覚一伝授の正本が、定一の没後、「室町殿に進上」されたというのである。

定一の正本を相伝したのは、弟子の惣検校（第二代）慶一である。定一の没後に正本を「室町殿」に進上した人物も、慶一をおいて考えがたいが、慶一の活躍時期から考えて、かれが正本を進上した「室町殿」とは、足利氏三代将軍の義満だろう。(8)

「ゆめゆめ他所に出だすべからず」と戒められた正本は、なぜ足利義満に進上されたのか。進上された正本は、すくなくとも八代将軍義政《よしまさ》のころまで将軍家に保管されていたことが確認されるが、(9)正本の閉鎖的な伝授が座の内部支配を補完していた以上、それが「室町殿」に進上されたことは、当道の支配権（その権威的な源泉）が足利将軍家にゆだねられたことを

意味している。

げんに応永《おうえい》年間以降、足利義持《よしもち》（四代将軍）・義教《よしのり》（六代将軍）が当道にたいして格別の発言権を行使していたことは、『看聞御記《かんもんぎょき》』（伏見宮貞成親王《ふしみのみやさだふさ》の日記）などの当時の記録類から確認できる。(10)「平家」語りの芸能（およびその座組織）が足利将軍の管理下におかれたわけで、そのひとつのきっかけが、惣検校慶一による正本の進上にあったことはたしかである。

村上源氏中院流

ところで、足利将軍と当道とのむすびつきが生じる以前、平家座頭《ざとう》にたいして本所《ほんじょ》（領主）としてのぞんでいたのは、村上源氏中院流《むらかみげんじなかのいんりゅう》(11)の三条坊門家《さんじょうぼうもんけ》であった。

三条坊門家（中院家とも）配下の平家座頭が存在したことは、鎌倉末から南北朝初期の複数の史料によって確認されるが、(12)おなじく中院流の久我《こが》家も、南北朝以前の一時期、平家座頭と格別の関係にあったらしい。(13)

清和源氏足利流と当道との関係が生じる以前、村上源氏中院流の諸家が平家座頭を支配・監督する立場にあったのだが、この点に関連して注意されるのは、南北朝期以前において、源氏の氏長者《うじのちょうじゃ》が村上源氏中院流によってつたえられたことである。

源氏の氏長者は、鳥羽《とば》天皇の時代（十二世紀なかば）に、中院右大臣雅定《まささだ》が奨学《しょうがく》・淳和《じゅんな》両院の別当職《べっとうしき》の宣旨《せんじ》をうけて以来、村上源氏中院流によってつたえられた。両院別当の宣旨を

うけた中院流最高位の公卿が、源氏さらには王氏（皇族出身諸氏）全体の長者として公認されたのである。(14)

中院流の公卿は、鎌倉時代には摂関家《せっかんけ》につぐ清華家《せいがけ》（大臣家）の家格で遇されている。とくに正応《しょうおう》元年（一二八八）九月、久我通基《みちもと》が藤氏長者の例にならい、源氏長者の代がわりにさいして宣旨を申請してゆるされると、それは名実ともに藤氏長者（摂関家）に準じる権威をもつようになる。

おりしも「平家」語りがしだいに隆盛にむかう時期である。おそらくこのころから、村上源氏中院流を本所とあおぐ平家座頭の座組織が形成されたものだろう。

語り物「平家」を管理するのは、源氏の氏長者だという発想である。すでに鎌倉の源氏将軍家が廃絶してから七十年ちかくがたっている。源氏（さらに王氏全体）の長者は、おそらく平家座頭にとってたんなる権門勢家という以上の意味をもったろう。

足利義満、源氏長者となる

しかし源氏長者の家筋は、南北朝期をさかいにして清和源氏足利流に移行してしまう。新田氏との抗争に勝利した足利氏は、義満のころには、源氏将軍家（清和源氏の嫡流）の地位を不動のものにしている。さらに王氏としての権威づけをはかる義満は、中院流の当時最高位の公卿、久我具通《ともみち》をことあるごとに圧迫したらしい。

たとえば、三条公忠《さんじょうきんただ》の日記『後愚昧記《ごぐまいき》』永徳二年（一三八二）九月十八日の条は、「公家の人の中、左府（義満）の所存に違ふの人」として、「久我大納言《だいなごん》（具通）」をあげている。(15)はたして翌年の永徳三年（一三八三）正月の除目《じもく》で、義満は、久我具通から源氏長者および奨学・淳和両院別当の地位をうばっている。

中院流と平家座頭との関係がとだえるのも、足利義満が源氏長者となったこの時期をさかいとしている。そして当道の正本が「室町殿に進上」され、足利将軍と当道とのむすびつきがあらたに生じるのも、これ以後のできごとであった。

草創の神話

平家一門の鎮魂の物語は、源氏政権の草創・起源を語る神話でもある。それは足利将軍家にとって、現在に永続する秩序・体制の起源神話でもあったろう。とくに元弘・建武の変以来、政治史の推移が「平家」の物語によって方向づけられていたことは、義満もふくめたこの時代の政権担当者たちの実感である。

語り物「平家」の管理権（本所権）は、そのニュアンスをかえながら、村上源氏中院流から清和源氏足利流へ移行したのだが、また「平家」語りが南北朝期（覚一の時代）に完成した新芸能だったことも、内乱の覇者、足利義満にとっては特別の意味をもったにちがいない。天皇家とも摂関家とも異なるあらたな権力の世襲形態を志向する義満にとって、南北朝期に完成した当道は、みずからを権威づける恰好の式楽となったろう。[16]
あたかも古代の天皇神話が語り部によって伝承されたように、源氏政権の神話的起源が、当道の語り部集団によって伝承されるわけだ。足利義満の治世と芸能とのかかわりについては、従来、能楽史のレベルで論じられている。しかし語り物「平家」を管理する源氏の氏長者、さらに武家王朝を荘厳する歴史語りという視点は、南北朝期の平家物語について考えるうえで、また太平記が成立する物語的（神話的）基盤を考えるうえでも、きわめて重要な示唆をはらんでいる。

2　太平記の成立

今川了俊と『難太平記』

足利尊氏・義詮《よしあきら》・義満の三代につかえた今川了俊《いまがわりょうしゅん》（貞世《さだよ》）は、応永九年（一四〇二）二月、七十七歳のときに、かつて父範国《のりくに》が「昔物語などし給ひし」記憶をたよりに、『難太平《なんたいへい》記《き》』を書いている。

それより七年前の応永二年（一三九五）秋、了俊はそれまで二十五年間つとめた九州《きゅうしゅう》探《たん》題《だい》の職を突如解任されている。多年にわたって宮方《みやがた》の討伐に奔走し、ようやく九州統一の仕上げを期していた時点での解任劇だが、解任の原因は、了俊自身も察知していたように、かれの勢威をあやぶんだ足利義満の思惑《おもわく》がはたらいたものだろう。

駿河《するが》半国の守護となって七年がすぎたいま、了俊は「我が子孫」のために自家の歴史を書きのこそうとする。元弘・建武の変以来、今川家がいかに幕府創業に功があったか。父範国や兄範氏《のりうじ》が、どれほど将軍家に軍忠をつくしてきたか。太平記の書き誤り、書き落とし箇所を指摘しながら自家の歴史を説いていくのだが、室町幕府の草創に関与した大名たちにとって、自家の功績を主張するよりどころとなるのが太平記であった。

もしさる御沙汰や

たとえば、元弘三年（一三三三）五月、天皇方討伐のために上洛した足利尊氏は、丹波《たんば》の篠村八幡宮《しのむらはちまんぐう》で軍勢を反転させて六波羅《ろくはら》探題を攻撃した。篠村八幡での旗揚げにさいして、太平記は引田妙源《ひきたみょうげん》が願書を書いたことを記している（巻九「高氏願書を篠村八幡宮に籠めらる事」）。しかし『難太平記』によれば、このとき了俊の兄、今川範氏も、八幡の神前に矢を奉納する役をつとめたのである。足利尊氏の歴史的な決断にさいして、今川一族がいかに近蹤《きんしょう》していたかを主張するわけだ。

また暦応元年（延元三年〈一三三八〉）正月、足利軍が北畠顕家《きたばたけあきいえ》の奥州勢とたたかった青野原《あおのがはら》合戦について、太平記は、土岐頼遠《ときよりとお》の奮戦を大きくとりあげている（巻十九「青野原軍の事」）。しかし了俊の伝聞によれば、このとき、かれの父今川範国も、敵中ふかく進入して決死の戦闘をいどんだのである。

> 故入道殿（今川範国）など、かくのごとく随分手をくだき給ひし事、記さざるは無念なり。ただし、作者も尋ねざる間、また我等も註しつかはさざる間、書き入れざるにや。後代には高名の名知る人も有るべからず。無念なり。望み申しても書き入るべき哉。

父範国の活躍が記されない理由を、「作者も尋ねざる間、また我等も註しつかはさざる」と述べている。「作者」と足利方大名とのあいだに、資料の問いあわせや照会、功名の自己申告さえ行なわれていたらしいのだが、また建武二年（一三三五）の後醍醐方との合戦では、了俊の父今川範国と、足利方の名将細川定禅《ほそかわじょうぜん》の作戦がくいちがったエピソードを記して、

> この事などは、ことさら隠れなき間、太平記にも申し入れたく存ずる事なり。もしさる御沙汰やとて、いま注し付するものなり。

と述べている。「もしさる御沙汰や」は、太平記改訂の「御沙汰」にたいする了俊の期待だろう。「御沙汰」の語は『難太平記』に計三例みられ、どれも足利義満の政治・政道をさして「御沙汰」とある。[17] 太平記の改訂が、足利義満の政治的判断にかかわる、きわめて公的

な事業と考えられていたことに注意したい。

恵鎮持参の三十余巻

太平記が成立した経緯について、今川了俊はつぎのような伝聞を記している。

六波羅合戦の時、大将名越《なごえ》（高家《たかいえ》）、討たれしかば、今一方の大将足利殿（尊氏）、先皇（後醍醐天皇）に降参せられけりと、太平記に書きたり。かへすがへす無念の事なり。この記の作者は、宮方深重の者にて、無案内にて、押してかくのごとく書きたるにや。まことに尾籠の至りなり。もつとも切り出ださるべきにや。すべてこの太平記の事、誤りも空ごとも多きにや。昔、等持寺にて、法勝寺《ほつしようじ》の恵鎮《えちん》上人、この記をまづ三十余巻持参し給ひて、錦小路殿（足利直義《ただよし》）の御目にかけられしを、玄恵法印に読ませられしに、多く悪しきことも誤りも有りしかば、仰せに云はく、「これは、かつ見及ぶ中にも、もつてのほか違ひめ多し。追つて書き入れ、また切り出だすべき事などあり。その程は外聞有るべからざるの由」仰せ有りし。後に中絶なり。近代重ねて書き続けり。ついでに入筆ども多く所望して書かせければ、人の高名、数をしらず書けり。

太平記の原本は、法勝寺の恵鎮上人が、足利直義（尊氏の弟）のもとに持参した「三十余巻」本だったという。それはしかし、直義が側近の学僧玄恵《げんえ》法印に校閲させたところ、多くの「悪しきこと」や「誤り」「違ひめ」があり、よってそれらを削除、訂正するまでは「外聞」が禁じられた。(18)

足利直義の監督下で太平記の改訂作業が行なわれたというのだが、太平記巻二十七には、直義の政治的失脚と、玄恵の死が記される。恵鎮が足利直義邸に持参し、直義が玄恵に改訂を命じた太平記は、最大限にみつもって、現存本の巻二十六より以前ということになる。

太平記第二部（巻十三〜二十一）の最終巻、巻二十一は、後醍醐天皇の崩御という大きな節目的記事をもつ。太平記の第一〜二部は、帝王後醍醐の物語としていちおうの首尾が照応するのだが、あるいは恵鎮が直義邸に持参した「三十余巻」本というのも、後醍醐天皇の即位から崩御までを語る一代記だったろうか。

現存本の成立はかなり遅い

法勝寺の恵鎮が、後醍醐天皇のあつい信任をうけた僧侶であったことは後述する（第三章2節）。とくに注目されるのは、北条氏の滅亡後、かれが後醍醐天皇の命により、北条高時の屋敷跡に宝戒寺《ほうかいじ》を建立していたことである。かつて北条氏一門の鎮魂の任にあたった恵鎮には、後醍醐天皇が吉野で憤死したときにも、同様の役割が期待されたろう。

恵鎮持参本の「太平記」が「宮方深重《みやがたじんちょう》」と評されたことも、その執筆意図と不可分の評価だったと思われる。すなわち、現存本とはかなり体裁をことにした「太平記」が想像されるわけで、とすれば、現存本第一〜二部に顕著な武家政権の推移史（源平交替史）の枠組みにしても、それは「太平記」が足利政権の管理下におかれてから、あらたに付加された構想だったろう。

『難太平記』によれば、足利直義のもとで行なわれた改訂作業は「後に中絶」し、「近代重ねて」書きつがれたという。太平記巻三十九には、北朝の光厳《こうごん》上皇が、南朝の後村上《ごむらかみ》天皇をたずねて一夜を語りあかしたことが語られる（巻三十九「光厳院法皇崩御の事」）。旧敵が再会して一夜を語りあかすという物語の趣向は、平家物語の末尾、「大原御幸《おおはらごこう》」（灌頂巻《かんじょうのまき》）の、後白河法皇と建礼門院との対面の話をふまえている。

平家物語ふうの枠組みが、太平記の末尾近くにもみられるのだが、それは同時に、明徳《めいとく》三年（一三九二）十月に実現した南北両朝の講和の史実、すなわち後亀山《ごかめやま》天皇（南朝）と後小松《ごこまつ》天皇（北朝）との歴史上の「御和談」をふまえた虚構だったろう。現存四十巻形態のかなり遅い時期での成立が想像されるわけで、とすれば、『難太平記』の「近代重ねて書き続けり」にしても、「近代」とはほんの数年前のできごとだったかもしれない[19]。

太平記の末尾、巻四十「細川右馬頭西国《ほそかわうまのかみさいごく》より上洛《じょうらく》の事」は、貞治六年（一三六七）十二月の二代将軍足利義詮の病死、そのあとをついだ当時十歳の足利義満の登場を記して、……中夏無為《ちゅうかぶい》の世になりて、目出たかりし事どもなり。

とむすんでいる。義満の時代を「中夏無為の世」（為政者が刑罰を行なわずに治まる理想の世）としたのは、後年のかれの治世を室町幕府の完成期とみる歴史認識にたっての記述である。太平記が貞治六年（一三六七）以後の内乱・政争の歴史を記さないことも、当代をはばかったための擱筆《かくひつ》だろう。

室町幕府の正史として

『難太平記』はさらに、「近代重ねて」書きつがれた太平記が、「ついでに入筆ども多く所望して書かせければ、人の高名、数をしらず書けり」と述べている。さきの成立経緯を述べた箇所につづく一節、

此記は、十が八九はつくり事にや。大かたはちがふべからず。人々の高名などの偽りおほかるべし。又まさしく錦小路殿の御所にて、玄恵法印読みて、其の代の事ども、むねと、かの法勝寺上人の見聞き給ひしにだに、此くの如く悪しき事有りしかば、唯をさへて難じ申すにあらず。

恵鎮持参本をひきあいに出して、「かの法勝寺上人の見聞き給ひしだに、此くの如く悪しき事有りしかば」、いま自分が太平記の書き誤りを指摘するのも、あながちの強弁ではないというのである。

今川了俊の批判は、一見、「宮方深重」の恵鎮持参本に向けられているようにみえて、じつは「近代」の書きつぎ・増訂作業に向けられていた。『難太平記』の末尾に、

……了俊在世には更に他見あるまじき事也、おそろしおそろし。

とあり、了俊が「在世」中の本書の公開をはばかったことも、応永九年(一四〇二)当時の太平記の位相、すなわち太平記テクストを管理・校閲する主体の位相を暗示している。太平記全四十巻は、足利義満の時代に、おそらくその政治体制と不可分のところで成立したのであり、それは室町幕府の草創を語る正史として(すくなくとも正史を意図して)最終的に整備・編纂されたのである。もちろんそれは、語り物「平家」の管理権の推移、すなわち南北朝末期(おそくとも室町初期)に、当道(座)が足利将軍の管理下におかれたという事実ともあわせ考えるべき問題であった。

3　源平交替という物語

平家物語をふまえて

太平記の第三部（巻二十三～四十）には、第一～二部までにみられた明確な構想上の図式がなく、内乱の記録に終始したかのような（いわばルポルタージュ的な）記述が展開する。第三部についてしばしば「主題の不統一」「構想上の破綻」がいわれる原因だが、[20]しかし中《なか》西達治《にしたつはる》氏は、第三部のテーマを、新田氏に勝利した足利氏がその「支配体制を確立し、安定させてゆく過程」とし、そこに新田・足利両氏の抗争を描いた第二部との「連続性」を読みとっている。[21]第一～二部から第三部の展開に、多くの矛盾や破綻があるとしても、そこに足利政権の確立史を読みとることは、基本的に正しい方向と思われる。

室町幕府体制の成立、そのメルクマールとなる三代将軍義満の登場までをともかくも書きつぐ、という形式上の要請から、太平記第三部は書きつがれる。書きつぎの過程で、すでに成立していた巻々の改訂・再編成は当然行なわれただろう。たとえば、足利政権の確立史としての枠組みは、すでに巻一の序文にもうかがえるのである。序文の全文を引用すれば、[22]

蒙《もう》ひそかに古今の変化を探つて、安危の所由を察《み》るには、覆つて外無きは天の徳なり。明君これに体して国家を保つ。載せて棄つること無きは地の道なり。良臣（これに）則つて社稷《しやしょく》を守る。

もし、その徳欠くるときは、位にありと雖も持たず。いはゆる夏の桀《けつ》は南巣《なんそう》に走り、殷《いん》の紂《ちゅう》は牧野《ぼくや》に敗る。その道違ふときは、威ありと雖も、久しく保たず。かつて聴く、趙高《ちょうこう》は咸陽《かんよう》に死し、禄山《ろくざん》は鳳翔《ほうしょう》に亡ぶと。ここを以て前聖慎んで法を将来に垂るることを得たり。後昆《こうこん》顧みて誡めを既往に取らざらんや。

（私に古今の歴史を探って国の治乱興亡の原因を考えてみると、すべての物にあまねく慈愛を施すのが天の徳である。明君は、天の徳を体現して国家をたもつ。すべてを載せて決して棄てることのないのが地の道である。良臣は、地の道に則って政治を行なう。

かりに帝王にその徳が欠けるときは、たとえ位にあっても、それを維持することはできない。暴君として名高い夏の桀王が南巣に逃げ、殷の紂王が牧野の戦いで敗れたようにである。また臣の道にそむくときは、たとえ勢威ある臣といえども長つづきはしない。秦の始皇帝の子を殺害した趙高が咸陽で処刑され、唐の玄宗皇帝に叛した安禄山が、鳳翔の戦いで亡んだようにである。こうした過去の先例にもとづいて、いにしえの聖人は教えを後世に垂れることができた。後世のわれわれは過去の歴史から教訓を得ないでよいものだろうか）

「明君」と「良臣」のありかたが、まずこのように規定される。南北朝期に流行した宋学の名分論だが、[23]しかしこの序文が、いっぽうで平家物語の序章「祇園精舎《ぎおんしょうじゃ》」をふまえていることは、その先例列挙の形式からもあきらかである。

儒教的な名分思想

平家物語の仏教的な因果論にたいして、太平記は、儒教的な名分論によって悪王・悪臣の必滅の理を説いている。君臣上下の名分が、平家物語的な枠組みのなかで説かれるのだが、そのことは、太平記序文の「臣」が、けっして天皇にたいする臣下一般を意味しないことをみてもよい。たとえば、序文につづく巻一「後醍醐天皇御治世の事」の冒頭部分、

ここに本朝人皇の始め、神武天皇より九十六代の帝、後醍醐天皇の御宇に、武臣相模守《さがみのかみ》平高時と云ふ者ありて、上《かみ》には君の徳にたがひ、下《しも》には臣の礼を失ふ。これにより四海大いに乱れて、一日も未だ安からず。……

太平記のいう「臣」は「武臣」であって、源平両氏をさしている。その「武臣」「平高時」を、「下には臣の礼を失ふ」とするのは、平家物語の枠組みからする当然の評価である。太平記第一部（巻一〜十二）が平家物語をふまえて構想された時点で、平高時の「おごり」

「悪行」はア・プリオリに決定されたわけだ。またそのような叙述の枠組みから、北条氏（平家）にかわる新田・足利両氏（ともに源氏嫡流の「武臣」）も、必然的に歴史にクローズアップされることになる。

朝家に召しつかはれて

源平両氏が交替で覇権をにぎるという認識は、いうまでもなく、平安末期の保元・平治の乱にはじまり、治承・寿永の乱にかけて形成された歴史認識である。しかし内乱の複雑な過程を単純化し、それを源平交替として図式化してとらえたのは平家物語であった。

平家物語が基本的に（諸本によって程度の差はあるにしても）源平交替史として構想されていることは周知だが、しかし平家物語の源平交替史で注意したいことは、交替で覇権をにぎる源平両氏は、けっしてそれ自体は政権の主体になりえない、という点である。たとえば、平家物語の冒頭ちかく、源平両氏を位置づけて、

> 昔より今に至るまで、源平両氏朝家に召しつかはれて、王化にしたがはず、をのづから朝権をかろむずる者には、互ひにいましめを加へしかば、代のみだれもなかりしに、……
>
> （覚一本巻一「二代の后」）

とある。「朝家に召しつかはれ」て、朝廷を軽んずるものに「互ひにいましめを加へ」るのが、源平両氏である。

同様の認識は、平家物語の随所で説かれているが、[24] そのような「朝家の御まもり」（流布本は「朝家の御かため」）としての源平の位置づけに対応して、たとえば平家物語諸本のなかで最古態とされる延慶本は、平家に勝利した源氏の頼朝について、つぎのように述べている。

そもそも、征夷大将軍前《さきの》右大将（源頼朝）、すべて目出たかりける人なり。西海の白波を平らげ、奥州の緑林をなびかしてのち、錦の袴を着て入洛し、拝賀の儀式、希代の壮観なりき。仏法を興し、王法を継ぎ、一族の奢れるをしづめ、万民の愁ひをなだめ、不忠の者を退け、奉公の者を賞し、敢て親疎をわかず、全く遠近をへだてず、ゆゝしかりし事どもなり。（延慶本第六末「右大将頼朝の果報目出たき事」）

源頼朝の功績は、朝廷にたいして「不忠の者を退け、奉公の者を賞し」た行為である。こうした認識を前提として、鎌倉幕府の成立という事態も、頼朝の「仏法を興し、王法を継」ぐ行ないとして、つまり旧来の王朝的秩序の回復として位置づけられる。東国の新政権（というより新国家！）の誕生という現実が、「朝家の御かため」たる源平両氏の交替として矮小化されるわけだが、もちろんこのような源平の位置づけは、平家物語の成立事情とも不可分の問題であった。

慈円の苦心

平家物語の編纂が、比叡山《ひえいざん》(延暦寺《えんりやくじ》)周辺で行なわれたこと、とくに天台座主《てんだいざす》(延暦寺最高位の僧職)慈円《じえん》が、その成立になんらかのかたちで関与したことは、『徒然草《つれづれぐさ》』二二六段の伝承──「後鳥羽院《ごとばいん》の御時」「慈鎮和尚《じちん》(慈円)」の扶持した「信濃前司行長《しなののぜんじゆきなが》」が「平家の物語を作りて」云々とする伝承──からうかがえ、また、平家物語が延暦寺の動向にくわしいこと、慈円の『愚管抄《ぐかんしよう》』との密接な本文関係が指摘されること、からも傍証される。(25)

たとえば、慈円の『愚管抄』は、壇の浦合戦による宝剣(三種の神器の一つ)の喪失という事態に言及して、つぎのように述べている。

そもそも、この宝剣失せはてぬる事こそ、王法には心憂きことにて侍れ。これも心得べき道理、さだめてあるらんと案をめぐらすに、これはひとへに、今は色にあらはれて、武士の君の御まもりとなりたる世になれば、それに代へて失せたるにやと思ゆる也。その故は、太刀といふ剣は、これ兵器の本也。これは武の方の御まもり也。……今は宝剣も無益になりぬる也。高倉院をば平氏立てまゐらする君なり。この陛下の兵器の御まもりの、つひにこの折、かく失せぬる事こそ、あらはに心得られて、世のやうあはれに侍れ。

「武の方の御まもり」である宝剣がうしなわれたのは、いまは武士が「君の御まもり」となりたる世になれば」「宝剣も無益になりぬる」ゆえである。安徳《あんとく》天皇とともに宝剣が海に沈んでのち、かわって即位した後鳥羽天皇の「御まもり」として源氏（鎌倉幕府）が台頭した。それは「王法」（具体的には後鳥羽院政）の「御まもり」ではあっても、けっして「王法」と対立的な存在ではありえない。ましてや「王法」と無縁に存在する新政権、新国家などではありえない。

慈円の歴史解釈がもっとも苦心した部分だが、しかしこうした東国政権のとらえかたは、源平二氏を「朝家の御かため」と位置づけ、頼朝を「王法」の回復者とする平家物語とも基本的に共通するのである。

武家政権を天皇制に組み入れる論理

『愚管抄』が書かれたのは、承久《じょうきゅう》の乱（一二二一年）の前年、後鳥羽院と鎌倉幕府の関係が、修復不可能なまでに悪化していた時期である。そのような時期に、幕府を敵対的な存在としてではなく、むしろ「君の御まもり」として位置づける慈円の史論とは、現実の危機を歴史叙述のレベルで克服するくわだてだったろう。

慈円の『愚管抄』によって意味づけられ、平家物語の（語り物としての）広汎な享受によって流布・浸透してゆく源平交替の物語とは、要するに、源平両氏を「朝家のかため」「まもり」として位置づける論理であった。いいかえればそれは、武家政権を天皇制に組みいれる論理である。

王朝国家が、武家政権に対抗して最後的に発明した神話だが、しかしそのような源平交替の物語が、源氏将軍三代のあと、北条氏が桓武平氏を称したことで、以後の歴史の推移さえ規定してゆくことになる。

たとえば、鎌倉末期に起こった反北条（反平家）の全国的な内乱が、あれほど急速に足利・新田（ともに源氏嫡流家）の傘下に糾合されたこと、また北条氏滅亡ののち、内乱が公家一統政治として落着することなくただちに足利・新田の覇権抗争へ展開した事実をみても、源平交替の物語が、いかに当時の武士たちの動向を左右していたかがうかがえる。内乱が社会的・経済的要因から引きおこされたとしても、それは政治史レベルでは、ある一定のフィクションの枠組みのなかで推移したのである。そしてそのような物語的な現実に媒介されるかたちで、太平記はさらに強固な源平交替の物語をつくりだしてゆく。

4 「南北朝」の起源

後醍醐は明君にあらず

太平記の第一～二部は、平家物語的な源平交替史によって構想されている。しかし太平記が平家物語のたんなる延長上にあるのではないことは、すでにその序文からもうかがえる。平家物語の序章「祇園精舎」が、「旧主・先皇のまつりごとにも従はず」にほろんだ悪臣の先例を列挙するのにたいして、太平記の序文は、悪臣とともに悪王がほろんだ先例に言及する。「もし、その徳欠くるときは、位にありと雖も持たず」といわれ、代表的な悪王として、夏の桀《けつ》王（殷の湯王に滅ぼされた夏王朝最後の王）と殷の紂《ちゅう》王（周の武王に滅ぼされた殷王朝最後の王）の先例があげられる。

すなわち、序文からしてすでに天皇の名分（帝徳の有無）が問題にされるわけで、その延長上で、太平記の源平交替史は、ある新しい名分論の枠組みを用意するはずである。

さきに引いた巻一「後醍醐天皇御治世の事」の冒頭部分で、「武臣平高時」を「臣の礼を失ふ」とした太平記は、その高時をほろぼした後醍醐天皇についても、「君の徳にたがひ」と述べていた。太平記が天皇と武臣（源平両氏）という二極関係を軸にして構想される以上、「武臣」をほろぼして天皇親政をくわだてた後醍醐天皇とは、たしかに「天の徳」を体した「明君」ではありえない。

たとえば、太平記巻二十七「雲景未来記《うんけいみらいき》の事」は、壇の浦合戦で宝剣がうしなわれたことに言及して、つぎのように述べている。

……かの元暦よりこそ、まさしく本朝に武家を始め置かれ、海内をのつとり、君主を蔑《あな》づり奉る事は出で来にけれ。されば、武運王道に欠けし表示は（宝剣は）其時までにて失せにき。よつて武威昌《さか》りに立つて国家を奪ひしなり。然れども、その尽きし後百余年は、武家雅意に任せて天下を司るといへども、王位も文道も相残る故に、……諸司要脚、公事正税、仏神の本主相伝の所領には手をかけず、目出たかりし。時代純機、宿報の感果ある事なれば、後醍醐院、武家を亡ぼされしによつて、いよいよ王道衰へて、公家悉く廃れたり。

宝剣にかわる武家という認識は、すでに『愚管抄』や平家物語にみられた歴史認識である。太平記によれば、そのような武家を後醍醐天皇が「亡ぼされしによつて、いよいよ王道衰へて、公家悉く廃れた」というのである。(26)太平記にとっての理想の世（太平）は、けっして「武臣」を排した天皇親政の世ではなかった。源平の「武臣」交替史が、武家政権を正当化（あるいは既成事実化）する枠組みとして機能するのだが、そのような源平交替史を可能にしているのが、不徳の天皇の交替を是認する太平記序文の名分論であった。

宋学イデオロギー

名分（身分や職分に応じてもつべきモラル、資質）を規準にして、過去・現在の政治社会に道義的な裁定をくだすのが、政治イデオロギーとしての名分論である。政治的な序列・身分の同義語としても使用される名分の語は、中国ではもともと法家の用語と考えられ、儒家ではあまり用いられない用語であった。その名分の語を儒学の中心テーマに位置づけたのは、朱子《しゅし》によって大成された宋《そう》代の儒学（いわゆる宋学）である。

宋代に形成された官僚国家のイデオロギーとしての宋学は、すでに十三世紀には、渡宋した禅僧らによって日本にもたらされ、鎌倉時代の末ごろには、朝廷や寺院社会を中心にさかんに受容されていた。

『花園院宸記《はなぞのいんしんき》』（持明院統《じみょういんとう》の花園上皇の日記）は、後醍醐天皇の宮廷でさかんに宋学が講じられたこと、宋学の流行に、比叡山の学僧玄恵が関与していたことを記している。(27)また一条《いちじょう》兼良《かねら》の『尺素往来《せきそおうらい》』も、宋学流行の立て役者として「独清軒玄恵」の名をつたえている。玄恵の講席をとおして宋学が朝廷にひろめられ、「紀伝」（史学）も「玄恵の議に付き」、宋代の「資治通鑑《しじつがん》・宋朝通鑑等」が伝授されたというのである。(28)

とくに「北畠入道准后《きたばたけにゅうどうじゅごう》、蘊奥《うんのう》を得らる」とあるのは、北畠親房《ちかふさ》の『神皇正統記《じんのうしょうとうき》』に、宋学の正統論の影響をみとめた発言として注意される。(29)おそらく建武三年（一三三六）冬の後醍醐天皇とその廷臣たちの吉野潜幸にしても、それを決断した背景には、北方の偽朝にたいする南方（あるいは山間）の正統王朝――たとえば、三国時代の魏《ぎ》にたいする蜀《しょく》、六朝《りくちょう》時

代の江南王朝、金《きん》・元《げん》にたいする南宋——という中国の正統論の図式が意識されていただろう。(30)

後醍醐の廷臣たちに宋学を講じた玄恵は、建武政権の崩壊後は足利直義につかえ、建武三年冬に編纂された足利幕府法、『建武式目《けんむしきもく》』の起草に参加している。(31)また『難太平記』によれば、かれは足利直義の命により「太平記」の改訂に従事したといわれる。

玄恵が太平記の成立に関与したことは、ほかに神宮徴古館本《じんぐうちようこかんぼん》太平記の奥書、一条兼良校合本太平記の奥書(『桑華書誌《そうかしよし》』所載)などもつたえている。太平記が宋学の名分論によって整序される条件は十分とととのっていたのである。

無道の君を討ち奉りし例あり

太平記が引用する経書について調査した宇田尚《うだひさし》氏は、太平記は「『論語《ろんご》』を引用すること最も多く、これに次ぐものは『孟子《もうし》』である」と述べている。(32)

『論語』『孟子』に五経《ごきよう》以上のウェートをおくのは、朱子の経学の特徴である。『論語』『孟子』『大学《だいがく》』『中庸《ちゆうよう》』を、いわゆる「四書《ししよ》」として特立したのも朱子が最初だが、そのような四書の引用に関連して注意されるのは、太平記がしばしば臣下の立場から天皇の廃立に言及することだ。

太平記巻二「長崎新左衛門尉異見《ながさきしんざえもんのじようけん》の事」には、元弘元年(一三三一)六月、鎌倉幕府が後

醍醐天皇の流罪を決定した評定《ひょうじょう》の一節に、

異朝は、文王武臣として無道の君を討たせし例あり。……されば古典に、君、臣を視ること土芥《どかい》の如くするときは、臣、君を視ること寇讎《こうしゅう》の如しと云へり。

とある。「君、臣を視ること土芥の如く」云々は、不徳の帝王の放伐《ほうばつ》（追放と討伐）を是認した『孟子』離婁《りろう》篇の一節である。また巻二十七「妙吉侍者《みょうきつじしゃ》の事《こと》」には、『孟子』梁恵王《りょうけいおう》篇の、「一人天下に衡行するをば武王これを恥づ」が引かれている。

ともに、殷の紂王の放伐を正当化した『孟子』の一節だが、とすれば、太平記序文が「殷の紂」の先例をあげ、「その徳欠くるときは、位にありと雖も持たず」と主張する背景にも、やはり『孟子』離婁篇・梁恵王篇などの影響が考えられてよいだろう。宋学以前には経書としてあつかわれなかった『孟子』本文を大量に引用したところに、太平記作者の宋学にたいする、なみなみならぬ関心がうかがえるのである。(33)

皇統そのものは不変だが……

もっとも、太平記が不徳の天皇の交替を是認するとはいっても、それが中国ふうの易姓革命の是認に直結するものではないことは、注意しておく必要がある。

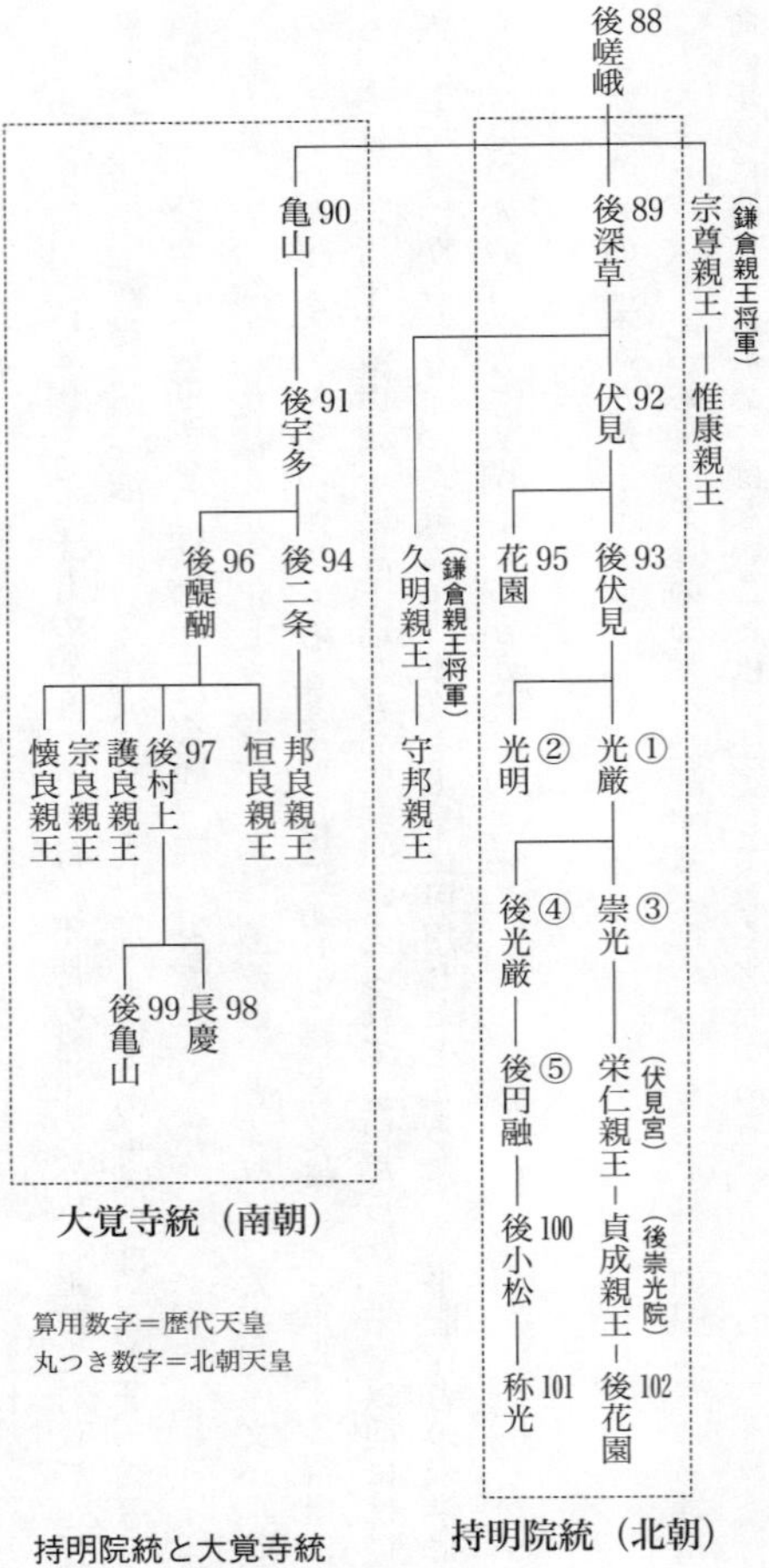

持明院統と大覚寺統

源平二氏が交替で覇権をにぎるように、ふたつの皇統が交互に天皇を立てていたのがこの時代である。十三世紀なかばの後嵯峨《ごさが》天皇の退位後、皇子の久仁《ひさひと》（後深草《ごふかくさ》天皇）と恒仁《つねひと》（亀《かめ》山《やま》天皇）の確執から、鎌倉末期には、持明院統《じみょういんとう》・大覚寺統《だいかくじとう》のふたつの皇統がほぼ交互に天皇を立てていた。いわゆる両統迭立《りょうとうてつりつ》であるが、持明院統の花園天皇のあとをうけた後醍醐天皇

（大覚寺統）にたいして、北条氏が（後醍醐を廃して）立てた光厳天皇は持明院統。また建武三年（一三三六）に、足利尊氏が後醍醐天皇に対抗して擁立した光明《こうみょう》天皇も持明院統である。

天皇の廃立・交替は両統のあいだで行なわれることはあっても、皇統そのものが他姓にうばわれることはありえない。たとえば、北畠親房が、皇統の「一種姓《いっしゅしょう》」を前提に天皇の名分（帝徳）に言及したように、(34) 太平記の革命是認の思想も、日本的な家職、「種姓」の観念を大前提として表明されるのである。

しかし家職や種姓の条件つきではあっても、太平記が天皇の名分に言及したことの意味は重大である。「徳」なるものの評価に絶対的な規準が存在しない以上、帝徳に言及する名分論は、天皇の廃立にかんするどのような便宜的・ご都合主義的な解釈も可能にするはずだからである。

ただこれ、尊氏ひたすら朝敵たる故なり

たとえば、建武政権から離反した足利尊氏は、建武三年（一三三六）正月の京合戦にやぶれて九州へ敗走する。太平記は、尊氏がみずからの敗因を分析したことばとして、つぎのように記している。

今度の京都の合戦に、御方毎度打ち負けぬる事、全く戦ひの咎にあらず。つらつら事の心を案ずるに、ただ尊氏徒《いたづ》らに朝敵たる故なり。されば、いかにもして持明院殿の院宣を申し賜はつて、天下を君と君との御争ひになして合戦を致さばやと思ふなり。

（巻十五「将軍都落の事」）

負けいくさの原因が、「武臣」としての名分が立たない点にもとめられている。[35]「ただ尊氏徒らに朝敵たる故なり」であるが、そこで尊氏は、「天下を君と君との御争ひにな」すことで、自己の「武臣」としての名分の回復をくわだてる。尊氏が敵対する後醍醐天皇は、太平記によれば、すでに「天の徳」を体した「明君」ではないのである。

後醍醐天皇の不徳は、建武政権の失政を批判した巻十二、十三でくりかえし語られている。はたして同年五月、京都を奪回した尊氏は、ただちに持明院統の上皇以下を、みずからの陣営にむかえいれている（巻十六「持明院の本院東寺へ潜幸の事」）。太平記はそれを「尊氏卿の運の開かるる始め」と位置づけている。「一方の皇統を立て」たことで、後醍醐天皇とその「武臣」新田義貞とたたかうための名分が獲得されたわけだ。

大覚寺統（南朝）—新田義貞にたいする、持明院統（北朝）—足利尊氏という「南北」抗争の図式が成立するのだが、もちろん抗争の主役は、両統をいただく「源氏一流」の「武臣」である。

たとえば、尊氏が京都を奪回した翌月の東寺合戦において、新田義貞が尊氏に一騎打ちをいどんだときのことば、

これ国主両統の御事とは申しながら、ただ義貞と尊氏卿のなす所なり。

（巻十七「義貞軍の事」）

たしかに、「国主両統の御事」は、義貞と尊氏が覇権をあらそう上での大義名分でしかないだろう。すなわち北条氏（平家）滅亡後の、新田・足利両氏の覇権抗争にあって、抗争を正当化する名分論上の図式が、「南北朝時代史」という枠組みの起源であった。

第二章　もう一つの「太平記」

1　太平記読みと語り

作者の謎

源平交替の物語を名分論的にとらえかえしたところに、太平記における「武臣」の交替史、さらに「南北」抗争の図式が成立する。

「南北朝」時代とは、なによりもまず、この時代の抗争の当事者たちによってイメージされた名分論上の図式であった。まず観念（ことば）があって、つぎにそれに対応する現実がつくられたのが、このすぐれてイデオロジカルな時代の特徴である。ことばと対象との関係は、歴史叙述の現場にあってしばしば逆転するのだが、おそらくそこに、「南北朝時代史」について考えるさいの、もっとも注意すべき問題もあるだろう(1)。

太平記の序文は、たんに一般論として、君臣上下の名分を論じているのではなかった。序文で表明されるのは、まず第一に、北条氏（平家）にかわる源氏嫡流の「武臣」の名分である。それはさらに、不徳の帝王後醍醐を廃する「武臣」足利氏の名分であった。

太平記第一～二部は、そのような「武臣」の名分論によって構想されている。おそらく、足利直義と玄恵が改訂した太平記は、「武臣」交替史としての整合性を維持する第一～二部だったろう。

とすれば、恵鎮が足利直義邸に持参し、直義によって「もつてのほか違ひめ多し」と評された「三十余巻」本とは、いったいどのような「太平記」なのか。恵鎮の経歴から考えて、それが後醍醐天皇の即位から崩御までを語る天皇の一代記であったろうことは、まえに述べた。『難太平記』で「宮方深重」と評されたゆえんだが、しかしその「宮方深重」の内実について考えるには、私たちはもう一つの著名な「太平記作者」説に注目しておく必要がある。

卑賤の器たりといへども、名匠の聞こえ有り

『洞院公定日記《とういんきんさだにっき》』（北朝の公家、洞院公定の日記）応安七年（一三七四）五月三日の条は、「太平記作者」にかんするつぎのような風聞を記している。

伝へ聞く、去んぬる二十八九日の間、小島法師円寂すと云々。これ近日天下に翫《もてあそ》ぶ太平記作者也。凡そ卑賤の器たりといへども、名匠の聞こえ有り。無念と謂ふべし。

太平記の成立当時における有力な作者史料である。もちろん太平記全四十巻が、「小島法師」という特定の一個人の手になったとは思えない。太平記が複数の作者の（段階的な）書きつぎによって成立したことは『難太平記』がつたえている。

また太平記の現存四十巻本が最終的に成立したのは、南北両朝が講和した明徳三年（一三九二）以降である。「太平記作者」「小島法師」が死去したとされる応安七年（一三七四）から二十年ほどのちのことだが、とすれば、「小島法師」は、現存四十巻本のどの部分の「作者」なのか。また応安七年当時の「近日天下に翫ぶ太平記」は、恵鎮持参の「三十余巻」本、あるいは直義・玄恵の改訂本とどのような関係にあったのか。

しかしその問題について考えるには、太平記が語り物であったこと、成立のかなりはやい時点から、談義／物語の芸として行なわれていた事実を確認しておく必要がある。

たとえば、太平記の「草案の元本」としてつたえられた神田本は(2)、本文の随所に、「引」「乱」「二重」「三重」「四重」等の曲節を注記している（本文と同筆）。「引」は、声を引きのばして語るメリスマ的な旋律。「乱」は、対句じたての牒状・奏状・願書類に多くみられ、雅楽の「乱声」や能楽の「乱拍子」等にもつうじる拍節的《シラビック》な旋律だろう。また「二重」「三重」「四重」は、声明や「平家」の同名曲節から推して、音域の高低を指示した詠唱的な旋律である。

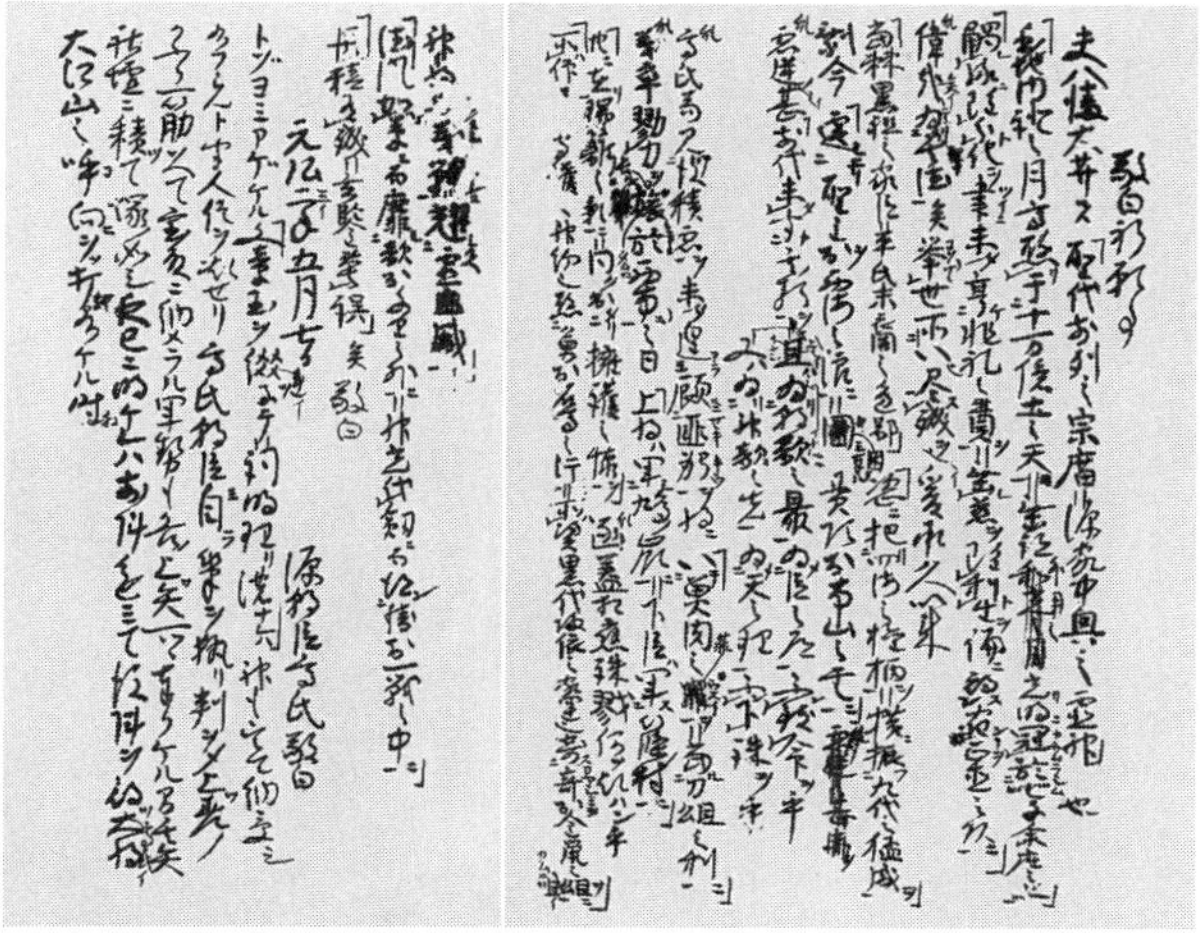

神田本太平記巻九「敬白祈願事」　乱、二重などの曲節注記がみえる

曲節注記のない部分を地語りとして朗誦的（あるいは吟誦的）に語り、要所要所に、詠唱的または拍節的なメロディをまじえるという語り口が想像されるが[3]、太平記がすでに「草案」本の時点から、そのような芸能的な語り口をもっていたらしいことに注目したい。

談義と物語

太平記が口演されたことは、室町時代の日記・記録類からもうかがえる。

> 成仏寺に向かひて談儀《（ママ）》を聴聞す。法華経。次に太平記を読む。禅僧なり。
> （『後法興院記《ごほうこういんき》』文正《ぶんしょう》元年〈一四六六〉五月二十六日条）

誓願寺に参詣す。これより先に烏丸観音堂に参詣す。談義あり。その次に、件んの知識、太平記を読む。聞きをはんぬ。（『親長卿記《ちかながきようき》』延徳《えんとく》三年〈一四九一〉五月十六日条）

太平記が「談義」の席で「読」まれたのだが、「談義」とは経典の法義について談じること。講釈・説経などというのと同義だが、近世に一般化する「講釈」の語にたいして、「談義」は、中世の高座の語り芸をさす語としてひろく使われていたらしい[4]。

右の記録は、いずれも太平記が談義僧によってヨマれた例である。太平記を余興として演じる僧侶の「談義」は、テクストに即した経典解釈（釈《よみ》）であるより、それを自由に敷衍《ふえん》する語りの芸だったろう。中世の仏教説話集も、その多くは談義の場で平易に語られた比喩《ひゆ》因《いん》縁《ねん》（たとえ、いわれ）の物語集である。すなわち経典の談義というたてまえで演じられた物語の芸だが、物語の語り手でもあった談義僧は、聞き手のがわの関心のおきかたしだいで、しばしば物語僧ともよばれたらしい。

弁舌玉を吐き、言詞花を散らす

たとえば、『看聞御記』応永二十三年（一四一六）六〜七月の条、

大光明寺の客僧（旅の僧侶）に物語上手ありと云々。……およそ弁舌玉を吐き、言詞花を

散らす。聴衆感歎して腸を断つ。（六月二十八日）

先日の物語僧、また召されて語らしむ。山名奥州謀反《むほん》の事、一部（一部始終）を語る。はなはだ興有り。（七月三日）

「物語上手」の旅の僧侶が、「物語僧」とよばれたわけである。遍歴の物語僧は、「山名奥州謀反の事」の一部始終を語ったという。明徳二年（一三九一）に山名《やまな》氏清《うじきよ》が足利義満に叛してほろぼされた事件、明徳の乱のてんまつだが、それはおそらく、乱の一部始終を記した『明徳記』の口演だったろう（『明徳記』が口演されたことは、『蔗軒日録《しやけんにちろく》』文明《ぶんめい》十八年〈一四八六〉三月十八日の条、「慈祥佩道栄《じしようはいどうえい》」なる老居士が「太平・明徳の二記を暗《そら》んず」とあることからも知られる）。

『明徳記』の口演ならばヨム（談義）とあるべきだが、ヨマれた内容に視点をおけば、それは『明徳記』にまつわる物語をカタルということになる。ヨミとカタリ、談義と物語というのも、一つの芸態をべつの角度からいいかえた呼称のちがいであった。[5]

禅律僧・時衆のたぐいか

ところで、『蔭涼軒日録《いんりようけんにちろく》』（相国寺《しようこくじ》の僧、季瓊真蘂《きけいしんずい》の日記）文正《ぶんしよう》元年（一四六六）閏《うるう》二月八

日の条は、「太平記を読む」ことを得意とした「江見河原入道《えみがわらにゅうどう》」なる人物について、

江見河原の癖、好んで人の風度また言語を学ぶ。それ世の所謂《いわゆる》狂言と云ふ者か。

とある。「人の風度また言語を学ぶ」は、仕方や声色をまじえて太平記を口演したものだろう。太平記を談義／物語する僧は、かなり技巧的な語り口をもっていたらしい。『看聞御記』の物語僧が寄宿した大光明寺は、禅宗寺院であり、おそらく物語僧も遍歴の禅僧だったろう。成仏寺で太平記を読んだ「禅僧」をはじめとして（『後法興院記』）、禅僧季瓊真蘂のもとで太平記読みを得意とした「江見河原入道」（『蔭涼軒日録』）、また「太平・明徳の二記を暗」んじていたという「慈祥佩道栄」なる老居士（『蔗軒日録』）など、談義僧／物語僧とみられる人物には、禅僧あるいは禅寺関係のものがすくなくない。

かれらの芸が「人の風度また言語を学ぶ」といわれ（『蔭涼軒日録』）、「弁舌玉を吐き、言詞花を散らす」と評され（『看聞御記』）、さらに神田本節付けにみられるような音楽的旋律をともなっていたとすれば、その芸態からは、謡曲『自然居士《じねんこじ》』に登場する、喝食《かつしき》（禅宗寺院の童髪の下僧）の「説経者」などが想起されようか。

遍歴の禅僧すなわち「放下《ほうか》の禅師」については、旧仏教がわで書かれた『天狗草紙《てんぐぞうし》』が、

髪をそらずして烏帽子《えぼし》を着、座禅の床を忘れて南北のちまたに佐々良《ささら》すり、工夫の窓を出でて東西の路に狂言す。

として、時衆とともに口をきわめて罵倒している。南北朝ごろの禅僧が、しばしば律僧や時衆とならび称され、差別にちかい処遇をうけたことは知られている。(6)「卑賤の器」といわれる「太平記作者」小島法師というのも、あるいはこの時代の禅律僧・時衆のたぐいだったろうか。小島法師が「卑賤の器」ながら「名匠の聞こえ有り」といわれたのも、「名匠」とは、文筆よりも談義／物語の芸にかんする評価だったろう。

小島法師の出自は？

小島法師については、はやく藤田徳太郎《ふじたとくたろう》氏、冨倉徳次郎《とみくらとくじろう》氏によって物語僧であることがいわれている。(7)また、小島法師の関連資料として、『興福寺年代記《こうふくじねんだいき》』には、

太平記は鹿薗院殿《ろくおんいんでん》（足利義満）の御代、外島と申しし人これを書く。近江《おうみ》国の住人。

とある。「外島と申しし人」の「外島」は、くずし字による「小島」の訛伝かともいわれ、かりにこれを「小島」の訛伝と考えるなら、この「近江国の住人」に関連して注意されるの

は、比叡山と小島法師のかかわりについて説いた筑土鈴寛《つくどれいかん》氏の説である。(8)

小島法師の「小島」を、かつて天台座主慈円の住んだ小島坊（近江国志賀郡大和荘）、ないしは青蓮院《しょうれんいん》領の美濃《みの》国小島荘との関連で考えた筑土氏は、小島法師を比叡山配下の下級唱導者と推定した。また、おなじく小島法師を「山門に養われた芸能者の一人でなかったか」と推定するのが、林屋辰三郎《はやしやたつさぶろう》氏である。(9)

林屋氏は、小島法師がとくに「卑賤の器」といわれた点に注目して、散所《さんじょ》的支配をうける賤民身分、すなわち山門関係の「散所法師の一人ではなかったか」と述べている。(10)小島法師の出自に散所的背景を考える林屋説は、横井清《よこいきよし》氏によって支持されているが、「卑賤の器」に関連して注意されるのが、小島法師を備前《びぜん》児島の山伏の一派とみる和歌森太郎《わかもりたろう》氏の説、(11)また和歌森説をさらに具体化して、備前児島の新熊野《いまくまの》神社（同社を拠点に活動した時衆）との関連に説きおよんだ角川源義《かどかわげんよし》氏の説である。(12)

太平記の語り手（ヨミ手）と「非人」身分とのかかわりについては、あとであらためて考察する。ともかくここでは、太平記を談義／物語する「卑賤の器」が、「太平記作者」としてつたえられたことに注目したい。それはある時点までの「太平記」が、それら「卑賤」の芸能民と不可分に存在したことをしめしている。

2　バサラと芸能民

言語道断——頓阿のいでたち

応永七年（一四〇〇）の信濃《しなの》国の国一揆の顚末《てんまつ》を記した『大塔物語《だいとうものがたり》』は、信濃守護小笠原《おがさわら》長秀《ながひで》につかえた頓阿《とんあ》という物語僧について記している。

「面貌醜くして、その躰はなはだ賤し」といわれる頓阿は、しかし連歌・早歌《そうか》・舞・歌等の名人であり、とくに「物語は、古山の珠阿弥の弟子、弁舌宏才は、師匠をもどく程の上手」だったという。古山珠阿弥は、足利義満の同朋衆《どうぼうしゅう》としてつかえた時衆である。(13)その弟子の頓阿も、「物語」などの芸能で小笠原長秀につかえた時衆だったろうが、主君の善光寺入りに供奉した頓阿のいでたちは、つぎのようなきわめて異様なものであった。

件《くだ》んの金襴《きんらん》の頭巾をば盆の窪にあつらへ、魚綾《ぎょりよう》、朽葉《くちば》、綾緞子《あやどんす》色々の小袖に耳の根を突かせ、好むところの片飼《かたかい》の駒に、胡獱《こひん》の皮の張鞍を被せ、しどけなく打乗つて、蝙蝠《かわほり》の扇を以て鞍の山形を打ち鳴らし、一声歌つて打つて行く。誠に淵底《えんてい》を究めたる風情、言語道断にして是非の批判に及ばず。今日の見物は頓阿を規模となす。

南北朝期に流行したバサラの装いである。こうした「言語道断」のいでたちが、いっぽうで「その躰はなはだ賤し」と評されていることに注目したい。

南北朝期のバサラが、平安時代の「非人」の風俗に源流をもつことは、網野善彦《あみのよしひこ》氏によっていわれている。摺衣《すりごろも》等の「綾羅錦繡《りょうらきんしゅう》」が、院政期には禁忌に拘束されない「非人」の風俗であり、それが博奕《ばくえき》・双六《すごろく》・印地《いんじ》などの結党の悪徒、「京童《きょうわらべ》」とよばれる都市民のあいだにひろまり、さらに鎌倉末から南北朝期にかけての「非人の風俗の噴出」になったという。(14)

頓阿の「言語道断」のバサラの風情が、「はなはだ賤し」と評された理由だが、注目すべきは、こうした禁制や法秩序にとらわれない「非人」身分の異風な装いが、鎌倉時代の末ごろには、畿内近国の悪党的な土豪層、職人的な武装集団の装いともなっていたことである。

「異形」のもの

南北朝期に記された播磨《はりま》国の地誌『峯相記《みねあいき》』は、「当国は殊に悪党蜂起の聞こえ候」として、「悪党」(15)がとくに「正安《しょうあん》・乾元《けんげん》のころ」(一二九九〜一三〇三)から「日を逐つて倍増」したことを述べている。

正安・乾元のころより、目に余り、耳に満ちて聞こえ候ひし所々の乱妨《らんぼう》、浦々の海賊、寄取り、強盗、川賊、追ひ落としひまなく、異類異形《いるいいぎょう》なるありさま人倫に異なり、柿帷《かきかたびら》に

> 六方笠《ろっぽうがさ》を着て、烏帽子・袴を着し、人に面《おもて》を合はせず、忍びたる体にて数不具なる高しこを負ひつ、柄鞘《つかさや》はげたる太刀をはき、竹ながゑ・さい棒ばかりにて、鎧・腹巻等を着るまでの兵具さらになし。かかる類十人二十人、或は城に籠り、寄手に加はり、或は引き入れ返り忠を旨として、さらに約諾を本とせず。博打・博奕を好みて、忍び・小盗を業とす。武士方の沙汰・守護の制禁にもかかはらず日を逐つて倍増す。……

「異形」の悪党（『融通念仏縁起』より。清涼寺蔵）

「烏帽子・袴」を着し、女性がもちいる「六方笠」をかぶり（『日葡辞書《にっぽじしょ》』に「Roppógasa 昔、女の人がかぶったある笠」とある）、また「人に面を合はせず」とあるのは、頭巾や覆面で顔をおおったものだろう。覆面姿が「異形《いぎょう》」であり、それが中世には人の社会的ありかたをかえる象徴的作法ともなりえたことは、勝俣鎮夫《かつまたしずお》氏が説いている。[16]

　顔をおおいかくす、つまり身もとを不明化することで、社会との世俗的関係を絶った一味同心の結党の悪徒が出現するのだが、さらに「柿帷」（柿色の単衣《ひとえ》の衣）というのも、中世には山伏や「非人」身分のもちいた「異形」の装いであった。近年の社会史研究の成果によれば、柿色という色彩は、一種の身分表象として機能し、それは日常的価値とはことなる価値体系に生きるものたちに独特な色彩であったという。

すなわち社会的規範や法秩序にとらわれない「異形」の装いとして、柿帷・覆面・六方笠はともにシンボリックな機能を発揮したのだが、『峯相記』によれば、このような「異類異形なるありさま」の悪党たちは、「正中《しょうちゅう》・嘉暦《かりやく》のころ」（一三二四〜二九）には「その振舞先年に超過し」、いでたちも「天下の耳目を驚かす」ほどになったという。

よき馬に乗り列なり、五十騎百騎打ちつづき、引き馬、唐櫃《からびつ》、弓箭《きゅうせん》、兵具の類ひ金銀をちりばめ、鎧・腹巻てりかがやくばかり也。論所にあらざれども本人の方人《かたうど》と称して所々を押領し、党を結び、契約をなし、与力□号の類等城を構へ、故実屏を塗りいだし、矢倉をかき、はしりをつかひ、飛礫《つぶて》をなげ、勢楼、持ち楯、屏風楯、箱楯、竹をひしぎ皮をのべ、種々の支度をめぐらし、無尽の方便を構ふ。かくの如くの輩、多くは但馬《たじま》・丹波《たんば》・因《いな》幡《ば》・伯耆《ほうき》より出で来たるの間、兼日の賄賂《わいろ》をば山越しと称し、後日の属託《しょくたく》をば契約と号す。人目を憚りて恥ぢ恐るる気色さらになし。

兵具に「金銀をちりばめ」た、文字どおり「てりかがやくばかり」のバサラの悪党が出現したのである。

幸ひにこの乱出で来たり

後醍醐天皇の第一次討幕計画が発覚したのは、正中元年（一三二四）九月である。『峯相記』によれば、かつての「忍びたる体」の悪党は、「正中」年間以降、「人目を憚りて恥ぢ恐るる気色さらにな」かったという。「武士方の沙汰・守護の制禁」への敵対行為が、なかば公然と行なわれたわけだ。

『峯相記』に記される播磨国でいえば、赤穂《あこう》郡苔縄《こけなわ》城を本拠とした赤松円心《あかまつえんしん》（則村《のりむら》）は、元弘二年（一三三二）に、鎌倉の催促に応じて天皇方の討伐に参加している。しかし後醍醐天皇が隠岐《おき》を脱出した元弘三年春には天皇方に寝返っている。

寝返り・裏切りというのは、いかにも悪党的行為だが（『峯相記』には「返り忠を旨として、さらに約諾を本とせず」とある）、太平記はさらに、赤松勢のなかに、多数の「野伏」「足軽」のたぐいが混じっていたことをつたえている（巻八「山崎合戦の事」）。

たとえば元弘三年（一三三三）四月、久我畷《こがなわて》合戦で活躍した赤松氏の一族、佐用範家《さよのりいえ》は、「野戦《のいくさ》に心き」く兵であり、「わざと物の具を脱いで、徒歩《かち》立ちの射手」となり、「畦《あぜ》を伝ひ、藪を潜」って鎌倉方の総大将名越高家《なごえたかいえ》の陣にちかづき、みごと至近距離から射殺してしまう（巻九「久我畷合戦の事」）。いかにも悪党的な武勇だが、また京都西七条の合戦に登場する赤松方の頓宮又二郎《とんぐうまたじろう》、田中藤九郎の両人は、つぎのように描写される。

ここに赤松勢の中より、ただ二人進み出でて、敵の数千騎ひかへたる中へ是非なく打つてかかる兵あり。……相近づくに随つてこれを見れば、長《たけ》七尺ばかりなる男の、髭《ひげ》両方へ生《お》ひ分かれて、眥《まなじり》逆さまに裂けたるが、鎖《くさり》の上に鎧を重ねて着たり。大たてあげの臑当《すねあて》に膝鎧かけて、竜頭《たつがしら》の冑《かぶと》を猪頸《ゐくび》に着なし、五尺余りの太刀をはき、八尺余りの金《かな》さい棒の八角なるを、手もと二尺余り円めて、誠に軽げにひつさげたり。……かれら二人、大音声をあげて名乗りけるは、「備前国の住人、頓宮又二郎入道が子息孫三郎、田中藤九郎盛兼《もりかね》、おなじく舎弟盛泰《もりやす》と云ふ者なり。われら父子兄弟、少年の昔より勅勘《ちよつかん》・武敵の身となつて、山賊・海賊を業として一生を楽しめり。然るに今、幸ひにこの乱出で来たり、かたじけなくも万乗《ばんじよう》の君の御方に参ず。……」と荒言《こうげん》を吐いて、仁王立ちにぞ立つたりける。

（巻八「妻鹿《めが》孫三郎《まごさぶろう》勇力の事」）

頓宮と田中のいでたちは、『峯相記』のつたえる悪党の「異類異形なるありさま」ともかさなっている。たとえば、『峯相記』の悪党の武具に「さい棒」があるが、頓宮・田中の両人も「八尺余りの金さい棒」をもっている。

「さい棒」が中世には「非人」の武芸であったことは、岡見正雄《おかみまさお》氏が説いている。(17) また、

「金さい棒」で武装した両人が「髭両方へ生ひ分かれて」とあるのも、『法然上人絵伝』などに描かれた放免《ほうめん》（犯罪者の追捕・処刑に従事する「非人」）のすがたを思わせる。このような「非人」ごしらえの異様な人物たち（けっして誇張とは思われない）が、赤松円心に一味同心した山陽道の悪党であったことはたしかだろう。

両人の名のりによれば、「山賊・海賊を業と」していたかれらは、「今、幸ひに」元弘の変にあい、「万乗の君の御方に参」じたのだという。まさに「浦々の海賊、寄取り、強盗、川賊」（『峯相記』）のたぐいが、その悪党的行為の大義名分を後醍醐天皇からあたえられたわけだ。

放免（『法然上人絵伝』より）

山ブシ・野ブシ——折口信夫の指摘

赤松円心にかぎらず、楠正成・名和《なわ》長年《ながとし》・児《こ》島高徳《じまたかのり》など、天皇方の武将で氏素姓の知れないものたちは、いずれも山間地帯でのゲリラ戦を得意とする。

後醍醐天皇の軍事力に、笠置《かさぎ》・葛城《かつらぎ》・吉野・熊野《くまの》・白山《はくさん》・児島・大山《だいせん》・彦山《ひこさん》・阿蘇《あそ》などの山伏の勢力があったことは知られているが、なかでも山伏との密接なかかわりが考えられるのが楠正成である。

楠正成の本拠地は、太平記に「河内国金剛山の麓」とあり（巻三「主上御夢の事」）、金剛山は、修験・山伏の発祥の地、葛城山系の中心に位置している。正成本人が山伏であったかはともかくとして、すくなくともかれの勢力基盤が、葛城山系の山伏・山民となんらかのかかわりがあったことはたしかだろう。(18)

太平記によれば、金剛山にたてこもる正成方の軍勢は「野伏」であったという（巻七「新田義貞綸旨を賜はる事」、巻九「千葉屋城寄手敗北の事」）。野伏は山伏と対をなすことばだが、たとえば中世の「武士」という語の起源について、折口信夫《おりくちしのぶ》は、「武士は実は宛て字で、山・野と云ふ修飾語を省いた迄である」と述べている。(19)

折口のいう山ブシ・野ブシは、上代のホカヒビトの系譜をひく宗教的流民であり、それは室町時代のスッパ・ラッパをへて、近世のかぶき者・「ごろつき」の世界につながってゆく。(20)南北朝期の悪党が、宗教民や商工民までふくみこんだ遍歴の職人的武士団であったことは知られている。正成の軍事的・経済的活動の背景に、山野を遍歴する広汎な職能民の世界が存在したことはたしかである。

京の「非人」たちの異風なよそおいが、鎌倉末以降、畿内近国に流布・浸透してゆく。荘園領主や武家方から「悪党」とよばれた野伏・山伏の集団、鎌倉的秩序にくみいれられず、既存の体制に不満をいだく職人的ブシの集団が、禁制や法秩序にとらわれない「異形」・バサラの風俗をうけいれたのは時代の趨勢である。

きわめて好意的

『峯相記』によれば、正中年間以後の播磨国では、悪党が「党を結び、契約をな」すことで、播磨一国どころか「但馬・丹波・因幡・伯耆」からも「出で来」たという。畿内近国の悪党が広範な横のつながりを組織したのだが、そのような悪党たちの組織的反抗のなかで、元弘三年（一三三三）の後醍醐天皇の軍事的くわだても成就する。『峯相記』のさきの引用箇所につづく一節、

国中の上下、過半、彼等に同意する間、廉直の才子・神妙の族、耳を押さへ目を塞いで旬を亘る処に、はたして元弘の重事出で来たる。併《すべ》て此の輩を所行する武家政道の過失也。

京を落ちのびる六波羅探題勢を襲撃して全滅させたのも、近江・美濃一帯の「欲心熾盛《しじょう》の野伏ども」「山立《やまだち》・強盗・あぶれ者」のたぐいである（太平記巻九）。描かれかたはちがっても、畿内近国の野ブシ・山ブシを代表する存在が、播磨の赤松氏であり、河内の楠氏、伯耆の名和氏、備前の児島氏だったろう。

「今、幸ひに」元弘の変にあい、「かたじけなくも万乗の君の御方に参」じたものたちだ

が、注目すべきは、こうした悪党的ブシの代表者たちが、太平記（とくに第一部）においてきわめて好意的に語られているという事実である。

源平の「武臣」の範疇《はんちゅう》にはいらない人物、源平交替の歴史の枠組みからは、およそ浮上する余地のない人物たちが、きわめて好意的・同情的に語られてしまう（その代表格はもちろん楠正成）。それは太平記の歴史の枠組みとはあきらかに矛盾する造形だが、おそらくそこに、太平記の生成に参加した法師形の「卑賤の器」、あるいは「宮方深重」といわれる「此記の作者」の立場が問題化しているのである。

3　小島法師の問題

河内の悪党

永仁三年（一二九五）春、播磨国大部庄《おおべのしょう》（東大寺領）の百姓が東大寺にあてた書状は、元弘の変以前の楠氏について知ることができる唯一の確実な史料である（東大寺文書）。

大部庄の百姓が、雑掌《ざつしょう》（荘園の請負代官）の「種々の非法」を、荘園領主の東大寺に訴えた書状だが、「非法を張行」した雑掌三名のうちのひとりとして、「楠河内入道」の名があげられている。

河内の楠氏であり、年代から考えて正成の父（近世の系図類によれば楠正遠《まさとお》）と推定されているが、雑掌でありながら「非法」をはたらいた「楠河内入道」とは、この時代のいわゆる「悪党」にほかならない。

元徳三年（一三三一）に和泉《いずみ》国若松荘（臨川寺《りんせんじ》領）を「押妨」した「楠兵衛尉《ひょうえのじょう》」（正成）も、臨川寺が幕府に訴えた文書で「悪党」とよばれている（臨川寺文書）。元弘の変の勃発時、正成が後醍醐天皇の召しに応じて笠置に参上した時期の悪党的行為である。

散所民たちの長者――林屋辰三郎の説

林屋辰三郎氏は、「楠河内入道」が荘園の「雑掌」をうけおっている点に注目して、楠氏の出自を、散所とのかかわりから説いている(21)。

散所とは中世の荘園のなかでも年貢の運上を予定しない地域。耕作に適さない荒地や山間部にひらかれた荘園である。散所に生活する散所民は、年貢を免除されるかわりに、運送、警固、清掃などの雑役に従事し、また祝言、祓《はら》えなどの宗教的雑芸で奉仕する。あるいは各種の工芸や加工技術にたずさわって製品をおさめ、余剰物の売買によって、中世流通経済の主役にもなってゆく。

林屋氏によれば、そのような散所民たちの長者（いわば親方）的な存在が、河内の楠氏だったという。たしかに正成の神出鬼没の活動、その的確な情勢判断や戦術をささえる情報網は、中世の流通機構をになう散所民とのかかわりから説明できる。また正成の奇抜な戦法

——敵の頭上に大木や大石をふらし、熱湯を浴びせかけ、また釣り塀や藁《わら》人形の奇策をもちいるなど——も、中世の武装「非人」集団の戦法をおもわせる。(22)

荘園領主からの依頼で「雑掌」をうけおった「楠河内入道」は、年貢の取りたてから運送・管理・売買などに従事するかず多くの非農業民をしたがえていただろう。確証はえられないとしても、楠氏の軍事的・経済的な活動の背景として散所(および散所民)を考える林屋説は、現在までのところもっとも有力な仮説といえる。

しかし林屋氏の楠正成＝散所長者説にたいして、正成の兵衛尉という官職に注目して、かれを鎌倉幕府の御家人《ごけにん》とみる説もいっぽうで行なわれている。(23) また、得宗《とくそう》(北条氏の嫡流家)の被官《ひかん》説、(24) 皇室・公家の被官説などもふるくから行なわれている。

真相はけっきょく不明としかいいようがないが、しかし太平記の「正成」を読みとくうえで、史上実在したかれがなにものであったかは二次的な問題だろう。たとえば、太平記の正成討ち死にの条、

智仁勇の三徳を兼ねて、死を善道に守り、功を天朝にほどこす事は、いにしへより今に至るまで、正成ほどの者は未だあらず……　(巻十六「正成兄弟討死の事」)

この最大級の賛辞は、もちろん現実の正成の問題なのではない。太平記の楠合戦が、中世

の武装「非人」集団の戦法をおもわせるとすれば、太平記の正成もまた、後醍醐天皇の軍事力を最下層のところでささえた「異類異形」の「あぶれ者」のたぐいである。好意的・同情的に語られる正成の行動と死は、むしろ正成を語るものたちの位相を暗示している。

天勾践を冗らにすること莫かれ

すでに述べたように、太平記を談義・講釈した物語僧のなかでも、とくに「名匠の聞え」の高かったのが、「太平記作者」と風聞された「小島法師」である。「卑賤の器」といわれた語り手と登場人物との関係でまず注目されるのは、太平記でコジマと称する人物、すなわち児島高徳である。

太平記の児島高徳は、巻四「備後三郎高徳の事」にはじめて登場する。

元弘二年（一三三二）三月、隠岐に流される後醍醐天皇の奪還をくわだてた児島高徳は、途中の山陽道で天皇の一行を待ちうける。しかし一行の道順が山陰道にかえられたため、高徳はただひとり院之庄の宿所に「微服潜行」し、庭前の桜の樹に、「天勾践《こうせん》を冗《いたづ》らにすること莫《な》かれ、時に范蠡《はんれい》無きに非ず」と彫りきざむ。詩句を理解できない警護の武士にたいして、天皇だけはその意味を理解し、「竜顔ことに御快げにうち笑ませ給」うたという。

古来、児島高徳の「桜樹題詩」として知られる有名な話だが、しかし主人公の「高徳」という（道義心の権化のような）名前といい、また地方武士にはおよそ似あわない文才・教養といい、いかにもつくられた話という印象がつよいのである。

児島高徳と細川頼之

児島高徳については、建武年間の任官叙爵記《じよしやく》のたぐいにその名がみえず、建武政権下でどのようなポストについていたのかもわからない。また、太平記が語るはなばなしい活躍にしても、結果はすべて「行き違い」であって、「元弘二年より正平七年迄廿三年の間、一向図の当りし事がない」[25]。

明治以降、その実在さえ疑問視されてきた理由だが、しかし児島高徳については、出家後のかれを太平記作者のひとりとする説が、ほかならぬ太平記読み（講釈）の世界で行なわれている。すなわち、太平記読みの所伝を近世初頭に集大成した『太平記評判秘伝理尽鈔』（以下『理尽鈔』と略称する）の説である（巻一「名義幷びに来由」）。

……南帝の正平のころ、備後三郎高徳入道が吉野に在りしに、新帝の勅によつて、京中の合戦、高氏の敗北を記す。十五の巻なり。

……時に高徳入道義清《ぎせい》、越前の合戦、義助の敗北、ならびに尊氏・直義が一代の悪逆を記す。二十二の巻なり。然るを後に武州入道（細川頼之《ほそかわよりゆき》）無念の事に思ひて、一天下の内を尋ね求めて、これを焼失す。今、二十二の巻、顕《あら》はに読まずと云々。当代に在る所の二十二の巻は、二十三より集め出だして、二十二と号すとなり。また和州多武峯《とうのみね》にして、この書を記すること十二巻なり。作者六人。教円上人、南都の人なり。義清法師、高徳入道の事なり。寿栄法師、玄恵が弟子なり。和州十市の人なり。北畠顕成、顕家の男なり。二十六にして出家、法号を行意と号す。歌道の達者なり。証意法眼、興福寺の住僧なり。日野入道蓮秀等なり。

太平記巻十五と巻二十二の作者、および巻二十三から三十四までの作者のひとりとして、高徳入道（法名義清）の名をあげている。なかでも、高徳入道が「尊氏・直義が一代の悪逆」を記した巻二十二は、「武州入道無念の事に思ひて、一天下の内を尋ね求めて、これを焼失」したという。

太平記の古写本はどれも巻二十二を欠いている（近世の流布版本は、巻二十三以降の記事を順次くりあげるなどして、巻二十二の欠を形式的に補充している）。それは太平記テクストを古本系／流布本系に分類するさいの指標になっているが、巻二十二がうしなわれた原因としては、それが巻二十一の後醍醐天皇の崩御につづく巻だけに、足利政権による政治的圧力が想像されている。(26) その巻二十二の削除、焚書《ふんしょ》を行なった人物として、『理尽鈔』は、足利義満を補佐して管領となった「武州入道」、すなわち細川頼之の名をあげるのである。

太平記巻四十「細川頼之西国より上洛の事」は、細川頼之の政治を評して、「貞永《じょうえい》・貞応《じょうおう》の旧規に相似たり」と述べている。「貞永・貞応の旧軌」すなわち北条義時《よしとき》・泰時《やすとき》の治世を武家政治の手本とするのは、足利直義が監修した『建武式目《けんむしきもく》』の基本姿勢である。

足利直義の政治理念を継承した人物ともいえるのだが、そのような細川頼之によって、児島高徳が尊氏・直義の「悪逆」を記した巻二十二が削除されたという。児島高徳と細川頼之――、このふたりの人物によって、太平記に重層するふたつの異質な論理が説明されるわけだ。

その後は杳として知れず

だがそれにしても、『理尽鈔』がつたえる巻二十二(欠巻)の作者、「高徳入道」とはだれなのか。細川頼之の「貞永・貞応の旧軌」に対立・拮抗《きっこう》した児島入道のイメージは、「太平記作者」といわれる法師形の「卑賤の器」、「小島法師」のイメージにかぎりなくかさなってゆく。

太平記の児島高徳は、康永《こうえい》二年(興国《こうこく》四年〈一三四三〉)十二月、足利尊氏・直義兄弟の暗殺をくわだてて失敗している(巻二十五「三宅荻野謀反の事」)。そして一味が自害するなか、かれだけは、大将の新田義治《よしはる》とともに信濃へ落ちのびたという。

平家物語の悪七兵衛景清《あくしちひょうえかげきよ》をおもわせる「逃げ上手」ぶりである。(27) じっさい「逃げ上手」は、巻三の桜樹題詩から一貫した児島高徳の活躍パターンであった。

康永二年の暗殺計画に失敗したあと、児島高徳は、後村上天皇の勅使として巻三十一に登場する（巻三十一「南帝八幡御退失の事」）。すでに出家して「児島三郎入道志純」（神田本）と名のるかれは、東国・北国へ下って宮方再興の「義兵」をつのったという。そしてこれ以後、児島高徳の消息は太平記には語られない。その動向がつねに注目されてきた人物にもかかわらず、いつどこで没したのかも不明である。あるいは応安七年（一三七四）に死去した「小島法師」というのも、じつは落魄《らくはく》・老残の児島三郎入道だったろうか。

生きのこりの常陸坊海尊《ひたちぼうかいそん》式の伝承パターンが想像されるわけだが(28)、あるいは『理尽鈔』の「高徳入道」作者説にしても、その背景には、やはり児島三郎入道を自称した「卑賤の器」（応安七年に死去した「小島法師」と同一人かはともかくとして）の伝承が存在したものだろうか。

執拗な反抗

太平記を談義／物語する異形の「あぶれ者」たちが、みずからの境遇を楠氏や名和氏、児島氏の末路にかさねあわせたことは想像にかたくない。

「異類異形」をよそおい、都市下層のルサンチマンを体現するかれらが、楠や名和・児島の討幕活動を語るうちに、いつのまにかその縁故を僭称しはじめたことも容易に想像できる。

たとえば、永享《えいきょう》元年（一四二九）九月、足利氏の六代将軍義教《よしのり》の暗殺をくわだてて処刑された楠木某(「僧体」だったという)は、処刑のまえに辞世の和歌や漢詩をつくるなど、不思議なほど詩文に長じた人物であった。(29)

楠氏や名和氏の裔《すえ》を自称した近世の太平記講釈師については後述する。楠や名和・児島を名のる語り手の系譜のなかでも、もっともはやい例の一つが、落魄の「高徳入道」、すなわち児(小)島法師を名のる法師形の「卑賤の器」だったろうか。

語り手と語られる作中人物とがだぶってくるというのは、日本の語り芸の伝統である。つくられた「歴史」の枠組みにたいして執拗な反抗をくわだてる児島高徳(あるいは楠・名和の一族)と、それを仕方・声色をまじえてカタル者たちとは、語り(騙り)芸の世界を媒介にして、まさに系譜的・系図的につながってくるのである。

第三章　天皇をめぐる二つの物語

1　無礼講の論理

酒池肉林の狼藉

太平記巻一「無礼講《ぶれいこう》の事」は、元亨《げんこう》四年（一三二四）のできごととして、後醍醐天皇が、討幕に参加する人びとの心底を確かめるべく、「無礼講といふ事」をはじめたことを記している。

その交会遊飲の体、見聞耳目を驚かせり。献盃の次第上下を云はず、男は烏帽子を脱いで髻《もとどり》を放ち、法師は衣を着せずして白衣なり。年十七八なる女の、みめ貌《かたち》いつくしく、膚《はだえ》ことに清らかなるを二十余人に、褊《すずし》の単衣《ひとえ》ばかりを着せて、酌を取らせたれば、雪の膚すき通りて、太液《たいえき》の芙蓉あらたに水を出でたるに異ならず。山海の珍を尽くし、旨酒泉の如くに湛へて、遊び戯れ舞ひ歌ふ。その間には、ただ東夷を亡ぼすべき企ての外は他事なし。

側近の公家のほかに武士や僧侶までがくわわり、文字どおり酒池肉林の狼藉ぶりが語られる。このような「無礼講」の場を設定して、天皇は、ふだんは宮中への出入りさえ許されない武士たちとも親しくまじわり、かれらの心底のほどをみずから確かめたというのである（カバー写真参照）。

花園院の日記から

正中・元弘の変の発端として語られる有名な「無礼講」の話だが、しかし酒宴にことよせた北条氏（平家）打倒の謀議は、平家物語の巻一「鹿谷《ししがたに》」をふまえた設定でもあった。

平家物語巻一「鹿谷」では、治承《じしょう》・寿永《じゅえい》の乱の発端として、後《ご》白河上皇《しらかわじょうこう》とその側近たちが、俊寛僧都《しゅんかんそうず》の山荘で行なった平家打倒の謀議（いわゆる鹿ヶ谷の陰謀）が語られる。謀議の場が酒宴の席であること、その狼藉ぶりが僧侶の視点から批判的に語られること（平家物語は静憲法印《じょうけん》、太平記は玄恵法印）など、太平記の「無礼講」は、あきらかに「鹿谷」の先例をふまえている。また計画に参加した武士の不覚によって陰謀が露顕し、首謀者の逮捕、天皇（平家物語では上皇）の謝罪へとつづく展開も、太平記は平家物語と一致している。

正中・元弘の変の発端を語る太平記が、平家物語巻一を意識していることはあきらかだが、しかし注意したいことは、平家物語の「鹿谷」にならったとみられる太平記の「無礼講」が、歴史上の後醍醐天皇によって、じっさいにも行なわれていたことである。

たとえば、『花園院宸記』（持明院統の花園上皇の日記）元亨四年（一三二四）十一月一日の条、

> 或人の曰く、資朝・俊基等、衆を結び会合して、乱遊す。或は衣冠を着ず、ほとんど裸形にして飲茶の会これ有り。これ学達士の風か。……この衆、数輩有り。世にこれを無礼講（或は破仏講と称す）の衆と称す。

「世にこれを無礼講の衆と称す」とあるのは、後醍醐天皇の催した「無礼講」が、当時から世間のうわさになっていたことをうかがわせる。平家物語に動機づけられていたのは、「源平合戦」に参加したこの時代の武士たちだけではなかった。平家滅亡の物語は、太平記よりも以前に、まず北条氏（平家）の討伐をくわだてる後醍醐天皇の脳裏に存在したわけだ。

序列が無化される

ところで、『花園院宸記』によれば、後醍醐天皇の催した「無礼講」は「破仏講」ともよばれ、[1]その「乱遊」のさまは、「衣冠を着ず、ほとんど裸形にして」というものであった。

太平記の「献盃の次第上下を云はず、男は烏帽子を脱いで髻を放ち、法師は衣を着せずして白衣になり」の記述を裏づけているが、「無礼講」で無化される「礼」とは、太平記でいう「上下」の礼であり、「衣冠」や「烏帽子」（僧侶の場合は「衣」の色）で標示される世俗的な身分や序列である。

身分や序列が無化される場を設定して、天皇は討幕の謀議をかさねてゆく。もちろんそれは、たんに人材をもとめる手段というにとどまらない。天皇と「武臣」という二極関係をとび超える論理が、政治的（世俗的）な序列を無化する「無礼講」の論理にもとめられたということだ。

「無礼講」の寄合の実態について、『花園院宸記』には「飲茶の会」とある。南北朝期に盛行した茶（闘茶）・連歌などの寄合の席では、もともと世俗的な身分や序列は問われないのが原則である。天皇と地下《じげ》（宮中の昇殿を許されない身分）の同席すらありえたのだが、そのような芸能世界の論理が、政治的世界の序列の論理に対置されたわけだ。

天皇が「武臣」を介さずに直接「民」とむすびつく親政の原理が、世俗的な序列を無化する芸能的寄合の論理にもとめられる。そのような非日常的・反秩序的気分をともなう「無礼講」の寄合は、後醍醐天皇の治世と不可分に浮上・顕在化した文化的事態として、やがては南北朝期の武家や庶民までまきこんだ「群飲佚遊《ぐんいんいつゆう》」の大流行ともなってゆく（『建武式目』）。

朕が新儀は未来の先例たるべし

文保《ぶんぽう》二年（一三一八）に即位した後醍醐天皇が、即位の当初から、意欲的に政務にとりくんだことは知られている。

太平記巻一は、即位してまもない天皇が、往還のわずらいとなる国々の関所を廃止したこと、商人が利潤目的でたくわえた米を適正価格で売却する制度をつくったこと、また「下の情《こころ》、上に通ぜざる事もや有るらん」とて、訴訟の際は「ぢきに訴へを聞」いて、みずから「理非を決断」したことなどを語っている（巻一「後醍醐天皇御治世の事」）。

即位四年めの元亨元年（一三二一）には、父後宇多《ごうだ》上皇の院政を停止し、院庁《いんのちょう》にかわる天皇の政務機関として、記録所《きろくしょ》を復活させている。こうした一連の（過剰ともいえる）天皇の政治意欲が、最終的になにをめざしていたかは、即位十七年めに実現した公家一統政治であきらかにされる。

建武政権にあって、後醍醐天皇は執政の臣（摂政・関白）をおかず、また三公（太政大臣・左右大臣）以下の公卿を太政官八省の各長官にわりあてるなど、みずから行政機構を統括する体制をつくっている。(2) このような「新たなる勅裁」政治について、『梅松論《ばいしょうろん》』は、後醍醐天皇が、

今の例は昔の新儀也。朕が新儀は未来の先例たるべし。

と述べたことをつたえている。天皇の「勅裁」政治は、たしかに人事面での旧儀・先例を破壊することで実現したのである。

天皇が直接「民」に君臨する統治形態が、後醍醐天皇のくわだてた「新政」の内実である。かれがうちだした「新儀」は、君と民のあいだに介在する臣下のヒエラルキーを解体すること、その一点に向けられていたといっても過言ではない。

そのような政治の根本的転換をもくろむ後醍醐天皇にとって、最大の障害となるのが源平の「武臣」である。天皇の軍事力は、武家の棟梁《とうりょう》たる源平両氏以外にもとめられなければならず、そこに見いだされたのが、楠正成や名和長年など、後醍醐の宮廷とまさに「無礼講」的にむすびつく悪党的武士の勢力であった。

2　宮廷とあやしき民

玄恵の批判

太平記第一～二部は、源平の「武臣」交替史として構想されている。君臣の上下、天皇と「武臣」の関係を軸とした序文の名分論は、そのまま太平記前半部の叙述の枠組みである。

そのような枠組みにおいて、後醍醐天皇が行なった「無礼講」の謀議は、その猥雑《わいざつ》な狼藉ぶりが強調されることになる。後醍醐天皇の「無礼講」とは、「武臣」の名分を無化する政治原理の象徴であった。

「無礼講」の狼藉ぶりを記したさきの引用箇所につづけて、太平記は、玄恵法印がその場にまねかれたときのエピソードを記している。玄恵は、足利直義のもとで太平記の改訂に従事したといわれる人物である（『難太平記』）。太平記の成立過程を考えるうえでとくに注目される人物のひとりだが、その玄恵が、無礼講の批判者として作中に登場するのである。

無礼講の謀議が鎌倉方にあやしまれるのを恐れた後醍醐天皇と側近たちは、寄合の口実として、当時「才学無双の聞こえ」のあった玄恵法印をまねいて漢籍の談義を行なわせたという。

しかし玄恵が講じた韓愈《かんゆ》（字《あざな》は退之《たいし》、唐の詩人）の詩文集『昌黎文集《しょうれいもんじゅう》』に、韓愈が皇帝に諫言《かんげん》したために左遷される詩篇の一節があり、人びとはそれを不吉として、玄恵の談義を中途でうちきらせた。この一件を記したあとに、太平記は、「誡なるかな、痴人の面前に夢を説かずといふ事を」という感想を述べている。もちろんここでいう「痴人」には、玄恵の談義をうちきらせた側近とともに、後醍醐天皇本人もふくまれている。

統括原理に揺れがある

太平記がイメージする「太平」の世は、君臣の上下が、それぞれの名分をまっとうすることで維持される秩序的社会である。「君」としての後醍醐天皇の評価は、そのような名分論の枠組みからおのずと決定されている。巻一冒頭の「この時、上には君の徳にたがひ……」であるが、しかし注意したいことは、そのような「武臣」の立場からする名分論は、かならずしも太平記全体を統括する原理とはなりえていない、ということである。

巻一の冒頭部分、および建武政権の批判をテーマとした巻十二をのぞけば、後醍醐天皇は、けっして「君の徳にたが」う天皇としてばかり描かれているのではない。第一部で一貫して批判の対象となるのは、むしろ北条高時であって、天皇は北条氏の専横に苦しむ被害者としての造形がめだっている。

また、太平記第一～二部が、「源平天下の争ひ」（巻十）、新田・足利「両家の国争ひ」（巻十七）として構想されたとしても、そこに語られるのは、もちろん源平の「武臣」の動向ばかりではない。たしかに、「源家嫡流の名家」新田義貞（巻七）と、「源家累葉の貴族」足利尊氏（巻九）は、その登場のはじめから、太平記の歴史の枠組みをになう人物として特筆されている。

しかし第一～二部をつうじて、義貞や尊氏以上に好意的に描かれるのは、楠正成や名和長年、児島高徳など、およそ「武臣」の範疇に入らない武士たちである。まさに「無礼講」的に天皇とむすびついた悪党的武士であるが、それらの人物の英雄的な造形は、太平記の歴史の枠組みからする、どのような整合的解釈が可能なのか。(3)

後醍醐帝の霊夢

たとえば、楠正成である。元弘元年（一三三一）八月、討幕のくわだてが露顕した後醍醐天皇は、内裏《だいり》を脱出して笠置《かさぎ》山《やま》にたてこもる。思いわずらう天皇がみた夢は、紫《し》宸殿《しんでん》の南に常盤《ときわ》木（常緑樹）がしげり、そこに御座がしつらえてあるというもの。

みずから夢解きして、河内の楠氏の存在を知った天皇は、さっそく使いをだして正成をよびよせる（巻三「主上御夢の事」）。河内の一土豪と天皇とのむすびつきが、神秘的な夢告によって説明されるわけだ。それはいいかえれば、天皇と「武臣」という政治的（世俗的）な二極関係をとび超える論理が、霊夢という超自然的な契機にもとめられたということである。

笠置に参上した正成は、「正成いまだ生きてありと聞こしめし候はば、聖運は遂に開かるべしと思しめし候へ」とたのもしげにいい、さっそく河内にかえって挙兵する。以後の正成は、つねに数百人の小勢で、数万あるいは数十万の鎌倉幕府軍を翻弄・撃退している（巻三「赤坂城軍の事」、巻六「楠天王寺に出張る事」、巻七「千剣破城軍の事」）。

物語僧の口吻《こうふん》さえうかがわせる痛快な合戦談だが、流離する天皇をたすけて奮闘する正成の英雄的造形は、たとえば柳田国男《やなぎたくにお》のいう「神を助けた話」、または「流され王」（折口信夫の「貴《き》種流離譚《しゅりゅうりたん》」）などの物語的な定型さえおもわせる。

さして名ある武士にては候はねども

おなじような活躍のパターンは、児島高徳や名和長年の物語にも共通する。

児島高徳は、隠岐に流される後醍醐天皇の道行譚のなかに、「そのころ備前国の住人に、今木三郎高徳といふ者あり」として突如登場する。そして天皇を救出すべくさまざまに支度をめぐらし、けっきょく事ならずして備前にひきあげるのだが、そのさい天皇の宿所にしのび入った高徳が、庭前の桜に、「天勾践《こうせん》を冗《いたづ》らにすること莫かれ」云々の詩句を彫りきざんだ話は、いかにも衒学《げんがく》趣味で講釈ふうの話題である（巻四「備後三郎高徳の事」）。

じっさいこのエピソードにつづけて、越王勾践と范蠡《はんれい》の故事がながながと講釈されている（同「呉越合戦の事」）。その長大な教養説話の導入部ともいえる児島高徳の登場は、まさに流離する天皇とその神秘的な救済者というパターンにおいて、楠正成の登場と対をなす話であった。

また、隠岐を脱出した後醍醐天皇を救うべく物語に登場するのが、名和長年である。帆掛船を家紋とした名和長年については、もとは「鰯《いわし》売り」であったとする巷説も行なわれている（『蔗軒日録』文明十八年三月十一日の条）。

太平記は、天皇一行がであった道行人のことばとして、名和長年について、さして名ある武士にては候はねども、家富貴し、一族広くして、心かさある者にて候へ。
（巻七「先帝船上に臨幸の事」）

と紹介している。類似の紹介は、『増鏡《ますかがみ》』にも「名和又太郎長年といひて、あやしき民なれど、いと猛に富めるが、類広く心もさかさかしく……」とある。伯耆《ほうき》名和湊を拠点に、漁業や海上交易によって巨富をきずいた職人的武士（武装した商人）が、名和長年だったろう。(4)

名和長年はもちろん、楠正成や児島高徳も、「さして名ある武士にては候は」ぬものたちである。『増鏡』ふうにいえば「あやしき民」であるが、このような無名にちかい「民」の階層が、流離する天皇の神秘的な救済者として、物語的に（なかばパターン化して）語られるところに、太平記テクストの重層性がかいまみえる。くりかえしいえば、序文の名分論からすれば、これらの「あやしき民」は、およそ太平記の「歴史」に浮上する余地のない人物たちであった。

怪僧、文観上人

ところで、楠や名和に代表される勢力が後醍醐天皇とむすびついたことの説明として、太平記巻一「俊基偽つて籠居の事」は、日野《ひの》俊基《としもと》が「山伏の形に身をかへ」、廻国して「国の風俗、人の分限をうかがひ見」たことを記している。

また『増鏡』は、日野資朝《すけとも》が「山伏のまねして」東国へくだり、日野俊基も「紀伊《きい》国へ湯《ゆ》浴《あみ》に下るなど云ひなして、ゐ中ありきしげかりし」と述べている。

俊基や資朝などの後醍醐の側近が、討幕勢力の動員に暗躍したというのだが、しかし楠や名和の悪党的なイメージ、なかでも正成の山ブシ・野ブシ的な背景とのかかわりで注目されるのは、後醍醐天皇に近侍した怪僧、文観《もんかん》上人だろう。

たとえば、黒板勝美《くろいたかつみ》氏は、観心寺《かんしんじ》や金剛寺《こんごうじ》など、楠氏と縁のふかい河内の真言宗系寺院に、はやくから文観の影響力がおよんでいたことを指摘し、正成を後醍醐天皇に仲介した人物として、文観の役割に注目している。[5]

黒板氏の説は、植村清二《うえむらせいじ》氏によって支持されているが、[6]なかでも真言僧となる以前の文観の経歴に注目して、その政治的役割から、後醍醐天皇の王権の内実にまで説きおよんだのは、網野善彦氏である。[7]

真言僧となる以前の文観が、西大寺系の律僧（律宗の僧侶）として活動していたことは、岡見正雄氏の考証がある。[8]すなわち正安四年（一三〇二）、叡尊の十三回忌に造立された文《もん》殊騎獅像《じゅきしぞう》（西大寺蔵）の胎内文書に「文観」「殊音《しゅいん》」（文観の別号）の署名がある。文観の史料上の初見だが、青年期の文観（当時二十四歳）が、叡尊《えいそん》（一二〇一～九〇）のおこした西大寺系律宗の僧侶として活動していたことが知られる。

また元亨四年（一三二四）三月に造立された般若寺《はんにゃじ》蔵の八字文殊菩薩像にも、「金剛仏子殊音」の署名がある。奈良の般若寺は、西大寺系律僧の「非人」救済活動の拠点となった寺院である。その八字文殊像の胎内に、天皇の「御願成就」を祈願して造立された旨が明記され、「殊音」すなわち文観の署名が記されるのである。

元亨四年三月は、後醍醐天皇の第一次討幕計画（正中の変）が発覚する六ヵ月前である。文殊像造立に託された天皇の「御願」とは、鎌倉幕府の討伐にほかならない。すでに正中の変の時点で、律僧の文観が、天皇の討幕計画に密接にかかわっていたことが知られる。

律僧として活動した文観は、しかし正和《しょうわ》五年（一三一六）に醍醐《だいご》寺《じ》で伝法灌頂《でんぽうかんじょう》をうけている。そして正式の真言僧となったかれは、元弘元年（一三三一）には幕府調伏の祈禱を行なったかどで逮捕され、また建武政権の成立後は、天皇の推挙によって東寺一長者《とうじいちのちょうじゃ》に昇進している。

真言僧として宗教界の頂点に立ったわけだが、しかし建武元年（一三三四）九月、東寺の塔供養に東寺大勧進《だいかんじん》として参加した文観は、「律僧二人」をしたがえていたという（「東寺塔供養記」）。正規の真言僧となったのちも、律僧としての活動はつづけられていたのである。律僧という資格が、文観の活動にとって本質的な便宜をもたらしたようなのだ。

なぜ律なのか

鎌倉時代の奈良西大寺の僧、叡尊がはじめた戒律復興の運動は、戒律の功徳《くどく》を説いて殺生《せっしょう》禁断《きんだん》を励行し、また寺社の修造・勧進や「非人」救済などの実践的な社会活動をつうじて、ひろく上下の信仰をあつめてゆく。この叡尊がおこした律教団を、かれが止住した西大寺にちなんで「西大寺系律宗」といい、また奈良時代に渡来僧鑑真《がんじん》がひろめた律宗から区別する意味で、「新儀律宗」ともいう。

もともと南都仏教界の自己改革として発生した叡尊の律教団は、僧綱《そうごう》の補任《ぶにん》にあずからないことで、旧仏教界の内部で独自の位相を獲得したといわれる。

僧綱とは、官寺で得度《とくど》した正規の官僧にあたえられる僧位・僧官のこと（いわゆる僧《そう》正《じょう》・僧都《そうず》・律師《りっし》など）。朝廷があたえる僧侶の官位であり、僧侶の世俗的なしがらみの標示でもあるが、そのようなしがらみからみずからを無縁化することで、律僧は自由な立場で寺院内外のさまざまな活動にたずさわり、勧進や施行など、広範な社会活動のにない手ともなってゆく。

たとえば、中世の旧仏教諸大寺において、寺院経済をささえる大勧進職に、しばしば叡尊門下の律僧が起用されている。

その理由として、松尾剛次《まつおけんじ》氏は、律僧が寺院にたいして世俗的な関係をもたない「無縁」の遁世僧《とんぜいそう》（聖《ひじり》・上人《しょうにん》）であること、したがって大寺院を構成する院家や坊にたいして公平な資金分配ができたことをあげている。(9) また、赤坂憲雄《あかさかのりお》氏は、律僧がその「無縁」の遁世僧という特権的位相ゆえに勧進の最適任者となり、さらに「仏法（寺家）と王法（公家・武家）との媒介者」となりえたことを述べている。[10]

それは律僧文観のばあいでいえば、かれが東寺の大勧進に起用され、また「異人非器の体」（「金剛峯寺《こんごうぶじ》衆徒《しゅと》奏状《そうじょう》」）と賤視されながらも宮中ふかく出入りできたこと、そして僧侶はもちろん、公家や武士、さらに「あやしき民」とよばれる階層まで、はばひろい人脈を後醍醐の宮廷に媒介できた理由でもある。

律僧という資格が、文観の活動に本質的な便宜をもたらしたわけだ。たしかに文観は、無縁の上人（律僧）という立場を最大限に利用して、後醍醐天皇の軍事的くわだてに加担し、その「新たなる勅裁」政治に参画したのである。[11]

メディエーター（媒介者）

『花園院宸記』元亨四年（一三二四）十一月一日の条は、「無礼講」の謀議にくわわった西大寺の律僧、智暁《ちぎょう》が幕府に捕らえられたことを記している。

智暁は、元弘元年（一三三一）にも文観・円観らとともに逮捕されているが、そのとき六波羅へめしだされた教円も、太平記によれば南都唐招提寺《とうしょうだいじ》の律僧である（太平記巻二「僧徒六波羅へ召捕る事」）。また同年九月の笠置山合戦では、般若寺の律僧、本性房《ほんしょうぼう》が、後醍醐方として奮戦している（巻三「笠置軍の事」）。

天皇の討幕計画に、南都の律僧がすくなからず参加していたのだが、かれら後醍醐方についた南都系の律僧のなかでも、はやくからその指導的位置にあったのが文観だったろう。ついでにいえば、後醍醐の宮廷で行なわれた「無礼講」の寄合にしても、その演出には、西大寺の智暁をはじめ、文観周辺の律僧が関与していたと思われる。

茶寄合や連歌会など、芸能的寄合の場をつかさどるのは、無縁の原理を体現した遁世者である。かれらが演出する「無礼講」は、後醍醐の宮廷に「あやしき民」の世界をひきいれる象徴空間でもあるが、そのようなメディエーター（媒介者）としての律僧の役割に関連してもうひとり注目される人物が、文観とともに後醍醐天皇のあつい信任をうけていた法勝寺の上人、恵鎮である。

もうひとりの「異形」の僧

太平記巻二「三人の僧徒関東へ下向の事」は、元弘元年（一三三一）六月、北条氏調伏の祈禱を行なった恵鎮が、文観・忠円とともに鎌倉へ送られたことを記している。

文観は拷問のすえに罪状をみとめ（平家物語の西光のイメージである）、忠円は「天性臆病の人」で「責めぬ先に」白状におよんだといい、しかし恵鎮は、日吉山王《ひえさんのう》や不動明王の加護によって拷問をまぬがれたという。さきに述べた玄恵法印とともに、太平記できわめて好意的に語られる僧侶だが、この恵鎮のばあいも、法勝寺大勧進などをつとめた律僧であった。太平記巻二から、恵鎮（法号は円観）の紹介部分を引用すれば、円観上人と申すは、もとは山徒（比叡山の僧侶）にてぞおはしける。顕密両宗の才、一山に光りあるかと疑はれ、智行兼備の誉れ、諸寺に人なきが如し。かかりけれども、「如《し》かじ、公請論場の声誉を捨て、高祖大師の旧規に帰せんには」と、ひとたび名利の轡《くつばみ》を帰して、永く寂寞《じゃくまく》の苔の扉を閉ぢ給ふ。初めの程は、西塔の黒谷といふ所に居を占めて、三衣を荷葉の秋の霜に重ね、一鉢を松花の朝の風に任せ給ひけるが、徳、孤ならず必ず隣あり。大光明をかくさざりしかば、遂に五代聖主の国師として、三聚浄戒《さんじゆじょうかい》の太祖たり。かかる有智高行の尊宿たりといへども、時の横災にやかかりけん、また前世の宿業にや引かれける、遠蛮の囚となりて、逆旅《げきりょ》の月にさまよひ給ふぞ、不思議なりし事どもなり。

（巻二「三人の僧徒関東へ下向の事」）

比叡山の西塔で「智行兼備」をたたえられた恵鎮は、しかし祖師最澄《さいちょう》のさだめた「旧規」（戒律）に復帰することをねがい、あえて天台僧としての「声誉」をすてて、黒谷別所の興円がはじめた戒律復興の運動に参加した。その間の経緯を、右の引用文は、「ひとたび名利の轡を帰して、永く寂寞の苔の扉を閉ぢ給ふ」と述べている。

しかし徳行はおのずから人の知るところとなり、朝廷にまねかれて「五代聖主」（後伏《ごふし》見《み》・花園・後醍醐・光厳・光明）の帰依をうけたが、「時の横災にやかかりけん」、北条氏調伏の祈禱を行なったかどで捕らえられ、「遠蛮の囚となりて」鎌倉まで送られたという。

鎌倉に送られたのちの恵鎮が、文観・忠円とは対照的にきわめて好意的に語られていることは、さきに述べた。松尾剛次氏は、叡尊にはじまる南都系の新儀律僧にたいして、興円・恵鎮らの天台系の戒律復興グループを、北嶺《ほくれい》系の新儀律僧とよんでいる。また後醍醐天皇と文観の関係に注目した網野説をうけて、恵鎮もまた「後醍醐天皇と密接に結び付いた『異形』の僧であった」と述べている。(12)

「宮方深重」と評された理由

後醍醐天皇に近侍した律僧という点で、恵鎮と文観は対をなす存在であった。

もっとも、天皇との政治的距離のとりかたには相違がある。後醍醐の政治的敗北に殉じて吉野へおもむいた文観僧正にたいして、恵鎮上人は、建武政権の崩壊後も京都にとどまり、南北両朝の和平交渉の仲介役などをつとめている（巻三十「吉野殿《よしのどの》と相公羽林《しょうこううりん》と御和睦《おんわぼく》の事」）。

政治的な対立から一定の距離をおいた（文字どおり無縁の）「上人」の立場で、まさに「その代の事ども、むねと……見聞き給ひし」人物だが（『難太平記』）、そのような律僧としての恵鎮は、文観が東寺大勧進に起用されたのにたいして、法勝寺の大勧進に任じられている。

勧進の聖・上人は、造寺・造仏にあたる各種職人の統括者であり、また勧進芸能の徒の広範なオルガナイザーでもあったろう。足利直義のもとに太平記「三十余巻」を持参した恵鎮の周辺に、太平記を談義／物語する「卑賤の器」たちをイメージすることは容易である。

天皇と「あやしき民」を媒介する論理は、太平記の生成過程にかくじつに存在したわけで、おそらくそのへんに、恵鎮持参本の「太平記」が「宮方深重」と評された理由もあったろう。

3　鎌倉的秩序と僭上無礼

北畠親房の理想

後醍醐天皇のめざした政治は、たとえば重臣の北畠親房がイメージした「公家一統」政治とはおよそことなっている。天皇の「勅裁」政治が、家格や官位相当規定を無視した人事によって実現したことは、すでに述べた。

たとえば建武元年（一三三四）六月の除目で、後醍醐天皇は、側近の吉田《よしだ》定房《さだふさ》を准大臣に任じている。しかしこの人事について、親房は、

　後醍醐院の御時、前大納言定房、名家としてこれ（准大臣）に任ず。無念といふべし。

（『職原抄《しょくげんしょう》』）

と批判している。「名家」は、大納言を上限とする家格。「名家」にもかかわらず吉田定房が准大臣（同年九月には内大臣）に抜擢《ばってき》されたことが、「無念」だというのである。

親房が理想とするのは、伝統的な家格・家職の観念に立脚した（故実にのっとった）「公家一統」の政治である。その意味では、かれの『神皇正統記』も、当時の公家一般が共有した政治意識を代弁するものであった。

たとえば、『神皇正統記』は、公家政治の規範を、藤原基経《ふじわらのもとつね》が関白となった光孝《こうこう》天皇（在位八八四～八八七年）以後の「中古」においている。「種姓《しゅしょう》」と「譜第《ふだい》」、血統と家格に根拠をおく政治秩序のヒエラルキーは、親房のばあい「上古におよびがたき」「近代」のすがたとして肯定されるのである。[13] すなわち、

光孝より上つかたは一向上古なり。よろづの例を勘《かん》がふるも、仁和《にんな》（光孝天皇の年号）より下つかたをぞ申すめる。……上は光孝の御子孫、天照大神《あまてらすおおみかみ》の正統とさだまり、下は昭《しょう》宣公《せんこう》（藤原基経）の子孫、天児屋根《あめのこやね》の命《みこと》（藤原氏の祖神）の嫡流となり給へり。

皇統が「光孝の御子孫」に定まるいっぽうで、摂関家を頂点とした公家政治のヒエラルキ

ーが形成されたのが、光孝天皇以後の「中古」である。ちなみに、北畠家もその一流であるところの村上源氏中院流は、摂関家と代々姻戚関係をむすんできた清華家《せいがけ》（大臣家）の家柄であった。

『神皇正統記』が新政について批判した箇所に、「累家もほとほと、その名ばかりになりぬるものあり」という一節がある。後醍醐天皇の「新たなる勅裁」政治は、たしかに「累家」（家《いえ》代々）の既得権を破壊することで成立したのである。

親房の政治理想は、当然のことながら、後醍醐天皇がすすめる新政（親政）の人事と対立することになる。そして累家の「臣」の立場を代弁する親房の名分論は、天皇が直接（「臣」を介さずに）「民」に君臨する統治形態を認めない点において、足利政権の名分論的立場と（意外にも）近似するものであった。

『建武式目』と『神皇正統記』

建武三年（一三三六）十一月に成立した足利幕府法、『建武式目』（全十七条）は、その第一条で、近日の「婆佐羅《ばさら》」「過差《かさ》」の風潮を「もつとも厳制あるべきか」とし、第二条では、「茶寄合」「連歌会」などの「群飲佚遊」にたいして、やはり「厳制ことに重」くすべきことを説いている。

服制の規範をかぶいた「婆佐羅」「過差」の風俗は、既成の社会規範にとらわれない「異形」の装いである。また「群飲佚遊」の無礼講は、上下の名分を無化して、人びとをあらたな横の関係に組織しなおす原理ともなるだろう。

このふたつの文化的事態が、後醍醐天皇の政治的くわだてと不可分に浮上・顕在化した事態である以上、足利政権はまず、バサラと無礼講の寄合を「厳制」することからみずからの政権基盤を固めなければならず、そこに持ちだされるのが、「上下」の名分を倫理的に正当化する儒教的な礼節の主張であった。すなわち『建武式目』の第十三条、

一、礼節を専らにすべき事

国を理《おさ》むるの要、礼を好むに過ぐるなし。君に君礼あるべし。臣に臣礼あるべし。およそ上下おのおの分際を守り、言行必ず礼儀を専らにすべきか。

君と臣がそれぞれの「分際を守」ることが治国の要《かなめ》であるとされる。一見、政道の一般論を述べたにすぎないような抽象的条文だが、しかしこれが、初期足利政権のきわめてアクチュアルな問題意識を反映していたことは、『建武式目』がくりかえし言及する「先代」北条氏の先例をみてもよい。すなわち、『建武式目』の跋文《ばつぶん》に、

……義時・泰時の行状をもつて、近代の師となす。

とあり、また総論「政道の事」にも、

> 和漢の間、なんの法を用ひらるべきか。まづ武家全盛の跡を逐ひ、もつとも善政を施さるべきか。

とある。北条義時・泰時の治世を「善政」の手本とするのだが、いうまでもなく、義時・泰時父子は、承久の乱（一二二一）で後鳥羽上皇を隠岐に流し、幕府政治を確立した人物である。

まさに不徳の帝王を廃して「武家全盛」をきずいた人物だが、その「義時・泰時の行状」を手本とした初期足利政権は、『建武式目』を制定する半年まえの建武三年（一三三六）五月、後醍醐天皇に対抗して持明院統の上皇以下をみずからの陣営にむかえいれている。足利尊氏・直義兄弟の念頭に、北条義時・泰時父子の「善政」がことさら意識される必然性はあったのである。

承久の乱のときに鎌倉方の総大将となった北条泰時については、親房の『神皇正統記』も、「上下の礼節を乱らず」「己が分をはか」った人物として最大級の賛辞を送っている。[14] また後鳥羽上皇については、「徳政」の欠如を指摘し、その討幕のくわだては、「上の御とが」

「天のゆるさぬことは疑ひなし」と批判している。

　君臣の二極関係を自明の枠組みとする親房の『神皇正統記』は、臣下の名分を破壊する天皇の在位をみとめない点において、たとえば『建武式目』第十三条の「上下おのおの分際を守り」、また「君に君礼あるべし」と共通する問題をかかえていたのである。

バサラ批判の意味

　ところで、太平記のなかで後醍醐天皇がもっとも批判的に語られる箇所は、建武政権の失政について語る巻十二である。巻十二では、後醍醐の「新政」とともに噴出したバサラ・過差の時代風潮が口をきわめて糾弾される。

たとえば、後醍醐天皇の寵臣、千種忠顕《ちぐさただあき》が催した連日の宴は、その「一度に万銭」をついやす「酒肉珍膳の費《つい》え」が批判され、また「博奕・淫乱を事と」するかれの「金襴纐纈《きんらんこうけつ》」の装いは、「僭上無礼《せんじようぶれい》」「国の凶賊」と評されている。

文観については、その得体の知れない武装集団を引きつれるさまが、「いかさま邪魔外道の、その心に依託して振舞わせけるか」といわれ（巻十二「千種殿幷びに文観僧正奢侈の事」）、また後醍醐天皇の皇子で討幕戦の功労者、護良親王《もりながしんのう》については、京都に凱旋したときのバサラな武具装束がまず批判的に語られ（同「公家一統政道の事」）、その人となりは、「心のままに侈《おご》りをきはめ、世のそしりを忘れて、淫楽をのみ事とし給ひ……」と酷評される（同「兵部卿親王流刑の事」）。

『建武式目』とも共通する時勢批判だが、太平記の批判のほこさきは、もちろん「新政」の張本人たる後醍醐天皇本人にも向けられている。巻十二の建武政権批判がもっとも辛辣をきわめるのは、後醍醐天皇の「奢侈」、なかでもその大内裏造営のくわだてにたいしてであった（「大内裏造営の事」）。

「新政」とともに浮上したバサラ・僭上無礼の風潮は、南北朝期の反秩序的な時代気分のなかで、あらたに台頭した守護大名たちによって、より大規模にうけつがれてゆく。

太平記第三部は、政道をみだす元凶として、佐々木《ささき》道誉《どうよ》や高師直《こうのもろなお》・師泰《もろやす》兄弟など、いわゆるバサラ大名たちの奢侈・僭上無礼をくりかえし糾弾している（巻二十一「佐渡判官入道流刑の事」、巻二十三「土岐頼遠御幸に参り合ひ狼藉を致す事」、巻二十六「執事兄弟奢侈の事」、ほか）。またそれに対比させるかたちで、「先代」北条氏の時代の武士のありかたが賞賛的に回顧される。

たとえば、巻三十三「公家武家栄枯地を易《か》ふる事」では、分に応じた「先代」の守護のありかたが語られ、そこから、当代の守護大名が「身には錦繍をまとひ、食には八珍を成し、連日のように「茶事」や「博奕」にふけるさまが批判される。

また、巻三十五「北野通夜物語の事」では、「無礼、邪欲、大酒、遊宴、ばさら、傾城、双六、博奕」を好む当代の武家にたいして、「先代」の「威力あれども驕《おご》らぬ善政が回顧される。最明寺《さいみょうじ》入道（北条時頼《ときより》）の廻国譚、銭十文をさがすのに松明《たいまつ》五十文を買いもとめた青砥《あおと》藤綱《ふじつな》の著名な美談も、この章で語られる「先代」の先例説話である。

バサラ大名の僭上無礼は、それが武家政治のヒエラルキーを破壊する点において批判されるのである。その意味では、第三部のバサラ大名批判は、巻十二の建武政権批判の継承・展開であったといえる。太平記第一〜二部の「武臣」の名分論は、第三部の叙述の枠組みとしても受けつがれたわけで、そのような第一〜二部と第三部の連続性は、さきに述べた太平記の書きつぎ・改訂の過程にも、一定の傍証を追加するはずである。

やはり細川頼之が関与か？

前章で述べたように、近世初頭の太平記講釈の所伝には、太平記後半部の改訂に「武州入道」細川頼之が関与したとする説が記される。すなわち太平記の巻二十二が欠巻であるのは、それが「尊氏・直義が一代の悪逆」を記した巻ゆえ、細川頼之によって廃棄されたというのである（『理尽鈔』巻一「名義幷びに来由」）。

足利義満の政治を補佐した細川頼之は、将軍の権力強化をはかるとともに、公家や寺社の旧領保護の施策をうちだした人物として知られる。

かれの政治について、太平記巻四十「細川左馬頭西国より上洛の事」は、「先代の貞永・貞応の旧規に相似たり」と評している。貞応・貞永年間は、北条義時・泰時父子の時代であ化でもあったろう。

る。「先代」の善政にもたとえられる頼之の政治は、太平記が追求してきた政治理想の具体化でもあったろう。

足利直義にはじまる太平記の改訂・書きつぎ作業は、細川頼之の執政時代に一応の完成をみたものだろうか。(15) たとえば第三部のバサラ大名批判は、守護大名をおさえて新将軍義満の権力拡充につとめた細川頼之の政治姿勢でもあった。

それは足利直義の『建武式目』とも名分論的立場を共有するのだが、ともあれ細川頼之の善政への祝言《しゅうげん》で太平記が終わることは、現存四十巻本の枠組みが、細川頼之の周辺で（すくなくとも頼之にちかい立場の作者によって）つくられたことをつよく暗示するのである。

第四章　楠合戦の論理

1　「歴史」を異化するもの

源平合戦とは異質な世界

太平記の末尾は、「中夏無為の世になりて、目出たかりしことどもなり」という一文でおわっている。やや唐突な感のある結語だが、しかし「先代の貞永・貞応の旧規」にもたとえられた細川頼之の執政によって、太平記の膨大な四十巻は、ともかくもいちおうの首尾が照応したのである。

「先代」の北条義時・泰時の善政は、太平記がイメージする「太平」(理想の武家政治)の具体的な先例である。それは第三部のバサラ大名批判の根拠であり、また巻十二の「新政」批判の根拠にもなっている。

だが太平記にとって、「先代」の善政以上に大きなウェートをしめる先例が平家物語である。武家政治の枠組みは、「貞永・貞応」以前に、治承・寿永の源平合戦によってつくられている。鎌倉幕府そのものの起源は源平合戦（＝平家物語）にあるのだが、「先代」の善政にくりかえし言及する太平記は、いっぽうで源平合戦の先例にもくりかえし言及している。

太平記における平家物語的表現の多用については、すでに後藤丹治《ごとうたんじ》、高橋貞一《たかはしていいち》両氏による詳細な指摘がある。(1) もちろん平家物語の引用は、太平記にとって作文や修辞レベルの問題にとどまらない。それは鎌倉的秩序を実現するための行動と精神の具体的な規範として、太平記がイメージする「太平」と直接的にかかわっている。

しかし問題は、現実の内乱を平家物語ふうに叙述しようとする作者たちの思惑が、けっして思惑どおりに（予定調和的に）完結していないという事実である。ある合戦を平家物語ふうに語ろうとすればするほど、太平記はしばしば平家物語とは異質な世界をかいまみせてしまう。平家物語的な叙述が、むしろ叙述それ自体の作為的な位相を浮かびあがらせ、かえって太平記テクストがかかえこむ重層的な構造を露呈させてしまう。

河原兵庫助と那須五郎

たとえば、太平記巻三十二に語られる河原兵庫助《かわはらひようごのすけ》と那須五郎《なすのごろう》の討ち死に譚である。

巻三十二の後半では、文和《ぶんな》四年（一三五五）春の将軍方と南朝方の激戦が語られる。すでに南朝方の主力は、足利直冬《ただふゆ》や山名時氏《ときうじ》など、武家の内紛によって尊氏・義詮から離反したものたちである。内乱は武家内部の権力闘争といった様相をこくしている。

源平の「武臣」交替、あるいは「南北」両朝の抗争といった名分論的図式がみえにくいのだが、そのような名分のあいまいな状況のなかに、河原某・那須某という、名前からして平家物語的な鎌倉武士が登場する。

摂津神南山《こうないやま》の合戦で将軍方についた河原兵庫助は、一の谷合戦で先陣を駆けた河原太郎の子孫とされる人物である。出陣にさいして先祖の名に恥じない戦死を決意したかれは、味方の負けいくさのさなか、「数万の敵の中へただ一人懸け入つて」討ち死にしてしまう（巻三十二「神南合戦の事」）。

つづく京都山崎・八幡一帯での戦闘では、やはり将軍方の武士として、那須某なる人物が登場する。名前からあきらかなように、扇の的で有名な那須与一《なすのよいち》の子孫とされる人物である。この那須某も、先祖の「名を失」わぬように心がけて、味方の「大勢引退いて、敵皆勇み進める陣の真中へ懸け入つて」死んでしまう（同「京軍の事」）。

河原兵庫助・那須某が太平記でクローズアップされる理由は、その行動がいかにも平家物語的でいさぎよいからである。

当代的な武士のあり方——太平記の慣用句でいえば、「勝を両方に賭」け、戦況次第では「敵ともなり又御方ともなる」——とは、まさに対極に位置する死にざまだが、しかしかれらの（たしかにいさぎよい）討死譚は、局面の展開にたいしてなんら意味をなさない。「数万」の集団戦のなかに呑みこまれてしまう、文字どおりの挿話でおわっている。

その身は徒らに溺れて……

似たような話として、巻十九には、斎藤別当実永《さいとうべっとうさねなが》なる人物の死が語られる。白髪を染めて若武者姿で討ち死にした斎藤別当実盛《さねもり》の子孫とされる人物だが、北畠顕家《あきいえ》の奥州勢が、利根川をはさんで足利勢と対峙したとき、大将顕家のまえに進みでた斎藤実永は、宇治《うじ》・勢田《せた》・藤戸《ふじと》などの著名な渡河戦（いずれも平家物語の先例）について語り、みずから渡河の先陣をかってでる。

そして大将から正式に許可をえたかれは、用意万端をととのえていざ渡ろうとするのだが、しかしそのやさきに、横あいから出てきた「少しも前後を見つくろは」ぬふたりの武士にさきを越されてしまう。立場をなくして腹を立てた実永の、「人の渡したらん処を渡しては、何の高名かあるべき」ということばは、なんだか滑稽でさえある。そこで三町ほど上流から渡したかれは、けっきょく流れにのまれて溺死してしまう。

……その身は徒《いたず》らに溺れて、屍《かばね》は急流の底に漂ふと云へども、その名は止どまつて、武を九泉《きゅうせん》の先に輝かす。「誠にかくてこそ鬢髭《びんひげ》を染めて討ち死にせし実盛が末とは覚えたれ」と、万人感ぜし言《ことば》の下に、先祖の名をさへぞあげたりける。

（巻十九「奥州国司顕家卿上洛の事」）

平家物語巻七「実盛最期」の一節をふまえながら、斎藤実永の勇気ある死が賞賛されている。さきの河原兵庫助や那須五郎の討ち死に譚と同一パターンの話だが、しかしそれにしても、これらのたしかにいさぎよい死は、かれらの先祖がそうであったようには、局面の展開になんら意味をなさない。

とくに斎藤実永のばあい、すでに二人の武士がやすやすと渡河を成功させている以上、わざわざ三町もはなれた上流から渡して、そこが難所であることを確認したにすぎない溺死は、すでに瀬踏みの意味さえない。

そして実永の戦死（というよりは過失死）が「徒ら」（無意味）でしかないのと同様、この挿話も、以後の事件展開になんの意味ももたない。その死を賞賛的に語ろうとする作者の意図のいかんにかかわりなく、およそナンセンスとしかいえない挿話でおわっている。

坂東武者の風情

巻六に語られる人見《ひとみ》恩阿《おんあ》と本間《ほんま》資頼《すけより》の抜懸譚《ぬけがけたん》は、平家物語巻九「一二の懸」の熊谷直実《くまがいなおざね》と平山季重《ひらやますえしげ》の有名な抜懸譚をかなり忠実にふまえている（巻六「人見本間抜懸の事」）。

ふたりは宵のうちから陣をぬけでて、赤坂城《あかさかじょう》（楠正成の本城）にたどりつくと名のりをあげる。しかし、城中の兵は、これぞとよ。坂東武者の風情。これは熊谷・平山が一の谷の前懸《さきがけ》を聞き伝へて、うらやましと思へる者どもなり……

と揶揄《やゆ》してとりあわない。腹を立てたふたりは堀をわたり、木戸をあけようとしたところを、矢倉のうえから矢を「蓑毛《みのげ》の如くに」射立てられて落命する。このあと赤坂城は落ちるが、落城のきっかけは、人見・本間の討ち死にとはなんら関係なく、幕府方の吉川八郎《きっかわはちろう》なるものが、城の水利を見抜いたというきわめて当代的な知謀のゆえである。

人見と本間の死が犬死でしかないのと同様、このながながと語られる挿話も、局面の展開にまったく意味をなさない。さきの斎藤実永の溺死譚と同様、むしろ滑稽とさえいえるムダ死にだが、しかし太平記は、もちろんこの話を冗談で記しているのではなかった。じつにまじめなので、それはこのあと、本間の子息が父のあとを追っておなじように討ち死にする話が、きわめて同情的・賞賛的に語られることをみてもよい。

パロディにしかならない

平家物語ふうの場面を設定して、ある人物を賞賛的に語ろうとすればするほど、その人物が状況の展開から浮きあがってしまう。鎌倉武士的な人物造形が、太平記のコンテクストにおいてパロディ化されるわけだが、いかにも源平合戦ふうにしくまれた太平記の話として、平家物語の「那須与一」を模した佐《さ》々《さ》木《き》信胤《のぶたね》の武勇談（?）がある（巻十六「本間孫四郎遠矢の事」）。

巻十六の兵庫合戦の前哨戦として語られるエピソードだが、話はまず、新田方の本間孫四

〈太平記〉

将軍（足利尊氏）これを聞き給ひて、「御方にはこの矢返すべき程の者誰か有る。さすが多勢と云ひながら、東国四十余頭、九国三十余頭、そのほか中国・四国・北国の輩、大略残り少なくこそ相随ふらめ。この内にこの矢射る程の者などかなかるべき。射返し候へ」と仰せられければ、皆固唾を呑みて音もせず。高武蔵守師直畏まつて申しけるは、「本間が射て候はんずる遠矢を、同じき坪に射返し候はんずる者、東国の兵の中にはなほも候ふらん。但し、佐々木筑前守信胤こそ西国一の精兵にて候ふなれ。彼を召されて仰せ付けられ候へかし」と申しければ、「もつとも然るべし」とて、佐々木信胤をぞ召されける。信胤召しに随つて御舟に参りたり。

将軍近く召されて、かの本間が矢を給ひて、「この矢返すべき仁候はず。射返され候へ」と仰せられければ、信胤畏まつて、叶ひがたき由、再三辞しけれども、強いて仰せられければ、辞するに処なくして、己が船に立ち帰り、

〈平家物語〉

判官（源義経）、後藤兵衛実基をめして、「あれはいかに」との給へば、「ゐよとにこそ候めれ。但大将軍矢おもてにすゝんで、傾城を御らんぜば、手だれにねらうてゐおとせとのはかりこととおぼえ候。さも候へ、扇をばゐさせらるべうや候らん」と申。「ゐつべき仁はみかたに誰かある」との給へば、「上手どもいくらも候なかに、下野国の住人、那須太郎資高が子に、与一宗高こそ小兵で候へども、手きゝで候へ」。「証拠はいかに」との給えば、「かけ鳥な（ン）どあらがうて、三に二は必ずゐおとす者で候」。「さらばめせ」とてめされたり。

…………

中略（与一の登場、その武装描写）

…………

（判官）「いかに宗高、あの扇のま（ン）なかゐて、平家に見物せさせよかし」。与一畏て申けるは、「ゐおほせ候はん事は不定に候。射損じ候なば、ながきみかたの御きずにて候べし。一定つかまつらんずる仁に仰付らるべ

緋威の鎧に鍬形打つたる甲の緒をしめ、銀の竿《つく》打つたる繁籐の弓の反《そ》り高なるを、帆柱に当て、きりきりと推し張り、件の矢を取りそへて、舟の舳先に立ち出でて、弦食い湿したる体、誠に射つべくぞ見えたりける。かかる処に、いかなる推参の者にてか有りけむ。小舟を佐々木が船の真つ前《さき》に漕ぎ出だして、「讃岐勢の中より申し候ふ。まずこの矢一つうけて、弓勢の程御覧ぜよ」と高く呼ばはつて、声とひとしく鏑をぞ一つ射出だしたる。佐々木もしばらく弓を引かず、これを見る。諸人もあはやと見る程に、胸板に弦をや打ちたりけむ、元来小兵にや有りけむ、その矢敵の前へ二町までも行き付かず、中より落ちて浪の上にぞ浮かびける。本間が後ろにひかへたる勢二万余騎、同音に、「あ射たり射たり」と嘲りわらふ声、しばらくはやまざりけり。

うや候らん」と申。判官大にいか(ッ)て、「鎌倉をた(ッ)て西国へおもむかん殿原は、義経が命をそむくべからず。すこしも子細を存ぜん人は、とう〳〵是よりかへらるべし」とぞの給ひける。与一かさねて辞せばあしかりなんとや思ひけん「はづれんはしり候はず、御定で候へばつかま(ッ)てこそみ候はめ」とて、御まへを罷立、

…………

中略(与一の出で立ち、海上の扇の的、見物する源平両軍の描写、与一の祈念、など)

…………

与一鏑をと(ッ)てつがひ、よ(ッ)ぴいてひやうどはなつ。小兵といふぢやう十二束三ぶせ、弓はつよし、浦ひゞく程ながなりして、あやまたず扇のかなめぎは一寸ばかりおいて、ひ(イ)ふつとぞゐき(ッ)たる。鏑は海へ入ければ、扇は空へぞあがりける。しばしは虚空にひらめきけるが、春風に一もみ二もみもまれて、海へさ(ッ)とぞち(ッ)たりける。夕日のかゝやいたるに、みな紅の扇の日いだしたるが、しら波のうへにたゞよひ、うきぬしづみぬゆられければ、奥《おき》には平家ふなばたをたゝいて感じたり。陸《くが》には源氏ゑびらをたゝいてどよめきけり。

太平記と平家物語の比較

郎が、足利方の軍船に放った矢を射かえすように、沖合いに申しいれることからはじまる。そして足利方から「西国一の精兵」佐々木信胤がえらばれ、本間の矢を射かえすことになるのだが、その「那須与一」をふまえた叙述を、参考までに平家物語本文（覚一本）と対照してあげる（一一二〜一一三ページ）。

平家物語でこれに似た場面として、ほかに巻十一「遠矢」の義経と浅利与一のやりとりがある。しかし、いったんは辞退しながら主命ゆえに遠矢を射かえすこと、また細部の文飾の一致からしても、ここには「那須与一」のイメージがかさねあわされている。そしてそれが、新田方五万余騎の哄笑というまったくの茶番、パロディでおわるところに、問題は佐々木信胤ひとりにとどまらない、太平記に引かれる平家物語的表現の位相が問題化している。

結局は愚劣な寝返り

似たようなパロディ話は、太平記の随所に（ほぼ全巻をつうじて）指摘できる。「源平天下の争ひ」として構想される巻十の鎌倉滅亡の挿話群では、北条氏一門の最期を共感的に語るエピソードにまじって、それをうわまわるかずのパロディ話が語られる。

鎌倉攻めの最初に位置する「源氏」方の総大将、新田義貞の活躍は、いかにも源氏嫡流の「武臣」を主人公にした史話である。稲村ケ崎から鎌倉への侵入をくわだてた義貞は、潮が引くことを念じて太刀を海中に投じる。はたして「その日の月の入り方に」、稲村ケ崎は一面の干潟となり、義貞の軍勢は鎌倉の市中に攻めいることができた。

ふるくから喧伝される著名な一節だが、義貞が神に引き潮を祈念することば、「義貞今臣たる道を尽くさんために、斧鉞《ふえつ》をいだいて敵陣に臨む」云々は、太平記序文の「載せて棄つること無き」「臣の道」の具体化でもある。

まさに太平記の「武臣」交替史をになう話だが、しかしこの話の直後に語られる島津四郎のエピソードは、新田義貞とはべつの意味で、太平記の一面を代表している（巻十「稲村崎干潟と成る事」）。

鎌倉方の島津四郎は、かねてから大力の聞こえがあり、周囲から「一人当千と憑《たの》まれ」る若武者である。新田軍が侵入したしらせに急遽《きゆうきよ》出陣を命じられたかれは、出陣にさいして、北条高時からじきじきに酒盃をうけ、さらに「坂東一の無双の名馬」を拝領するという、平家物語の佐々木高綱《さ さ き たかつな》をも想起させる人物として語られる。

しかし源平両軍とともに島津を見守る私たちの期待は、つづく場面で奇妙にはずされてしまうのだ。


……敵味方の兵、固唾《かたず》をのみてこれを見る処に、相近になりたりけれ。島津馬より下り、甲を脱いで、降人になり、源氏の勢にぞ加はりける。

はなやかに仕立てられたこの場面が、けっきょく愚劣な寝返りを語るお膳立てでしかなかったのである。

木曾義仲とは大違い

おなじく巻十のエピソードとして、北条氏一門の塩田入道に自害をすすめる狩野重光《かのしげみつ》の話がある（「塩田父子自害の事」）。

木曾義仲《きそよしなか》に自害をすすめる今井兼平《いまいかねひら》の話（平家物語巻九「義仲最期」）をふまえて語られるが、しかし狩野重光のばあい、主君塩田入道が自害すると、「腹をも切らず」「主二人の着給ひける物具以下、太刀・刀まで剝ぎ取り」逃亡してしまう。

義仲最期をふまえた巻十の話として、ほかに大仏貞直《おさらぎさだなお》の「最期の一合戦」がある（「大仏貞直討死の事」）。

木曾義仲と今井兼平の主従二騎の最期をしる読者なら、貞直ひきいる二百五十騎が、「一番に……二番に……三番に……」と再三敵の囲みをやぶって、「その勢僅に六十騎」になったところで、つづく場面に、読者の共感をよばずにおかない最期譚を期待する。しかしそんな私たちの期待も、

四番に搦手《からめて》の大将脇屋次郎義助《よしすけ》の六万余騎にてひかへたる中へかけ入つて、一人も残らず

討たれにけり。

とあることで、奇妙にはずされてしまう。あっけない全滅に終わることが、この話をへんにおかしなものにしている。

このほかにも、巻十には、平家物語のパロディとみられる話がすくなくない。(2) 太平記に引かれる平家物語が、理想の武家社会を実現するための行動と精神の具体的な規範であるとすれば、これらの話でパロディ化されているのは、じつは「源平天下の争ひ」として構想された第一部の歴史であり、またそれをささえる「武臣」の名分論である。

太平記を構想（再構想）する「武臣」足利氏の名分が、個々の叙述のレベルで相対化されてゆく。そして意図された「歴史」の枠組みが、けっして予定調和的に（編者たちの思惑どおりに）完結しないところに、太平記の生成過程にはらまれたもうひとつの論理、すなわち生成のある時点に参加した「あやしき民」の論理が問題化しているのである。

2　兵法伝承の位相

より構造的・根元的な対立が

あらためて断わるまでもないのだが、私はここで、史実の詮索をしばらくたなあげにして、太平記世界のコンテクストについて考えている。はじめにも断わったように、私の関心は日本的な物語、あるいは「日本」という物語を形成したフィクションとしての南北朝時代史にある。

たとえば、太平記には、新田・足利「両家の国争ひ」、あるいは「国主両統の御争ひ」などとして図式化された対立よりも、もっとより構造的・根元的な対立があったのではないか。もちろんこの時代の史実を問題にしているのではない。それは構想と表現の矛盾として、作品に固有な対立である。つくられた歴史の枠組みにたいして、それを異化、パロディ化する個々の叙述レベルの問題。

すでに述べたように、太平記第一〜二部の「武臣」交替史は、そのまま巻十二の建武政権批判の論拠になっている。君臣の上下、天皇と「武臣」の枠組みからイメージされる「太平」の世は、けっして「武臣」を排した天皇の親政などではなかった。しかしそのような太平記の構想は、たとえば第一部で語られる後醍醐天皇の流離物語とどう関連しあうのか。

流離する天皇の神秘的な救済者として登場する楠正成、児島高徳、名和長年は、いずれも太平記のいう「武臣」の範疇に入らない。源平の「武臣」交替という構想からは浮上する余地のない、「さして名ある武士にては候は」ぬものたちである（巻七「先帝船上に臨幸の事」）。しかし太平記でもっとも好意的・同情的に語られているのは、これら「あやしき民」とよばれる階層である。

とくに楠正成の英雄的活躍は、太平記の歴史の枠組みからする、どのような整合的解釈が可能なのか。

あるいは、山伏・野伏をひきいて十津川《とつがわ》・熊野を転戦する大塔宮護良親王《おおとうのみやもりなが》。そのたたかう貴種としての英雄的造形は、たとえば巻十二の護良親王批判、「淫楽をのみ事とし」云々とどう対応するのか。建武政権批判をテーマとした巻十二は、足利政権による改竄《かいざん》が想像される巻である。そこには足利尊氏と大塔宮との政治的な対立も語られている。大塔宮の人物像にみられるギャップは、すでに述べたような太平記の段階的・重層的な成立過程を抜きにしては考えがたい問題だろう。

大塔宮護良親王

大塔宮護良親王は、登場のはじめに、まず「御幼稚の時より利根聡明」「一を聞きて十を悟る御器量」と紹介される（巻一「儲王の御事」）。そして父天皇の討幕計画に参加した宮は、「早わざ」（すばやく身をかわすわざ）の武芸にすぐれ、兵法においては、張良《ちょうりょう》の「一巻の秘書」にことごとく通達していたという（巻二「南都北嶺行幸の事」）。張良の「一巻の秘書」は、漢の高祖につかえた軍師、張良がつたえたとされる兵法書一巻のこと。一巻四十二条といわれるが、今川了俊の『了俊大草紙』には、

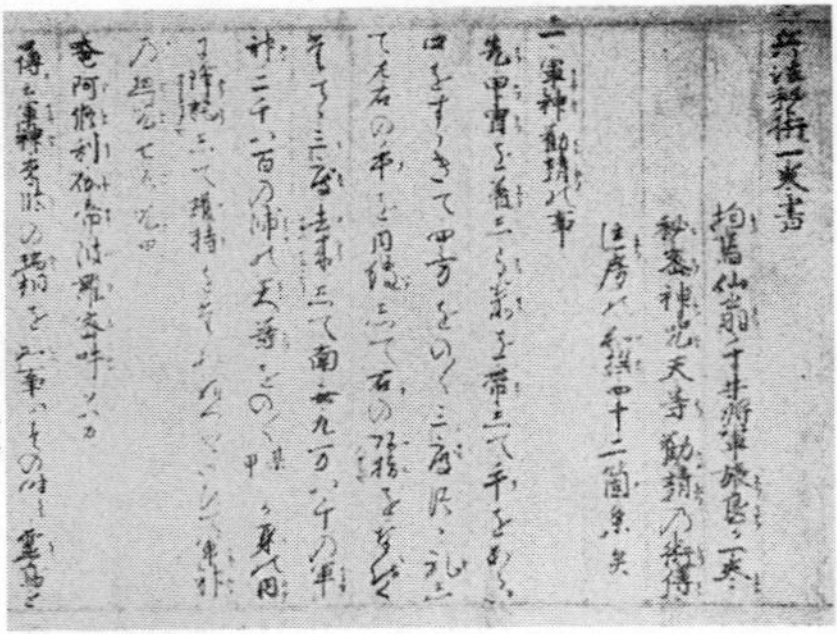
「張良一巻の書」

兵法の事。　今天下に人の用ゐる所の兵書は四十二ケ条なり。このほか、印地の巻と号して、手をくださで習ふ事等あるにや。……兵法の事は、みな真言にて左右なく行ひがたき事なり。

とあり、四十二条からなる張良の兵法書は、南北朝頃にはじっさいに用いられたものらしい(3)。張良の「一巻の秘書」については、義経記の巻二に、御曹司《おんぞうし》義経が、鬼《き》一法眼《いちほうげん》の秘蔵した「張良一巻の書」を盗み習う話がある(4)。

鬼一法眼は、一条堀川に住んでいたとされる「陰陽《おんみよう》師《じ》法師」である。また鬼一法眼の息子と妹婿は、京都北白川の「印地《いんじ》の大将(5)」といわれ、これらの点から、岡見正雄氏は、近世のかぶき者の元祖ともいえる印地の大将が、「唱門師《しょうもじ》とか、陰陽師とか、散所と呼ばれる人々と関係が深」く、しかも「斯かる徒輩は兵法にも達していたらしい」と述べている(6)。

義経の兵法伝承の背後に、印地・博奕・「非人」などの京童、またかれらと「関係が深」い陰陽師・唱門師（散所法師）などの呪術的宗教民の世界が想像されるわけだ。『了俊大草紙』によれば、「印地の巻」なる兵法は、口に「真言」をとなえ、「手をくださ」ずに敵をしりぞける兵法だったという。

都市下層の浮浪民・宗教民たちのつたえた兵法が、いわゆる忍術の世界にもつうじる神秘的・呪術的な兵法であったこと、またそのような兵法を伝承した世界が、山伏・野伏をひきいて山間地帯を転戦する大塔宮の伝承背景として存在したらしいことに注目したい。

たとえば太平記の巻五で、大塔宮の身がわりとなって自害する村上義光《むらかみよしてる》の話は、あきらかに義経の身がわりとなった佐藤忠信《さとうただのぶ》の話（ともに吉野を舞台とする）をふまえている。いわゆる変わり身の術だが、また「一巻の秘書」を会得した大塔宮は、窮地にのぞんでは「隠形《おんぎょう》の呪《しゅ》」なるものをとなえてすがたを隠している（巻五「大塔宮熊野落ちの事」）。

山伏姿で流離する貴種の物語に、義経の流離物語の連想がはたらいていたことはたしかである。大塔宮が得意とした「早わざ」（すばやい身ごなしの武芸）にしても、それは義経記や平家物語で、義経（牛若丸）が得意とした武芸であった。

正成の兵法と太子信仰

ところで、太平記巻三「赤坂城《あかさかじょう》軍《いくさ》の事」は、落城寸前の赤坂城を脱出する楠正成が、敵に矢を射かけられ、「したたかに立ちぬと覚へけるが、素肌なる身に少しも立た」なかったという不思議を語っている。

敵の矢は、守り袋の観音経にあたったというのだが、正成が観音の加護によって窮地を脱したという話の背景にも、大塔宮と共通する伝承世界が存在したものだろう。

赤坂城にこもって数十万の幕府軍を翻弄する正成の「武略と知謀」について、太平記は、

正成は元来、策《はかりごと》を帷幕《いばく》の内に運《めぐ》らして、勝つ事を千里の外に決せん事、恐らくは陳平、張良が肺肝《はいかん》の間より流出せる如きの者なりければ……


と述べている。「策を帷幕の内に運らし」云々は、軍師張良を賞賛した漢の高祖のことばである。(7) 正成の合戦物語の背後に、大塔宮や義経にも共通する伝承世界が想像されるのだが、とくに正成に関連して「張良」の名があげられたことは、中世の聖徳太子《しょうとくたいし》信仰との関連が注意される。

中世に行なわれた聖徳太子の伝記・注釈書類には、太子が七歳のときに、百済《くだら》の博士学架《がっか》(学呵)から、張良の「一巻の秘書」の伝授をうけたとする説が行なわれる。

太子はその「一巻の秘書」をもって、仏教を排撃した仏敵物部守屋《もののべのもりや》をほろぼしたというのだが、なかでも叡山文庫所蔵の『太子伝』によれば、「一巻の秘書」を会得した聖徳太子は、物部守屋との合戦のときに「兵法陰形の印」をむすんで榎木の空洞にかくれ、負けいくさのなか、あやうく難をのがれたという。(8)

「兵法陰形の印」は、大塔宮がもちいた「隠形の呪」とおなじものと考えられる。正成が観音のたすけで窮地を脱したとする話も、観音が聖徳太子の本地仏であってみれば、やはりその背景には、太子流の「隠形の術」が存在したものだろう。(9)

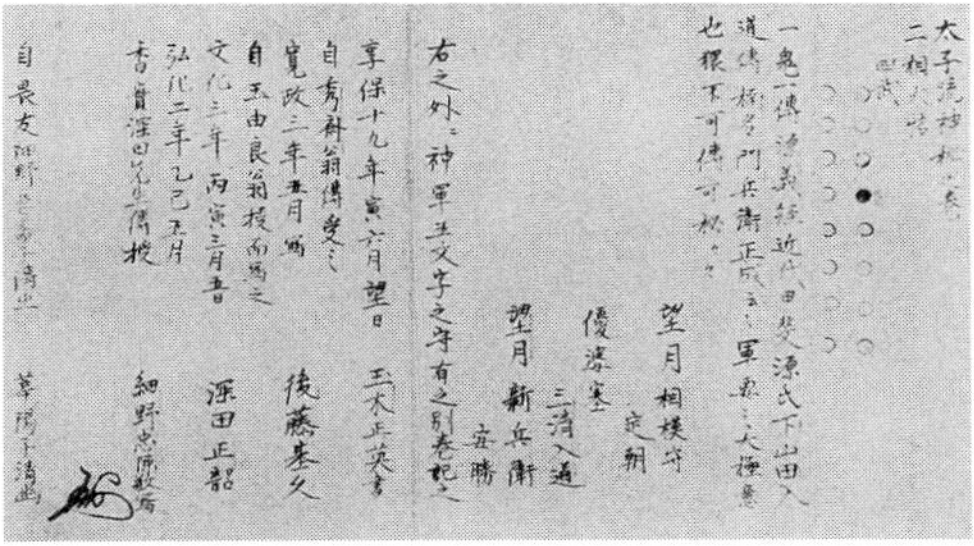

『太子流神秘之巻』

観音（＝太子）を守り本尊とする正成は、天王寺にもうでて聖徳太子に戦勝を祈願し、また太子の書いた「未来記」(10)を解読して、鎌倉幕府の滅亡を予知している（巻六「正成天王寺未来記披見の事」）。正成の神秘的な兵法伝承の背後に、中世の広範な太子信仰（その担い手）とのかかわりがうかがえるのである。(11)

聖徳太子が物部守屋をほろぼしたという伝説が誇張されて、中世には、太子を軍神とする信仰が生まれてくる。それが山伏や陰陽師（唱門師）の呪術的な兵法伝承の世界とむすびついたのが、太子流を称する兵法の一派である。

永禄《えいろく》・天文《てんぶん》ごろの太子流の兵法家、望月定朝《もちづきさだとも》によって編まれた『太子流神秘《たいしりゅうしんぴ》之《の》巻《まき》』によれば、太子流の兵法は、鬼一法眼、源義経をへて、南北朝ごろの下山田入道につたえられ、その下山田入道が「太子流の軍要」を楠正成につた

えたことが、正成の太子尊崇の機縁だったという。(12)

正成の本拠地である南河内には、天王寺《てんのうじ》・法隆寺《ほうりゆうじ》とならぶ太子信仰のもうひとつのメッカ、磯長《しなが》の太子廟（叡福寺）がある。また正成がその申し子ゆえに多聞兵衛《たもんひようえ》と称したとされる信貴山《しぎさん》の毘沙門天《びしやもんてん》（多聞天）も、中世の太子伝によれば聖徳太子の造立といわれ、太子信仰との密接なかかわりが説かれている。

正成をめぐる物語伝承の背後に、南河内一帯を往還した太子信仰の徒の活動が想像されるわけだ。正成が観音（太子の本地仏《ほんじぶつ》）の加護によって危難をのがれ、また聖徳太子未来記を解読して乱のゆくえを予知したなどのエピソードも、もとは山伏や陰陽師など、下級の宗教民・芸能民の兵法伝承として発生したものだろう。

忍びの者

ところで、太子流の兵法書『太子流神秘之巻』の伝来に、望月姓の人物がかかわっていたことは、注意されてよい。軍配兵法をつたえた望月氏で、しかも太子信仰にかかわったものとしては、近江国甲賀《こうか》郡の望月氏が考えられようか。

甲賀望月氏は、信州望月の牧に拠った滋野《しげの》三家（望月・海野《うんの》・根津《ねづ》）の一流である。中世には諏訪《すわ》信仰をもちあるく山伏となり、なかでも近江国甲賀郡にうつり住んだ望月氏は、甲賀五十三家といわれた地侍（いわゆる甲賀流忍者）の宗家になってゆく。(13)

その望月氏以下の五十三家の総鎮守が、聖徳太子創建の伝承をつたえる油日《あぶらひ》神社であり、同社には、いまも社宝として『聖徳太子絵伝』四幅が所蔵される。太子流兵法をつたえた望月定朝の出自として、甲賀望月氏すなわち甲賀流兵法（忍法）の宗家はその必要条件をみたしている。

近江国甲賀郡と鈴鹿《すずか》山地をへだてた南側、すなわち伊賀《いが》国阿拝《あえ》郡に拠った地侍のあいだにも、正成の血脈が主張されていた。のちに徳川の御庭番《おにわばん》となった伊賀の服部《はっとり》氏だが、伊賀上島家蔵『観世系図』によれば、楠正遠の娘（正成の姉妹）が、伊賀の服部元成《もとなり》のもとにとつぎ、そこに生まれたのが、世阿弥《ぜあみ》の父、観阿弥清次《かんあみきよつぐ》だったという。(14) 中世の猿楽芸能民（能役者）は、聖徳太子を「猿楽の道を興し給へる権化《ごんげ》」としてまつっている。(15)

正成と忍びの兵法（忍法）、さらに太子信仰と芸能民とのかかわりに注意したいが、系図の信憑性《しんぴょうせい》はおくとしても、正成（の兵法）伝承の支持基盤はうかがえるわけだ。

修験山伏の特異な修行形態から、忍術・忍法が派生したことは知られている。鈴鹿山地一帯をなわばりとした山伏・野伏の一派が甲賀衆・伊賀者である。もちろん山伏の特異な兵法は、甲賀衆・伊賀者以前から行なわれている。山伏の行法と武力が、歴史上もっとも重要な役割をはたしたのは南北朝時代である。

後醍醐天皇の組織した軍事力に、各地の山伏の勢力があったことはすでに述べた。楠正成、児島高徳、名和長年など、天皇方の武将で氏素姓の知れないものたちは、いずれも山間地帯でのゲリラ戦を得意とする。太平記巻二十五「三宅荻野謀反の事」によれば、足利兄弟の夜討ちをくわだてた児島高徳は、あらかじめ「忍び」を京都の市中にはなっていたという。「忍び」をしたがえる児島高徳とは、太平記の正成と位相的にかさなる人物であった。[16]

もう一つのファクターがみえてくる

中世の太子信仰のにない手は、山間地帯にあっては、採鉱・冶金《やきん》などに従事した山伏配下の「非人」（山民）であったという。[17]

楠氏の勢力基盤が、金剛山一帯の山伏・山民の勢力となんらかのかかわりがあったこと、また楠氏が金剛山の辰砂《しんしゃ》（水銀の原鉱）の採掘権をにぎり、それを京都・奈良で売りさばいて利をえていたとする中村直勝《なかむらなおかつ》氏の説が想起されるが、[18]また畿内周辺寺院のばあい、太子信仰のにない手は、とくに律僧にひきいられる法体・在俗の下級僧徒（律衆）、寺院内では「非人」とよばれた卑僧の集団だったという。[19]

太子聖・太子講衆ともよばれた律僧配下の「非人」は、葬礼・荼毘《だび》・埋葬・清掃などに従事するかたわら、付属する寺院の勧進や修造などもうけおっている。その信仰活動の拠点が太子信仰にあったとすれば、かれらをとりまく勧進集団の信仰的紐帯も太子信仰にあったろう。[20]

正成の合戦伝承を起点として、太平記の成立にかかわるもう一つのファクターがみえてくる。後醍醐天皇に近侍した文観と恵鎮が、それぞれ南都系・北嶺系の律僧であったことはすでに述べた。無縁の原理を体現したかれらは、天皇が主宰する「無礼講」空間の演出者でもある。また勧進の上人でもあるかれらは、その配下に多くの「非人」や各種職人、芸能民をしたがえていただろう。

山伏や野伏にひきいられる「非人」の集団、また律僧配下の下級僧徒、その勧進集団にしたがう各種職人や芸能民などが、「張良一巻の書」や「兵法陰形の印」の伝承にかかわり、正成や大塔宮の合戦物語を発生させるひとつの母胎となったことは想像されてよい。かれらの実像は、正成や大塔宮とともに山間地帯のゲリラ戦をたたかった結党の悪徒、野ブシ・山ブシの実像ともすくなからずかさなってくるのである。(21)

楠正成が駆使する奇抜な兵法は、太平記で「世の常ならぬ合戦の体」といわれている（巻七「千剣《ちはや》破城軍の事」流布本）。敵の頭上に大石・大木をふらし、熱湯を浴びせかけ、釣塀や藁人形の奇策をもちいるなど、正成の戦法は、いずれも鎌倉武士たちのそれとはおよそ異質である。正成流あるいは太子流の兵法は、戦国時代には「忍び」の兵法（いわゆる忍法）としても伝承されている。

「忍び」の者の出自がもともと下層の宗教民や「非人」の類にあった以上、かれらの兵法（忍法）が「下賤の職」として卑賤視されたのも当然である（『近江《おうみ》輿地《よち》志略《しりやく》』）。しかしその「下賤」の兵法をとおして、源平の「武臣」交替の世界が反転させられる。太平記に語られる正成の英雄的活躍は、そのすべてが源平合戦のパロディといってよい。

正成の合戦物語を起点にして、太平記のイデオロジカルな枠組みが相対化されてゆく。パロディ化される源平合戦とは、太平記の「武臣」交替の枠組みであり、またそれを構想する「武臣」足利氏の名分である。幕府政治の確立史として首尾の照応をはかればはかるほど、太平記第三部（巻二十三以降）はますます分裂と混迷の度合をふかめている。

作為された「歴史」の枠組みが、その内がわから（個々の叙述のレベルで）相対化されるわけだ。そしてこのような太平記テクストのメカニズムにこそ、その生成過程にはらまれた「あやしき民」の論理が問題化している。すなわち今川了俊の『難太平記』が、「この記の作者は、宮方深重の者にて」と評したものの実体が問題化しているのである。

3　太平記読みの系譜

楠から名和へ

中世の太平記読みが、ヨミ（談義・講釈）というたてまえで行なわれる物語の芸であったことはすでに述べた。本文には痕跡すらない裏話や秘話のたぐいが、太平記テクストの談義・講釈というたてまえで語りだされる。

正成の合戦物語は、すでに室町時代において各種の兵法伝授（とくに忍びの兵法）や系図伝承にとりこまれ、さらに正成の裔《すえ》を名のる多くの楠流兵法家を生みだしてゆく（第六章2節）。とすれば、一見荒唐無稽ともみえる近世の太平記読みの所伝も、その読み（読みかえ）の方法は、中世のそれと地つづきのところで考えてみる必要がある。(22)

たとえば、すでになんどか引いた『太平記評判秘伝理尽鈔《たいへいきひょうばんひでんりじんしょう》』（正保二年〈一六四五〉刊）である。

『理尽鈔』の末尾には、「今川駿河守入道」が「名和肥後刑部左衛門」から本書を伝授された旨の「文明二年（一四七〇）八月」の奥書が記される。奥書の真偽のほどは不明だが、(23)『理尽鈔』講釈の来歴を説いた『太平記理尽抄由来』（中村幸彦《なかむらゆきひこ》氏蔵）には、

楠正成の兵伝は、太平記理尽抄にて伝ふ。……その有り所は名和、名和伯耆守長年は、楠正成の軍法の弟子にて、正成討ち死にの前に残らず太平記を以て、その軍《いくさ》のその場その事に付いて、悉く伝授す。是を理尽抄と号して、名和家に伝ふ。

とある。名和長年が正成の「軍法の弟子」であり、長年は、正成の討ち死に以前に、「太平記を以て、その軍のその場その事に付いて」、軍法の伝授をうけたというのである。全体が正成の兵法伝書の体裁をとっており、正成の登場しない巻でも、しばしば「正成云はく」として、名和長年らを聞き役として正成が用兵の秘訣を伝授したことが語られる。(24)

最大の論点

『理尽鈔』の膨大な四十巻のなかでも、ひとつの眼目ともいえる箇所が、正成討ち死にの条である。兵法の権化ともいえる正成が、なぜ兵庫合戦で戦死したのかという疑問は、近世をつうじて正成を論じるさいの最大の論点になっている。

太平記本文の「死を善道に守る」云々が、士道のあるべき姿ととらえられ（山鹿素行《やまがそこう》）、また「七生までただ同じ人間に生まれて」云々は、近世の討幕運動のスローガンにもなっている。(25) しかし『理尽鈔』のばあい、正成の死は、名分論やイデオロギーの問題である以前に、あくまで軍略・兵法の問題として講釈される。

太平記巻十六「正成兵庫へ下向の事」によれば、建武三年（一三三六）五月、討ち死にを覚悟して京都をたった楠正成は、摂津国桜井で嫡子正行に遺訓する。古来もっとも喧伝された章段だが、それを講釈した『理尽鈔』巻十六「正成桜井にて正行に遺言の事」は、正成・正行父子の長大なやりとりのほかに、正成と和田和泉守《いずみのかみ》、恩地左近太郎《さこんたろう》との会話をえんえんと語っている。

本文には痕跡すらみえない裏話が、文字どおり「見てきたように」講釈されるのだが（字数を単純計算すれば、太平記本文のほぼ十倍）、その結果として、全体における本話の位置づけさえみえなくなる。

全体（太平記第二部）とは、もちろん「源氏一流の棟梁」といわれる新田・足利「両家の国争ひ」である。じっさい兵庫合戦における後醍醐方の総大将も、正成ではなくて「源家嫡流の名家」新田義貞である。

にもかかわらず、『理尽鈔』の兵庫合戦では、総大将新田の存在がはるか脇のほうへ押しやられる。押しやられるどころか、その「源家嫡流」の「武臣」としての存在さえ否定されてしまう。

義貞、先づ以て朝敵

たとえば、和田と恩地が、「（この場を生き延びて）兎にも角にも、御謀をめぐらされん事こそ、家の為君の為国の為に候ふべし」と進言したのにたいして、正成がそれを拒否することば、

　正成申しけるは、「今度の朝敵の事は、よくよく討ち死にを遁れん謀《はかりごと》も有りなん。また勝ちなん謀も有るべく候ふ。和田殿・恩地殿の宣《のたま》ふ所の如く侍りて宜しかりなん。君の御行ひを見るに、叡智の浅き事多ければ、今尊氏亡びたりとも、また義貞天下を奪ひなん。（中略）この程の行跡を見るに、新田とても忠臣に非ず。至極見すかし侍るに、何としても今の君の御政にては、天下は武家の有と成るべし。また新田天下を奪ひなば、頼朝の如

く世をば政《まつりごと》する男なり。公家へ取り給はん事は成し難し。（中略）正成生きて有らんには尊氏は亡ぶべし、新田が手に死なん事、疑ひ無し。家ともに亡びなん。王法も亡び給ひなんずるぞ。然れば、正成死すべき時は今なり。（中略）正行を留め置き、恩地殿・和田殿、其の外宗徒の人々を留め申す事は、この時の用なり。正成討ち死にせば、今年の内に天下は尊氏奪ひなん。新田亡ぶべし。（中略）宮方亡び果てなば、尊氏が一家の人々、おごりを極めて、同士いくさ出で来んずるぞ。その時謀をめぐらし給へ。二十年をば過ぐべからず。悲しい哉、叡智の浅きが故に、この世かくの如くになれり。頼み給ふ義貞、先づ以て朝敵。何とも納め難き世の中ぞかし。この事、あなかしこ、人に語り給ふな。年月を送るに付けてぞ、正成、さ謂ひし物をと思ひ給ふらめ」と泪を流して申しけり。

新田義貞は、「頼朝の如く世をば政する男」であり、したがって「新田とても忠臣に非ず」「先づ以て朝敵」なのだという。

いまかりに尊氏をほろぼしても「また義貞天下を奪ひなん」。そして自分も「新田が手に死なん事、疑ひ無」く、そのときは「王法も亡び給ひなんずるぞ」。だから、まず尊氏に新田一族をほろぼさせ、しかるのち機をみて足利をほろぼし、君の天下になしまいらすべきである。そのために「正行を留め置」くのだから、「正成死すべき時は今」をおいてないのだという。

対立図式の脱構築

ここで『理尽鈔』の史実性などを問題にしてもしかたがない。史実性の次元でいうなら、もともと太平記本文でさえ、『理尽鈔』にたいして（文字テクスト化のイニシアチブは主張できても）史実性を主張できる位置にはない。[26]

ここで注目しておきたいのは、「今尊氏亡びたりとも、また義貞天下を奪ひなん」とする認識が、尊氏と義貞を「源氏一流」（源氏のおなじ流れ）の「武臣」として位置づける太平記の構想の延長上にあり、しかも源平の「武臣」交替史を相対化する視点も、すでに平家物語的世界のパロディとして、太平記が個々の叙述のレベルでかかえこんでいた視点であった、ということである。

源平の「武臣」交替史を相対化する楠的な世界は、たとえば、新田・足利「両家の国争ひ」という対立図式そのものを崩壊させるだろう。対立する新田と足利、あるいは南朝（新田―後醍醐天皇）と北朝（足利―光明天皇）は、ともに「武臣」と天皇の関係として、近世までひき継がれた天皇制のヴァリアントでしかない（近世の徳川氏が、清和源氏新田流を自称した問題は次章以下に述べる）。

とすれば、問題の本質は、新田・足利「両家の国争ひ」よりも、おなじ後醍醐方の新田と楠との異質性、両者の対立点にこそあるはずだ。それはいいかえれば、天皇と「武臣」という二極関係にたいして、それを相対化する「無礼講」あるいは制外《にんがい》・「非人」の論理である。そのような太平記に内在した対立テーマを、楠合戦の世界を起点にして顕在化させたのが、『理尽鈔』の太平記読み（読みかえ）であった。

異質性がきわだっていく……

相反するふたつの論理が太平記で重層するのである。それは源平の「武臣」の名分論に対して、「武臣」の名分を相対化する「無礼講」の論理である。あるいは、君臣上下の枠組みで構成される天皇制にたいして、その枠組みそのものを無化する「あやしき民」の天皇制——。

太平記の生成過程にはらまれたふたつの異質な論理が、その異質性をしだいにきわだたせるかたちで、近世の読み（読みかえ）の現場へ引きつがれてゆく。

『理尽鈔』は、右にあげた以外にも、正成のことばとして、

尊氏・義貞が中をも一つ氏なれば、水魚の思ひを成すべし。……新田とても忠臣に侍らず。最前に已に朝敵にならんずる体と見成してこそ候へ。

（巻十六「所々の城・国々の蜂起震しく京都へ聞へし事」）

という一節を記している。(27)　義貞を尊氏の同類ととらえたうえで、「新田とても忠臣に侍らず」、「最前に已に朝敵にならんずる」とするのだが、このような『理尽鈔』が公刊されたのは、正保《しょうほう》二年（一六四五）、三代将軍家光《いえみつ》の時代である。

徳川将軍が新田流の由緒を主張した時代に、新田義貞を「忠臣に非ず」「先づ以て朝敵」とする太平記読み（その担い手）の位相に注目したいが、新田氏を朝敵とする『理尽鈔』の所伝は、万治《まんじ》二年（一六五九）刊の『太平記大全』に、ほぼ同文で引かれている。また寛《かん》文《ぶん》・延宝《えんぽう》頃（十七世紀後半）の浄瑠璃『楠湊川合戦《くすのきみなとがわかっせん》』（土佐少掾《とさしょうじょう》正本《しょうほん》）にも、一部要約したかたちで引かれている。(28)　私たちはつぎに、近世社会にあって、よりあやういコードで読みかえられていた「太平記」について考えてみる必要があるだろう。

第五章　近世の天皇制

1　幕藩体制と太平記

家康の御前で

近世後期の随筆、『我衣《わがころも》』（文政《ぶんせい》八年〈一八二五〉、加藤玄悦《かとうげんえつ》）は、太平記講釈の起源として、「慶長《けいちょう》の頃」の家康御前での「軍書講釈」と、浅草御門の傍らで行なわれた「町講釈」をあげている。

> 軍書講釈の始は、赤松法印といへる人、慶長の頃、東照宮（徳川家康）の御前にて、太平記の講釈を度々せしとぞ。
>
> 町講釈の始は、清左衛門といへる者、浅草御門の傍らに高き所ありしが、其の上にて人を集め、是も太平記を講ぜしと云ふ。

「太平記の講釈」は、もちろん「慶長の頃」にはじまったのではない。それが太平記成立の当初（あるいは以前）から行なわれていたことは、すでに述べた。しかし太平記講釈のメルクマールとして、とくに「慶長の頃」が記憶された意味について考えたい。

「慶長」といえば、豊臣秀吉の朝鮮再出兵にはじまり、秀吉の死（慶長三年）、関ヶ原合戦（同五年）、江戸開幕（同八年）などをへて、大坂の陣（同十九～二十年）でおわる徳川氏の天下とり（豊臣氏の滅亡）を象徴する年号である。(1)

そのような「慶長の頃」に、家康が「度々」「太平記の講釈」を聴聞したということ、また、それと拮抗するかのように、「浅草御門の傍ら」で大道芸として太平記講釈が行なわれた、という所伝に注目してみたい。

新田殿

まず「慶長の頃」の家康の太平記享受から思いあわされることは、慶長年間のかれが、清和源氏新田流を称していたという事実である。慶長八年（一六〇三）三月、征夷大将軍就任の返礼として上洛した家康は、朝廷で「新田殿」とよばれている（『お湯殿上の日記』慶長八年三月）。

「新田殿」とよばれることが、足利将軍にかわる大義名分であったのだが、「新田殿」家康にとって、新田氏の事績にくわしい太平記は、まず第一に「家の歴史」としての意味をもつものであった。

徳川氏が、もとは北三河《みかわ》の土豪松平《まつだいら》氏であり、松平氏の本姓が賀茂《かも》姓であったことは、史料的にも確認されている（葵の紋についても、ふつう賀茂姓から説明されている）。その賀茂姓松平氏から、徳川氏にあらためた時期は、永禄九年（一五六六）正月、家康が従五位下《じゆごいのげ》三河守に叙任されたときといわれる(2)。

伝奏《でんそう》をつとめた近衛《このえ》前久《さきひさ》の書簡によれば、家康が朝廷に提出した系図は、「源家にて二流の惣領の筋に、藤氏にまかりなる」というもの（近衛信尹《のぶただ》宛書簡）。「二流の惣領の筋」は、「源家」嫡流の足利・新田二流である。また「藤氏にまかりなる」は、もとは源氏で、いまは藤原氏ということ。以後の家康は、「藤原家康」「源家康」の署名を適宜つかいわけているが、それが清和源氏新田流に確定するのは、「慶長」年間、家康が征夷大将軍に任じられる直前の時期であった。近衛前久の書簡は、永禄年間の系図作成の話につづけて、

……ただいまは、源氏にまた氏をかへられ候ふ。ただいまの筋は、武士の筋にて、その筋を、如雪《じよせつ》と申し候ふ者、申し候ふは、「将軍望むに付き候ひての事候ふ」と申し候ふ。義《よし》国《くに》よりの系図を、吉良《きら》家より渡され候ふ事候ふ。永々しき子細はいらざる事に候へども、御存じのためにて候ふ。

という裏話をあかしている。家康が「将軍望むに付き」、藤原氏から「源氏にまた氏をかへ」たというのだが、そのさい、「義国よりの系図を、吉良家より渡され候ふ」とあるのは注意されてよい。

重大秘事

「義国」とは八幡太郎義家《はちまんたろうよしいえ》の子。新田・足利両流の祖先だが（新田氏初代義重《よししげ》、足利氏初代義康《よしやす》は、ともに義国の子）、その「義国よりの系図」を、「将軍望むに付き」「吉良家より渡され」たというのは、徳川幕藩体制の起源にかかわる重大秘事であった。

家康に「義国よりの系図」を譲渡したとされる吉良家は、足利長氏《ながうじ》（足利氏三代義氏《よしうじ》の嫡男）を初代とする足利一族の名門である。室町時代には「将軍の御一家」とよばれ、足利将軍に世嗣ぎのない場合は、まず吉良家から入って嗣ぐといわれていた。すでに足利本家が存在しない近世初頭にあって、吉良家は足利将軍の名跡をつたえる家筋である。その吉良家から、「義国よりの系図」つまり源氏の嫡流系図が家康に譲渡されたとは、もちろん、たんなる系図作成のための資料提供などではなかったろう。(3)

「惣領の筋」の継承者

源氏将軍家の「惣領の筋」が、系図の移譲とともに、足利から徳川（新田）へ移行したの

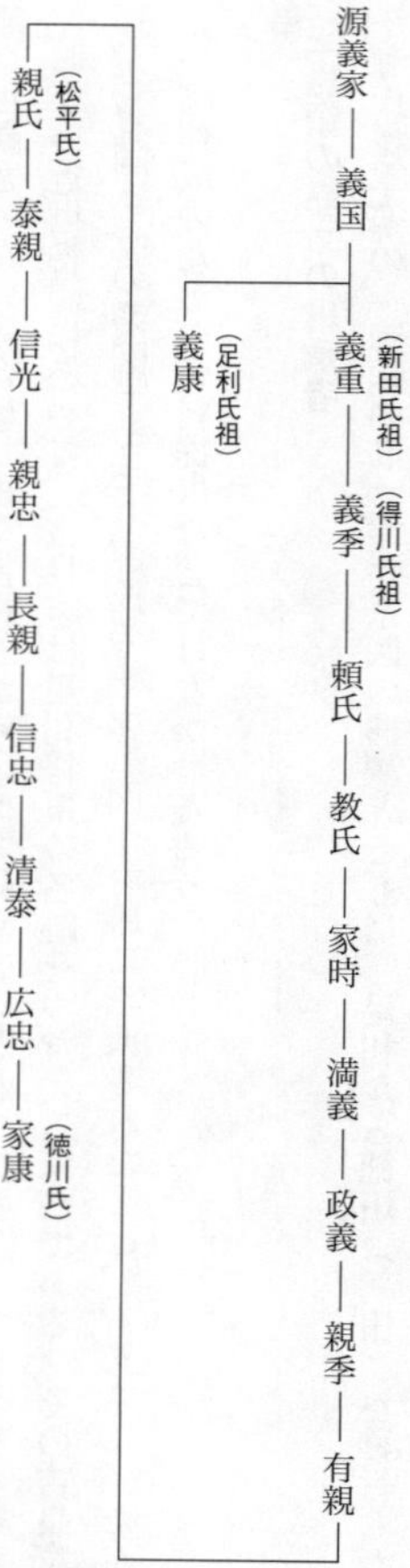

徳川氏系図

である。とすれば、近世の吉良家が、高家《こうけ》筆頭職（幕府儀典係の筆頭）に任じられたことも、服属した前王朝のゆかりが、現王朝の儀礼・祭祀にあずかるというパターンをおもわせる。のちに赤穂の浪人、大石内蔵助によって断絶に追いこまれた吉良家とは、家康の将軍職継承にかかわり、幕藩体制という制度の起源に関与した家柄であった。

ともかく吉良家から源氏の「惣領の筋」を継承した「新田殿」家康は、慶長八年（一六〇三）に征夷大将軍に叙任される。たとえば、慶長十四年（一六〇九）四月、家康が神龍院《しんりゅういん》梵舜《ぼんしゅん》に命じて删定《さんてい》した『尊卑分脈《そんぴぶんみやく》』には、清和源氏系図に右のような増訂がほどこされている。

源義国の子義重は新田氏の祖。義重の四男義季《よしすえ》が、上州得川《とくがわ》に住んだ得川氏（家康の代に徳川）の初代であり、得川氏六代の政義《まさよし》以下が、梵舜による増訂部分である。なかでも、上

州得川氏と三河松平氏とをつなぐ六代政義から十代泰親《やすちか》までは、近世の徳川氏関係の文書にしかみられない。(4)

ともかくこの系図によって、天皇に代々「忠孝」をつくした新田流徳川氏の由緒が確定する。その由緒によって、家康はあらたに、源氏の「惣領の筋」を継承する。つまり足利氏にかわって、天皇から「家職」としての征夷大将軍に叙任されるのである。

2　武臣のイデオロギー

織田氏の跡

当道（平家座頭の座組織）の伝書類によれば、徳川家康が征夷大将軍の宣旨をうけた慶長八年、惣検校伊豆円一《いずえんいち》は家康の御前にめされ、「当道の格式」その他を「古代のとおり、相違なく」行なうことをみとめられたという。家康の将軍就任が、かれが当道保護の施策を打ちだしたきっかけとされることに注目したい。(5)

近世の当道座では、将軍宣下《せんげ》（新将軍が勅使を江戸にむかえて叙任の宣旨をうける儀式）にさいして、惣検校は江戸城に出仕し、白書院において「平家」の御前演奏を行なうのが例であった。室町時代からの慣例をひきついだものだろうが、江戸時代初期（慶長・元和《げんな》年間）に、平家物語（古活字版）がさかんに刊行され、(6)また平曲が一時武家の嗜みとしてもてはやされたことも、(7)室町時代の初期（応永年間）に、語り物「平家」が流行のピークをむかえたことと対応する。

平家物語は、近世初頭にあっても源氏政権の草創・起源神話としての性格を持続していたわけだ。そのため家康は、当道にたいして源氏将軍家としての関与の姿勢を明確に打ちだしたのである。(8)

ところで、源氏政権の継承者を自任した家康の念頭には、足利氏の跡とともに、もう一つ、織田氏の跡が意識されていただろう。

本姓藤原を称した織田氏は、信長が上洛して十五代将軍足利義昭《よしあき》を追放した元亀《げんき》・天正《てんしょう》ころには、桓武平氏を称していた。すなわち『続群書類従《ぞくぐんしょるいじゅう》』巻六所収の『織田系図』は、織田氏の「元祖」を、壇の浦で入水《じゅすい》した平資盛《すけもり》の次男親真《ちかざね》としている。(9)

もちろん信長が桓武平氏の後裔を自称したのは、清和源氏足利流にかわるためである。源平交替の物語だが、その桓武平氏信長の後継者であるためにも、家康は清和源氏を自称する必要があった。

なお、ついでにいえば、家康の念頭には、豊臣氏の後継という意識はなかったと思われる。秀吉は織田氏の陪臣《ばいしん》であり、しかもかれが、足利義昭との養子縁組を断わられ、近衛前久の養子という名目で関白となったことも、家康の武家政権の継承観念からは外れていたと思われる。

「物語」の呪縛

第一章で述べたように、源平交替の物語とは、武家の棟梁たる源平両氏を「朝家の御かため」として位置づける論理である。すなわち武家政権を天皇制国家に組みいれる論理だが、それが鎌倉時代以降、武家政権の自己正当化の論理ともなってゆく。

たとえば、戦国大名たちが、いかに源平交替というフィクションに支配されていたかは、織田信長でさえ桓武平氏を自称したという事実、すなわち比叡山を焼討ちし、数万（あるいは数十万）の一向宗門徒を殺戮した信長でさえ、みずからの権力基盤を「朝家の御かため」として自己規定したという事実をみてもよい。

近世の天皇制は、信長が桓武平氏を自称した時点で、その存続のありようも決定されたのである。そのような物語的な現実の延長上に、家康はみずからの政権基盤を位置づける。たとえば、慶長年間の家康が「度々」聴聞したとされる太平記は、新田一族の中興の祖、新田義貞を紹介して、つぎのように述べていた。[10]

> 上野《こうずけ》国の住人新田小太郎義貞と申すは、八幡太郎義家十七代の後胤、源家嫡流の名家也。然れども平氏世を執つて四海皆その威に服する時節なれば、力なく関東の催促に随つて、金剛山の搦手にぞ向かはれける。
>
> （巻七「新田義貞綸旨を賜はる事」）

新田義貞は「源家嫡流の名家」である。にもかかわらず「平氏」の「威に服」して関東方につき、楠正成のたてこもる千剣破《ちはや》城（金剛山）攻めに参加した。しかしある時、執事の船《ふな》田義昌《だよしまさ》をよんで、つぎのように心中をうちあける。

古より源平両家、朝家に仕へて、平氏世を乱る時は、源家これを鎮め、源氏上を侵す日は、平家これを治む。……而るに今相模入道（北条高時）の行跡を見るに、滅亡遠きにあらず。我れ本国に帰つて義兵を挙げ、先朝（後醍醐）の宸襟を休め奉らんと存ずるが、勅命を蒙らでは叶ふまじ。如何して大塔宮（護良親王）の令旨を給はつて、この素懐を達すべき。

「古《いにしへ》より源平両家、朝家に仕へて」云々は、平家物語の慣用表現である（第一章3節）。以後の義貞は、一貫して源平合戦ふうのコンテクストのなかで行動する。「源家嫡流の名家」新田義貞は、「源家累葉の貴族」（巻九「足利殿御上洛の事」）足利尊氏とともに、まさに太平記の歴史の枠組みをになう人物であった。

慶長年間の家康が「度々」聴聞した太平記とは、要するに源平の「武臣」交替、あるいは「源氏一流」の「両家の国争ひ」といった物語に、家康じしんを参加させたのである。そしてくりかえしいえば、そのようなフィクションとしての南北朝時代史の延長上で、近世日本は天皇制国家として持続することになる。

御禊行幸の儀だけは認めず

江戸の町民は天皇の存在すら知らなかった、だから、幕末に天皇がかつぎだされる以前は、一部の学者や思想家をのぞいて天皇の存在は問題にならない、といったような議論がある。

だがこの種の議論は、幕藩体制という制度の起源を見落としている。

徳川将軍は、足利氏（源氏）・織田氏（平氏）にかわる源氏嫡流の「武臣」として、武士社会全体を代表して（独占的に）天皇に「忠孝」をつくしている。その「奉公」にたいする「御恩」として、「家職」としての征夷大将軍に叙任される（「御恩」「奉公」という天皇と武臣の関係は、すでに平家物語巻二「教訓状」に語られる）。

家康が清和源氏新田流を主張し、みずからを「源家康」と位置づけた時点で、すでに天皇制国家としての日本近世のありようも決定されたのである。

徳川氏がみずからを源氏嫡流の「武臣」として位置づけた以上、たとえば、水戸《みと》光圀《みつくに》に代表される徳川氏の尊王の事績は、けっして（それ自体は）体制と矛盾するものではありえない。また、水戸光圀が『大日本史』編纂に着手していた貞享《じょうきょう》四年（一六八七）、五代将軍綱吉は、文正元年（一四六六）以来たえていた大嘗祭《だいじょうさい》を、東山《ひがしやま》天皇の即位にさいして再興する。

それ以前にも綱吉は、皇室御料の増献、天皇陵の調査・整備などを行なっている。その礼文主義の一環としての朝儀の再興だが、しかし大嘗祭を復活させるにあたって、綱吉は「御《ご》禊行幸《けいのぎょうこう》の儀」だけは認めていない。(11)

御禊の行幸は、十一月中旬の大嘗祭当日へむけて、天皇が潔斎のために鴨川畔へ行幸する。一連の儀式のなかでも、一般の見物に供される盛大な行事だが、御禊の行幸が認められなかった理由は、たんに費用面の問題だけではなかったろう。すでに家康がさだめた『公武法制応勅』（慶長二十年〈一六一五〉）に、

当今皇帝、法皇、仙洞・宮中の外は、行幸の儀、止め奉る。

とあり（『徳川禁令考』巻一）、皇居外行幸の禁止は、家康以来の対朝廷政策の基本であった。天皇が外部世界（つまり徳川氏以外）とむすびつくあらゆる可能性が抑圧されたわけで、その一環として、御禊の行幸も当然禁止されたのである。

つねに潜在的な緊張をはらむ

幕藩体制下の尊王の論理は、「武臣」徳川氏によって独占される。たとえば、『諸士法度《しょしはっと》』(寛永《かんえい》十二年〈一六三五〉改訂)第一条の「忠孝をはげまし……」、あるいは『武家諸法度《ぶけしょはっと》』(天和《てんな》三年〈一六八三〉改訂)第一条の「文武忠孝を励し……」にしても、あくまでも、将軍―藩主―家臣として階層化・序列化された「忠孝」である。

階層の頂点に位置する徳川氏は、武士社会さらに四民(士農工商)全体を代表して独占的に天皇に「忠孝」をつくしている。その密室的関係における奉公と御恩、尊王と統治権委任という関係が、幕藩体制をささえている天皇制であった。

しかし、起源において天皇制をかかえこんだ幕藩体制は、法制度とモラルとの関係において、つねに潜在的な緊張をはらんでしまう。体制の起源が天皇にある以上、社会モラルの起源というのも、いきつくところ天皇にあるはずだ。(天皇―)将軍―藩主―家臣として序列化された「忠孝」のモラルは、つねに序列をとび超えて(まさに「無礼講」的に!)隠蔽された天皇にむかう危険をはらんでいる。

序列をこえて

たとえば、五代将軍綱吉の治世をゆるがした元禄十五年(一七〇二)の赤穂事件である。吉良邸討ち入りをはたした赤穂浪人たちの藩主への「忠孝」は、『武家諸法度』第一条に「忠孝」をかかげる幕府にとって、なんら批判の余地はないはずだ。じっさい幕府は、赤穂浪人に切腹という名誉の死をあたえ、また家族・親族にたいする罪の追及も最小限にとどめている。

しかし問題は、吉良家↓足利将軍家という連想の回路が、ほとんど不可避的に、「七生まで」将軍家への復讐を誓った「忠臣」正成のメタファーをよびおこしたことである。

もちろん正成は、源平の「武臣」の範疇に入らない。それは天皇と「武臣」という二極関係の外がわにあって、(天皇―)将軍―藩主―家臣という序列そのものを相対化する位相にある。

そのような序列をこえた「忠孝」のモラルが、いかに幕藩体制にとって危険なものであったか。在野・民間の「忠臣」の名分が、「武臣」徳川氏の名分に対置されるわけだ。赤穂事件そのものに潜在し、また芝居や講釈の世界で増幅される「忠臣」正成のメタファーが、しだいに近世国家の物語的な枠組みを露呈させてゆく。

3 忠臣蔵の構造

楠のいま大石となりにけり

元禄・宝永頃に書かれた『江赤見聞記《こうせきけんもんき》』(12)は、赤穂浪人の仇討ち事件当時の落首として、

楠のいま大石となりにけりなほ《（名を）》も朽ちせぬ忠孝をなす

という一首をのせている。元禄十五年（一七〇二）十二月十四日の討ち入りからまもないころ、事件の主役、大石内蔵助が、楠正成の再来、生まれかわりとしてイメージされたようなのだ。

赤穂事件に取材した近松門左衛門《ちかまつもんざえもん》の浄瑠璃に、宝永三年（一七〇六）初演(13)の『碁盤太平《ごばんたいへい》記《き》』がある。事件の終結（赤穂浪人の切腹）からわずか三年後の上演だが、太平記を〈世界〉として、浅野内匠頭《あさのたくみのかみ》を塩冶判官《えんやはんがん》に、吉良上野介《きらこうずけのすけ》を高師直《こうのもろなお》にみたてたのは、それぞれ赤穂塩と高家筆頭職（幕府儀典係の筆頭）からの連想である。

この手法は、宝永《ほうえい》七年（一七一〇）の歌舞伎『太平記さざれ石』や、『さざれ石後太平記』（同年上演）をへて、赤穂事件物の集大成ともいうべき『仮名手本忠臣蔵《かなでほんちゅうしんぐら》』（寛延《かんえん》元年〈一七四八〉初演）にうけつがれる。だが塩冶の「忠臣」、大星由良之介《おおぼしゆらのすけ》（『さざれ石』は大《おお》岸宮内《ぎしくない》）が、高師直に復讐するという芝居の趣向は、もちろん原作の太平記にはみられない。

時代がくだるが、滝沢馬琴《たきざわばきん》の黄表紙《きびょうし》『楠正成軍慮智恵輪《くすのきまさしげぐんりょのちえのわ》』（寛政《かんせい》九年〈一七九七〉刊）は、楠正成の合戦を、教訓に洒落をまじえて絵入りで説いたもの。末尾に「楠、大石に化する図」と題した挿画があり、菊水の旗をもつ正成が、火事装束の大石に「化」している。詞書に、「くすの木みなと川にてうち死せしとき、……ゑんやの忠臣大石とうまれかはり」と

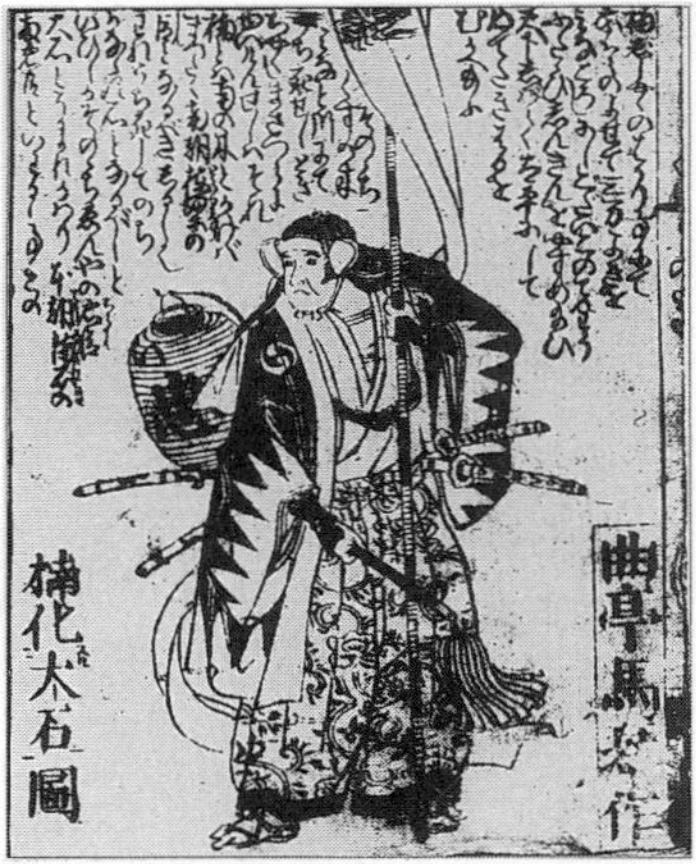

楠、大石に化する図　（『楠正成軍慮智恵輪』より。国立国会図書館蔵）

あるのは、「七生までただ同じ人間に生まれて朝敵を滅ぼさばや」と誓う正成の著名な最期をふまえたもの（太平記巻十六「正成兄弟討死の事」）。

赤穂事件のかたき役、吉良家は、さきに述べたように足利一族の名門である。すでに足利本家が存在しない赤穂事件当時、吉良家は足利将軍の名跡をつたえる由緒ある家筋だが、その吉良家を断絶においこんだ大石内蔵助は、たしかに楠正成の再来、「うまれかはり」を容易に連想させたろう。(14)

ところで、太平記の塩冶判官も、高師直によって謀殺される直前に、「七生まで師直が敵と成つて、思ひ知らせんずる物を」と誓っている（巻二十一「塩冶判官讒死《ざんし》の事」）。おなじく七生まで復讐を誓う話としては、楠正成のほうが有名である。あるいは芝居の塩冶判官・高師直のみたても、楠正成の再来、「うまれかはり」の巷説をもとに、その「七生まで」云々の類似から連想されたものだろうか。

「忠臣」という語が喚起するもの

ちなみに、「忠臣」という語から、当時ただちにイメージされたのも楠正成であった。水戸光圀が、摂津湊川（いまの神戸市内）に「嗚呼《ああ》忠臣楠子之《ちゅうしんなんしの》墓《はか》」を建立したのは、元禄五年（一六九二）である。すでに元禄十五年の赤穂事件当時、「忠臣」正成の墓碑は、山陽道――赤穂浪人がひんぱんに往還した山陽道――の名所にさえなっていた。(15)

　赤穂浪人の仇討ちの「義挙」は、すでに事件当時から世間で激賞されている。幕府内部でも、その忠義を賞して助命するか、それとも公法をおかした罪人として処罰するかではげしい議論が戦わされたことは、裁定がくだるまでに一ヵ月半も要したことからうかがえる。けっきょく大石内蔵助以下の赤穂浪人は死罪、ただし打ち首ではなく、武家の作法に則って切腹という裁定がくだる。

　もちろん罪人として処罰できなかったのは、徒党・押し込みの禁をおかしたかれらの行為が、『武家諸法度』（天和《てんな》三年〈一六八三〉改訂）の第一条、「文武忠孝を励し、礼儀を正しうすべき事」にかなうからである。

　大石内蔵助以下の赤穂浪人は、「忠孝」の大義のもとに法秩序をおかしたわけで、それはモラルと法制度との関係において、幕藩体制のは

「嗚呼忠臣楠子之墓」墓碑（拓本）

らむ重大な矛盾をつきつける行為であった。

大石内蔵助は、討ち入り事件の直後から楠正成の再来、「うまれかはり」と風聞されている。吉良家（＝足利一門）への復讐をくわだてた大石の念頭にも、あるいは「忠臣」正成のイメージが存在したのかもしれない。[16] 芝居作者が、事件をあえて塩冶判官・高師直に仮託したのも、仇討ちの対象が「将軍家」となるのをはばかったものだろうか。

恐るべきメタファー

しかし、太平記を〈世界〉とした「忠臣蔵」という外題《げだい》そのものが、すでに「忠臣」正成のメタファーをはらんでいる。在野・民間の「忠臣」の位相は、その「忠孝」（↓仇討ち）のテーマを、『武家諸法度』とは異次元の文脈に引きいれるだろう。将軍—藩主—家臣として序列化された幕藩体制下のモラルが、その起源（すなわち天皇）において相対化されるわけだが、そのような「忠臣」の位相が、いかに近世の幕藩国家にとって危険なものであったか。

たとえば、幕末の脱藩浪人たちの尊王運動である。

脱藩をとおして、既存のヒエラルキー・序列をこえて勝手に天皇に「忠孝」をつくす連中が出てきてしまう。幕藩体制の外、いわば制外《にんがい》・「非人」の位相にあることで、天皇に直結する論理を手にいれるのだが、そのようなアナーキーな天皇制の回路が、「忠臣」正成のメタファーによってひらかれてゆく。みずからを正成の生まれかわりに擬するものたちによって、「武臣」徳川氏の名分が相対化されてゆく。

おそらく物語としての「忠臣蔵」の起源は、現実の赤穂事件よりも以前に、近世国家をなりたたせた物語的な枠組みじたいにあったはずである。天皇と「武臣」というフィクショナルな枠組みが、その対立項（ないしは補完物）として、くりかえし（まさに「七生まで」）「忠臣」正成の物語を近世社会によびおこしてゆく。

さきに引いた『我衣』は、近世の太平記講釈のメルクマールとして、「慶長の頃」の家康の御前講釈とともに、江戸浅草の盛り場で行なわれた大道芸をあげていた。対立・拮抗するふたつの太平記講釈は、太平記読み（読みかえ）が紡ぎだすふたつの天皇の物語と、おそらくパラレルな関係にあったろう。

第六章　楠正成という隠喩《メタファー》

1　語りの論理

今日より正成出づ

赤穂浪人の仇討ち事件の前年、元禄十四年（一七〇一）に刊行された雑俳集『寄太鼓《よせだいこ》』に、

楠が御目見えをする講釈場

という一句がある。元禄ごろの講釈場では、楠正成が代表的な出し物とされていたらしい。

「楠が御目見えをする」の句意については、明治初年の上方講釈界にかんする司馬遼太郎《しばりようたろう》氏の聞書きが参考になる。(1)明治二十年ころまでの大阪の下町では、長屋の一室を講釈師に提供して、太平記を一年通して語らせることが行なわれたという。

しだいにダレてきて客の入りが悪くなると、門口に「今日より正成出づ」の貼り紙がで

る。その貼り紙が絶大な客寄せ効果をもったというのだが、「正成出づ」というのは、講釈芸において、ある実感をともなう宣伝コピーだったろう。

講釈師は仕方・声色をまじえて正成を語る（騙る）のである。講釈場に文字どおり「正成」が出現するのだが、そのような語りの場の雰囲気を前提にして、「楠が御目見えをする……」の秀句も発想されたとおもわれる。

赤穂事件に取材した近松門左衛門の浄瑠璃《じょうるり》に、宝永三年（一七〇六）初演の『碁盤太平記』があることはすでに述べた。太平記を〈世界〉として、事件の枠組みを塩冶判官の譏死物語に仮託するなど、以後の赤穂事件物の原型をつくっている。作者の近松は、かつて原永《はらえい》宅《たく》（上方随一といわれた講釈師）と共演したほどの講釈の名手である。(2)

かれのレパートリーには、当然のことながら太平記もふくまれていただろう。すなわち忠臣蔵の原型は、近松の講釈師としての素養と経験から発案されたわけで、じっさい忠臣蔵の登場人物たちが、太平記本文よりも『理尽鈔』のイメージに近いことは、今尾《いまお》哲也《てつや》氏によって指摘されている。(3)

なれのはて

正徳《しょうとく》五年（一七一五）に上演された近松の世話浄瑠璃、『大経師昔暦《だいきょうじむかしごよみ》』には、赤松梅竜《あかまつばいりゅう》という浪人の講釈師が登場する。軒先に「太平記講釈」の釣行灯《つりあんどん》をかかげる梅竜は、「一人に

五銭づつ、十人で五十銭の席料を以て露命をつなぐ」浪人暮らしである。かれの講釈を聞いた聴衆の感想、

なんと聞く事な、講釈五銭づつには安い物、あの梅竜も、もう七十でもあらうが、一理屈ある顔付き、アアよい弁舌、楠湊川合戦、面白い胴中、仕方で講釈やられた所、本の和田新発意《しんぼち》見るやうな、いかい兵《つわもの》でござつたの。

講釈師梅竜は、落ちぶれたとはいえ「一理屈ある顔付き」の武士である。浪人の悲運の境遇が、「仕方」をまじえたパフォーマンスによって楠一族の悲運にかさなりあう。「楠湊川合戦」を演じる梅竜の姿が、まのあたりに「本の和田新発意見るやうな」印象をあたえたわけだが、かつて講釈で世過ぎをした近松じしんも、父（杉森信義《すぎのもりのぶよし》）は越前《えちぜん》吉江藩の扶持《ふち》をはなれた浪人であった。

近世の太平記講釈師が、しばしば零落した浪人だったことは知られている。(4) たとえば、江戸の「町講釈」の元祖とされる見附の清左衛門について、『我衣』は、

京師の人なり。大願ありて江府に来たり、三四年願ひけれども叶はざる事によつて、再び京に帰る事を恥ぢたり。

とつたえている。「大願ありて江府に来たり」は、江戸で仕官の口をさがしもとめたものだろう。けっきょくかれは、「願ひけれども叶はざる」ゆえに、「浅草御門の傍ら」で「太平記を講」じている。

仕官の志をはたさぬまま、浅草の大道芸人になりおわったわけだが、もともと講釈芸が、経典の教化活動として成立した以上、弁舌の才のある浪人にとって、武士の体面をなんとか維持できる世過ぎの芸が太平記講釈だったろう（今日の寄席の楽屋でも、講釈・講談の演者はふつう「先生」とよばれる）。

太平記よみての物もらひ

かれらのなかには、家康の御前に召された赤松法印のような好運なものもいたわけだが（『我衣』）、しかし大多数のものたちは、「願ひけれども叶はざる事によつて」、路地裏の長屋を釈場（講釈場）とし、また盛り場に出むいての大道・野天の興行に終始したと思われる。元禄三年（一六九〇）刊の絵入りの風俗事典、『人倫訓蒙図彙《じんりんきんもうずい》』の「太平記読み」の条には、

太平記よみての物もらひ、あはれむかしは畳の上にもくらしたればこそ、つづりよみにもすれ、なまなかかくてあれよかし。祇園の涼み、糺《ただす》の森の下などにては、むしろしきて座

をしめ、講尺こそおこりならめ。

とあって、「物もらひ」となりはてた太平記読みのすがたが描かれている。このような零落した太平記読みの浪人たちが、みずからの境遇を楠一族の悲運にかさねあわせたことは想像にかたくない。現状に不満をいだくかれらが、仕方をまじえて楠や名和の討幕活動を語るうちに、いつのまにかその後裔を僭称しはじめたことも容易に想像できる。

江戸や上方の場末・辺界の盛り場に、「正成出づ」のコピーとともに、幕藩体制に不満をいだくかず多くの「正成」が出現したさまが想像されるのである。

『慶安太平記』

ところで、徳川幕藩体制の完成期において、浪人の太平記講釈師たちがくわだてた幕府転覆の陰謀が、慶安四年（一六五一）におきた由比正雪の事件である。

事件の性格については、当時全国で二十万人とも三十万人ともいわれた浪人の救済を目的とした浪人一揆であるとも、また尊王討幕の先駆ともいわれている。(5)

真相は不明だが、事件から一世紀後の宝暦九年（一七五九）に、この事件を芝居に仕組んだ浄瑠璃『太平記《たいへいき》菊水《きくすい》之《の》巻《まき》』が竹本座で初演されている。

外題を『太平記菊水之巻』としたのは、由比正雪がいわゆる楠流兵法の軍学者だったからである。おなじみたては、安永《あんえい》九年（一七八〇）の歌舞伎『碁太平記白石噺《ごたいへいきしらいしばなし》』、河竹黙阿弥《かわたけもくあみ》の『樟紀流花見幕張《くすのきりゅうはなみのまくばり》』（通称『慶安太平記』）などにうけつがれる。

また実録小説としては、天和二年（一六八二）の『油井根元記《ゆいこんげんき》』を最初として、『慶安太平記』『由比遠望実録《ゆいえんぼうじつろく》』『慶安賊説弁聞書《けいあんぞくせつべんききがき》』などが書かれている。実録物は、一作者の創作というより、巷間で取り沙汰された虚実ないまぜの巷説の集成である。その話材や趣向も、町講釈の世界ではやくから行なわれたものだろう。

いわゆる慶安太平記物のみたても、まず事件直後（あるいは当時）の講釈師たちによって発想されたとおもわれ、それをのちに講談本ふうに成書化したのが、現存する一連の実録物だったろう。

楠民部助橘正雪

明和八年（一七七一）の『禁書目録』の記載では、『慶安太平記』『由比根元記』『由井実録』など、慶安事件関係の実録小説が、いずれも禁書あつかいになっている。禁書とされた最大の理由は、おそらくそのみたての手法にある。

『慶安太平記』のばあい、由比正雪の自害は、湊川合戦で戦死した正成のイメージで語られる（後述）。また正雪の「天下を覆さんと思ふ大望」は（巻一「由比民部助武者修行の事」）、語られるうちに、いつのまにか「大義」（巻十「由比正雪自殺の事」）となるのである。

正成の先例にならう正雪の「大義」が語られることは、徳川将軍を首班とする幕藩権力の正当性が疑われることである。幕藩体制という秩序の既成性・自明性が相対化されるわけで、そこに幕府は、慶安事件をめぐる世上のいっさいの取り沙汰を抑圧することになる。しかし慶安事件関係の実録物（とりわけ『慶安太平記』）は、近世をつうじてひそかに写本として流布してゆく。

今日その全貌も把握しがたいほど、おびただしいかずの写本が現存するのだが、さらにそれは、講釈（講談）や祭文、口説《くどき》、浮かれ節（浪花節《なにわぶし》）などの語り物や歌謡の世界で人気を博しつづけるのである。むしろ近世をつうじて流布した由比正雪のイメージが、逆に近世の大衆レベルの正成像を媒介したと思われるフシがある。

私たちは、「楠《くすのき》民部助《みんぶのすけ》橘《たちばなの》正雪《まさゆき》」こと由比正雪について考えることで、近世社会に「正成」が喚起しつづけたメタファーについても、かなり具体的にイメージすることができる。それは明治以降、ひたすら国民道徳の権化として概念化されてきた正成像とはべつな、もうひとりの正成について考えるきっかけにもなるだろう。

2　由比正雪と『慶安太平記』

富士太郎誕生

まず『慶安太平記』から、由比正雪の出自にかかわる部分をぬきだしてみる。テクストには、本書のかず多い写本のなかでも、比較的書写年次のふるい宝暦《ほうれき》七年（一七五七）本を使用した。(6)

『慶安太平記』によれば、正雪の父は、駿河国由比村の紺屋《こうや》（藍染め屋）、吉岡治右衛門《よしおかじえもん》である（幕府の公式文書によれば、駿府《すんぷ》宮ヶ崎在の岡村弥右衛門《おかむらやえもん》とある）。

治右衛門はもと、尾張《おわり》国中村の百姓だったが、秀吉と同郷のよしみで大坂にうつり住み、天満橋《てんまばし》辺で染物をなりわいとした。関ヶ原合戦の折に、石田三成《いしだみつなり》の城下、近江佐和山《さわやま》（いまの彦根《ひこね》）に徴集され、三成没落ののちは、佐和山から追放されて駿河の由比村に流浪し、その地でまた紺屋をいとなんだ。

がんらい巧者であったために店は繁盛し、やがて妻をもらって平穏な日々がつづいたが、なやみのたねは、四、五年がすぎても子ができないことである。妻は毎夜屋根にのぼり、天にむかって「天下に名を遺すべき程の男子を授け給へ」と祈るが、満願の夜、ふとまどろんだ夢に、「緋縅《ひおどし》の鎧を着、首に諏訪法性《すわほっしょう》の兜《かぶと》を戴き、手に軍配団扇《ぐんばいうちわ》を持ちし異人」があらわれ、「汝が胎内を借りて、今ひとたび世に生まれて日本の主と成るべきなり」と告げて消えた。

近所の物知りから、夢の異人がじつは武田信玄《たけだしんげん》であると教えられたが、はたして慶長十年（一六〇五）五月に生まれた子は、髪の毛長く、歯も二枚はえた鬼子だった。村人たちは、「そのまま育ちなば如何なる事をか仕出ださん」と、子を捨てるように忠告するが、治右衛門夫婦は「富士太郎」と名づけて養育する。由比村に生まれたゆえをもってのちに由比正雪と名のるのは、この富士太郎である（巻一「吉岡治右衛門出生の事」「由比正雪生まる事」）。

武田信玄の生まれかわり

以上が由比正雪の誕生にいたる経緯である。ここではまず、正雪の父、紺屋治右衛門の本姓が吉岡といわれ、また、正雪が武田信玄の生まれかわりとされる点に注目してみたい。

吉岡姓の由来については、正雪十二歳のときに、父治右衛門の臨終にさいして、家宝の系図と兵法書を伝授されることで説明される。系図によれば、治右衛門の先祖は、義経に兵法をさずけた吉岡鬼一法眼。系図とともにつたえられた兵法書も、鬼一法眼がつたえた軍学・兵法の奥義だったという。

鬼一法眼から義経につたわった兵法書とは、義経記巻二によれば「張良一巻の書」である（第四章2節）。太平記では、楠正成と大塔宮が、それぞれ張良の兵法を会得していたとされるが、軍学者由比正雪の物語が、源義経、楠正成という中世の兵法伝承の系譜上で語られていることにまず注目したい。

正雪がその生まれかわりとされる武田信玄は、『甲陽軍鑑《こうようぐんかん》』などで、その兵法・軍略の才がなかば神話化されてつたえられる。信玄を祖とあおぐ軍学の流派が、いわゆる甲州流《こうしゅうりゅう》（武田流・信玄流とも）だが、甲州流からは北条流・長沼流・山鹿流《やまがりゅう》などが分派し、したがって武田信玄は、近世軍学の始祖ともいえる位置にある。そのような信玄の生まれかわりとされ、また吉岡流（義経流）の血脈もつぐ正雪は、のちに修得する楠流兵法をあわせて、中世から近世初頭にかけて行なわれた軍学・兵法のすべてを兼ねそなえた人物ということになる。

軍学者としてはまさに理想化された存在だが、しかしそのかれが、いっぽうで「紺屋」の出といわれるのである。紺屋とは、藍染め屋のこと、近世には長吏《ちょうり》(7)の配下とみなされ、すくなからず卑賤視された職業であった。

紺屋という職業

正雪を紺屋とする風聞は、たとえば新井白石《あらいはくせき》の書簡などにもみえている。佐久間洞巌《さくまどうがん》にあてた享保《きょうほう》九年（一七二四）閏四月十一日付けの書簡である(8)。

その書簡で、白石が由比正雪を評して、「万人にすぐれ候ふばけもの」と述べているのもおもしろいが、ここでは「わき沙汰」（世間の取り沙汰。具体的には講釈や芝居の類をさす）として、正雪の出自が「由井《(ママ)》の紺屋の子」とされている点に注意したい。「わき沙汰」を「さもあるべく候ふ」と認めているのは、「紺屋の子」という出自が、前代未聞の大逆をくわだてた由比正雪に、いかにもふさわしいという認識だろう。

紺屋は、紺掻とも青屋ともよばれ、近世の地誌類には、「青屋はもと穢多の種類なり」(『雍州府志《ようしゆうふし》』)とある。藍染めの触媒に人骨の灰をつかうとか、染料として多く虫を殺すとかの妄説が、まことしやかに取り沙汰された結果だが、(9)京や大坂では、青屋は長吏の指揮のもとに、長吏同様の公役に従事していた。

罪人の処刑をうけもつ長吏にたいして、青屋は、長吏にひきいられて遺体処分・切懸け番などをつとめている。長吏配下には、ほかに、舞々《まいまい》・猿曳《さるひき》・恵美寿《えびす》などの芸能民、鉢叩《はちたたき》・陰《おん》陽師《みようじ》・薦僧《こもそう》などの宗教民、また筆結・土器作・石切・墨師などの各種職人がふくまれる(『弾左衛門由緒書《だんざえもんゆいしよがき》』)。由比正雪の出自がじっさいに紺屋だったかはともかく、そのような「穢多の種類」として、かれの出自が納得されていた点に注目したい。

「がっそう」

ところで、正雪の出自に関連して、その人相風体も注意されてよい。事件発覚後に幕府がだした人相書に、

一、油井正雪事、年四十余、がつそう、但、かみをそり候ふ儀も、これ有るべき事
一、せいちいさく、色白、ひたいみじかく、髪黒、くちびるあつく候ふ事

一、まなこくりくりといたし候ふ由の事

とある（『内藤家文書』）。右にいう「がっそう」（兀僧）は、総髪の切り下げ髪のこと。中世には山伏や陰陽師など、俗体の宗教民（童子聖・毛坊主とも）の髪型であり、また、寺院の下部（寺奴）である堂童子《どうどうじ》や喝食、牛車を御する牛飼童など、貴人（または神仏）につかえて雑役に奉仕するものたちの髪型にもなっている。

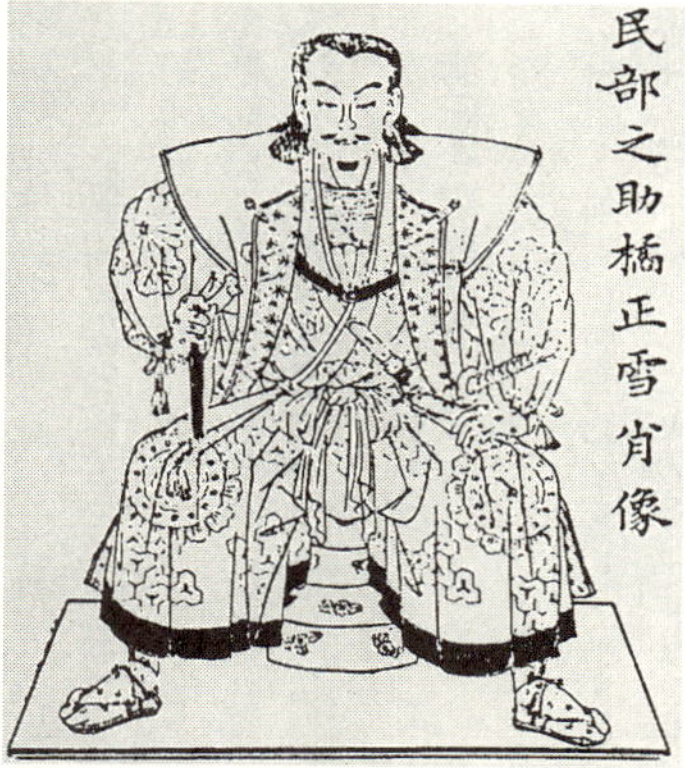

由比正雪像

成人ののちも、マゲをゆって一般社会人の仲間入りをするのでもなく、かといって出家者でもなく、文字どおりの「非人」・制外《にんがい》身分として、社会の埒外《らちがい》に置かれる階層だが、口さがない京都の都市民が「京童」とよばれたのも、かれらの多くが、童髪《わらわがみ》の「非人」身分だったからだろう。

江戸時代になると、「がっそう」はもっぱら「非人」や罪人（社会的身分を剥奪された一種の「非人」）の髪型として行なわれる。そのいっぽうで、「孔子頭《くじあたま》」ともよばれて、医者や儒者など、いわゆる長袖《ちょうしゅう》身分（四民の外の身分）

の髪型ともなっている。軍学者正雪が医術を兼業したこと、また軍学者が陰陽道をなかだちとして医師《くすし》の世界と密接にかかわることなどは後述する。「紺屋の子」で「医陰両道」をかねる軍学者、由比正雪は、その「がっそう」（総髪）という髪型において、各種の制外身分の結節点に位置している。たしかに由比正雪には、正成を語る（騙る）根拠があったのである。

師匠を謀殺する

『慶安太平記』によって、もうすこし由比正雪の経歴をたどってみる。

紺屋吉岡治右衛門の子として生まれた正雪は、七歳で由比村の清光寺にあずけられ、手跡・学問にはげんでその神童ぶりを発揮する。十一歳のときに、住職の親類筋の高松半平《たかまつはんぺい》から軍学をまなび、楠正成こそが諸葛孔明《しよかつこうめい》にも比すべき名将であること、また、人の立身は氏系図ではなく、ただ一心の覚悟によることをおしえられる。

以来、楠正成に私淑し、「天下を覆さんと思ふ大望」をいだいた正雪は、翌年十二歳のときに、父の死にさいして吉岡家伝来の系図と兵法書を相続する。そして先祖吉岡鬼一法眼から義経につたわった兵法書（いわゆる「張良一巻の書」）を披見した正雪は、かねてよりの「大望」をはたすべく、狂気をよそおって寺をでる。

母方の伯父にひきとられたかれは、ひそかに山野にでて武芸の稽古にはげむが、十七歳のときに「日本国中武者修行」を思い立ち、楠河内判官橘正成にあやかって、みずから「由比民部助橘正雪」となのることになる。

武者修行の門出には、まず楠正成の旧跡を河内にたずね、ついで伊賀におもむいて「怪獣」を退治し、越前では、後年の同志金井《かない》半兵衛《はんべえ》と手合わせして最初の弟子とする（このあたりは義経と弁慶の話をおもわせる）。

さらに中国・四国をへて、九州では、肥前唐津《ひぜんからつ》から天草《あまくさ》島にわたり、小西行長《こにしゆきなが》の遺臣、森《もり》宗意軒《そういけん》からキリシタンの幻術を会得する。紀州では熊野山中の妖怪を退散させ、美濃では加《か》藤市《とういち》右衛門《えもん》、越後《えちご》では熊谷三郎《くまがいさぶろ》兵衛《べえ》らと師弟のちぎりをむすび、奥州では、仙人となった義経の遺臣、常陸坊海尊にめぐりあう。

武者修行をおえて江戸にのぼった正雪は、楠流の軍学者、楠不伝《ふでん》の門にはいるが、ここでも頭角をあらわして、わずか三年のうちに、三千人の門弟からえらばれて師範代となる。

しかし寛永九年（一六三二）十一月、師匠の不伝を謀略をもって殺し、その家督をついで軍学道場張孔堂《ちょうこうどう》をひらくとともに（張孔堂の名は、張良と孔明にあやかったもの）、後醍醐天皇の綸旨《りんじ》、大塔宮護良親王の令旨《りょうじ》、伯耆《ほうき》の守《かみ》安綱《やすつな》が打った菊水の太刀などを手にいれ、楠正成の嫡流を公然と主張するようになる。

軍学と語りのあわい

今日、『金井《かない》正教軍法書《まさのりぐんぽうしょ》』という兵法書がのこっている。(10) 楠流兵法の秘伝を四十九条にわたって記したものだが、奥書には、「予の先祖正成」からつたわった軍法である旨が明記され、「慶安三年庚寅《かのえとら》十一月吉辰」の日付と、由比正雪・金井半兵衛の署名が記される。正雪の署名は、「東海由比翁楠正雪橘正之」というもの。由比正雪を楠正成の子孫とする説が、一部ではかなり真面目に行なわれていたようなのだ。

正雪が修めたという楠流軍学とは、正成の合戦を講じる軍学兵法の一派である。テクストとしては、太平記のほかに、『理尽鈔』とその類書、(11) また『楠 正成一巻之書《くすのきまさしげいっかんのしょ》』『楠 兵庫記《くすのきひょうごき》』『桜井之《さくらいの》書《しょ》』『恩地《おんち》左《さ》近太《こんた》郎聞書《ろうききがき》』等々、正成に仮託されたおびただしい偽書のたぐいがもちいられる。

楠流兵法の研究家、島田貞一氏によれば、近世初頭の楠流(正成流)の兵法は、「必ずしも流儀によって伝習されたもののみではなく、ひろく兵学界全体に尊重されたもの」という。(12) 楠流の諸流派には、陽翁伝楠流、南木《なんぼく》流、河内流、河陽《かよう》流、名取《なとり》流などがあり、なかでも流派をこえてもちいられたのが陽翁伝楠流、すなわち大運院陽翁《だいうんいんようおう》(法華《ほっけ》法印日応《ほういんにちおう》とも。近世初期に加賀・肥前・備前《びぜん》などの諸藩に『理尽鈔』講釈を普及させた軍学者)を祖とする太平記読みの一派である。(13)

『理尽鈔』講釈の来歴を説いた『太平記理尽抄由来』によれば、大運院陽翁は、慶長年間に名和正三なる人物（名和長年の子孫という）から『理尽鈔』を伝授されたという。陽翁はそれを、肥前寺沢家（唐津城主）、加賀前田家などにつたえたが、正保四年（一六四七）、寺沢家没収のさいに、「七八巻の要文」が「取り落」とされて紛失した。しかしそれは、そののち、

由比正雪が手に入り、正雪、七八の両巻を以て、理をきわめて先後をさとし、日ならずして通達し、注して主意とす。由比本これなり。

由比正雪が、『理尽鈔』の伝来に関与したというのだが、正雪がつたえた「七八の両巻」は、太平記の巻七・巻八を講釈した部分。なかでも『理尽鈔』巻七は、楠正成の千早城合戦を講釈して、とくに正成の兵法について詳論する巻になっている。

太平記本文には痕跡すらみえない兵法談義が、本文をはるかにうわまわる分量で（字数を単純比較して約五倍）語られるのだが、千早城合戦の前にある大塔宮の吉野城合戦でも、「正成云はく」として正成の兵法談義が随所に展開され、大塔宮が吉野城にこもったのも正成の策略であったなどの裏話があかされる。

要するに、本文の解釈ではなくて、太平記に記される個々の事件に関連して、それを敷《ふ》衍《えん》・付会しながら兵法論を展開する。また、太平記に記されない裏話・秘話のたぐいを、文

字どおり「見てきたように」語るわけだが、その意味では、由比正雪が講じた楠流軍学というのも、大道で行なわれた太平記読み、つまり町講釈・辻軍談のたぐいときわめてちかいものであった。

名和・赤松・楠

江戸の町講釈の元祖といわれる浅草見附の清左衛門は、『近世世事談』によれば、「理尽抄と云ふ太平記の評判の書を以て」講釈したという。またかれは「名和清左衛門」をなのっていたともつたえられる（『元亨世説』）。

『太平記理尽抄由来』によれば、名和長年は正成の「軍法の弟子」であり、ゆえに「楠正成の兵伝」すなわち『理尽鈔』も代々名和氏につたえられたという。名和氏の末裔（を自称するもの）が、太平記講釈の伝来に関与したらしいのだが、『理尽鈔』の末尾には、文明二年（一四七〇）八月、「名和肥後刑部左衛門」なる人物によって本書が伝授された旨の奥書が記される。すでに室町時代において、楠流兵法の伝承には名和姓の人物が関与していたらしい。

慶長ごろの名和清左衛門は、その「姓を憚」って、名のりを「赤松清左衛門」とあらためたという（『元亨世説』）。また、慶長年間に家康の御前にめされた講釈師（軍学者？）は、「赤松法印」を称している（『我衣』）。大坂の町講釈の元祖、赤松青竜軒は、「赤松円心の末裔」をなのったといわれ（『節信雑誌』）、近松の『大経師昔暦』に登場する浪人の太平記読みは、赤松梅竜である。

太平記講釈をなりわいとした浪人たちが、しばしば名和氏や赤松氏の裔《すえ》を自称したのだが、軍学者とも講釈芸人（芸能民）ともつかないかれらは、また、ほかならぬ楠正成の後裔をも主張したらしい。

たとえば、永禄年間の織田信長の伊勢侵攻に対抗した楠正具《まさとも》は、正成の兵法を秘伝するものだったといわれる。その楠氏は、代々伊勢の「御師《おし》」（伊勢信仰の先達）をつとめる家筋であり（「楠正一山下太郎蔵楠系図」）、やはり一種の毛坊主、山伏のたぐいである。(14)

おなじころ、先祖正成の勅勘《ちょっかん》免除を公家にはたらきかけ、永禄二年（一五五九）の恩赦以後は、晴れて楠姓をなのったという大饗《おおあえ》（楠）正虎は、信長につかえて、若いころの秀吉に軍略を伝授したといわれる（『本化別頭仏祖統記《ほんげべつとうぶつそとうき》』）。また正虎の子で、信長の右筆《ゆうひつ》をつとめた楠甚四郎《じんしろう》（正広）は、軍配兵法にくわしい公家、山科言経《やましなときつね》の弟子となり、兵書を借覧したり、刀瘡の薬をもらったりしている（『言経卿記』）。

そして『慶安太平記』にも登場する楠不伝だが、楠不伝正辰は、南木流軍学（正辰伝楠流とも）をおこした実在の人物。南木流は由比系の楠流軍学とも混じながら、幕末の尾張藩などにつたえられている。(15)

いずれも楠流の兵法家が、正成の後裔を主張した例である。これらかず多くの有名・無名の楠氏たちのひとりとして、由比正雪こと「楠民部助橘正雪」も、楠正成の嫡流を主張したのである。

語り手と語られる作中人物がダブってくる

ところで、『大運院陽翁由緒書』によれば、もと尾張三好家の浪人であった大運院陽翁(出家して法華法印日応)は、京都、但馬《たじま》、伯耆《ほうき》、播磨《はりま》、肥前などをわたりあるき、最後は加賀前田家にめしかかえられたという。弁舌をもって諸国をわたりあるく陽翁の姿には、むしろ放浪芸人のおもかげさえうかがえる(じっさい陽翁は、軍学指南としてより「御咄衆《おはなししゅう》」として前田家にかかえられている)(16)。

さいわい陽翁は、加賀前田家に仕官の口をえている。赤松姓の講釈師のなかにも、家康にめされた赤松法印のような好運なものがいたわけだが、しかし大多数のものたちは、「願ひけれども叶はざる事によって」(『我衣』)大道・野天の米銭乞いに終始したと思われる(17)。たとえば、『人倫訓蒙図彙』に描かれた「太平記読み」は、着ながしの襤褸《ぼろ》一枚をまとった「物もらひ」であった。

由比正雪のばあい、「あさましき浪人、朝に夕べを謀らざる体(あきれるほどみじめな浪人のその日暮らしの生活ぶり)」(新井白石書簡)といわれても、まだしも「軍学兵法指南」の体裁を維持したほうである。しかしその正雪の「天下を覆さんと思ふ大望」を最初に語りだしたのは、町々辻々の「物もらひ」同然の講釈師たちだったろう。

大道で太平記を語りあるく浪人たちが、みずからの境遇を楠氏や名和氏の運命にかさねあわせたことは容易に想像できる。また、かれら市井の楠流兵法家たちが、楠氏や名和氏の討幕活動を語るうちに、いつのまにかその後裔を僭称しはじめたことも想像にかたくない。

語り手と語られる作中人物がダブってくるというのは、日本の語り芸の伝統でもある。討幕をくわだてる由比正雪と楠正成、さらに正成や正雪の「大義」を「見てきたように」語るものたちとは、語り芸の世界を介して、まさに系譜的・系図的にもつながってくるのである。

3　貴種とごろつき

門弟四千人

楠不伝の家督をついだ由比正雪は、その軍学道場に多くの門弟をかかえてゆく。道場の繁盛ぶりは、『慶安太平記』によれば、

然るに民部助は、不伝の家督を継ぎて翌年寛永十年正月十五日、家督の名広めの祝儀として、不伝の一門を残らず招き、終日馳走しけり。先づその日の飾りには、楠正成、同正行、同正澄の三幅対《さんぷくつい》の掛物を正面に掛けて、脇床に孔明、張良、孫子の三幅対を掛け、卓

香を焚き、金の軍配団扇、金の采配を飾り、その身は浅黄無垢《あさぎむく》の小袖を着し、その上に紺色の長絹を着し、この日より初めて、張孔堂由比正雪と号す。張は張良をかたどり、孔は孔明をかたどれり。即ち見台《けんだい》を引き寄せ、三略六韜《りくとう》三くだり斗りを三篇づつ素読し終つて後、一門どもと礼儀の盃を致す。その体まことに厳重に見えにけり。それより玄関に額をかけ、「軍学兵法十能六芸医陰両道、その外一切の指南たるべき者也」とぞ書きたりける。不伝は楠流の軍学のみ指南有りしさへ門弟三千余人に余れり。正雪は右の額をかけ、一切の道を指南致しければ、御屋敷方は元来ひいきの事なれば、町方どもに繁盛して、門弟いよいよ重なりて、既に四千余人に及びけり。（巻三「民部助不伝の家督を相続する事」）

さきに引いた新井白石の書簡にも、正雪が旗本たちを集めて軍学を指南していたことが記される。(18) しかしその道場は、神田連雀《かんだれんじやくちよう》町の裏だなにあるちいさな借家だったという。それを講釈では、「天下を覆さんと思ふ」正雪にふさわしく、右のような門前市をなす賑わいにあらためたわけだが、正雪はそこで、「軍学兵法」のほかに「十能、六芸、医陰両道」を指南していたという。

十能、六芸、医陰両道

正雪が諸芸に達していたことは、べつの箇所にも、「十能、六芸、医陰両道、その外万芸に達し、一つとして欠くる事なく」(巻九「由比正雪自殺の事」)とあって、その博学広才ぶりが強調されている。

「軍学兵法」のほかに正雪が指南した「六芸」とは、礼・楽・射・御(馬術)・書・数(算術)の六種の技芸。「十能」は、具体的に十種類というより、多くの技能・能力といった意味だろう。

また「医陰両道」は、医術と陰陽道《おんみょうどう》をセットにしたいい方である。たとえば、中世の職人歌合では、医師《くすし》は陰陽師につがえられている。

祈禱・卜占をこととした前近代の医療にあっては、医術はもっぱら陰陽師・山伏の職能である。また、たくみな口上で薬を売りつける点では、それは香具師《やし》の世界にもつながっている。そのような「医陰両道」を正雪がかねたということは、やはり当時一般の軍学者のありかたを示している。

たとえば、少年期の林羅山《はやしらざん》に太平記を講じた甲州武田の浪人、永田徳本は、医者を本業として、しばしば薬籠をせおって自家製の薬を売りあるいていたという(『近世畸人伝』)。また、大運院陽翁から『理尽鈔』講釈の伝授をうけた自得子《じとくし》和田養元なる人物(『家珍草創太平記来由』)、太平記の注釈書『太平記抄』の著者日性の門弟で、太平記講釈に名のあった佐々正益なる人物も、本業は医者であったという(尊経閣文庫蔵『太平記理尽抄由来書』[19])。

楠流の軍学・兵法と、町講釈・辻講釈との境界がきわめてあいまいであったことはさきに述べた。軍学者とも芸能者ともつかないかれらが、いっぽうで医術を兼業したという事実は、かれらの軍学が、天文や卜筮《ぼくぜい》によって兵を動かす「軍配」を主にしたこととかかわっている。近世初頭に盛行した楠流の軍学兵法とは、要するに山伏や陰陽師がつたえた兵法伝承の系譜上に発生したのである。

ごろつきの系譜

「医陰両道」をかねる由比正雪は、運気をみて島原の乱を予言し、天気からことごとく日和《ひより》をいいあて、天文をよんで正保三年（一六四六）の江戸大火をいいあてている（巻三「正雪運気を見る事」、巻六「岡田彦兵衛材木屋又兵衛の事」、巻七「正雪門弟幷諸牢人を集むる事」）。また将軍家光の死を予知し、決起の手はずをととのえるが、同時に計画が失敗におわることも予知していたという（巻七「正雪軍配を定むる事」、巻八「正雪忠弥に教訓の事」）。

正成が聖徳太子未来記を解読して乱のゆくえを予知した話が想起されるが（太平記巻六「正成天王寺未来記披見の事」）、希代の軍学者、由比正雪は、当然のことながら軍配の達人であり、したがって陰陽術・医術の指南もかねたのである。そしてこの「医陰両道」と軍学・兵法とをつなぐ世界が、やはり山伏や陰陽師など、中世以来の下級宗教民、毛坊主の世界であった。

正成の奇抜な兵法が、戦国期の「忍び」の兵法にもつうじるものであることは、すでに述べた。正成の兵法伝承は、伊賀流・甲賀流の兵法（忍法）伝授や系図伝承に取りこまれ、近世にはかず多くの楠流兵法を生みだしている。(20)『理尽鈔』講釈でいわれる、正成がしばしば「忍び」をもちいて大敵を退けたという話にしても、その伝承的根拠はかなりふるいものといえる。

忍びとも野伏・ラッパともよばれたかれら傭兵の集団が、徳川幕藩体制下の「太平」の世には仕官の途をうしない、浪人、「ごろつき」の類となってゆくことは、折口信夫や三田村《みたむら》鳶魚《えんぎょ》の考察にくわしい。(21)

かれらの一部は、都市に住みついて火付け・盗賊のたぐいとなり（たとえば慶長ごろの大盗賊風魔小太郎《ふうまこたろう》は、かつて後北条氏のラッパであったといわれる）、また、それまでの口入れ稼業（傭兵）をつづけて侠客となる。本業にもどったものは、祈禱・占いや売薬などを業として各地を放浪する（山伏姿で薬を売り歩いた甲賀の売薬は著名である）。

近世初頭のそれら浪人、あぶれ者のたぐいが、もともと軍配や天文・卜筮に長じていたとすれば、かれらが兵法指南で世すぎをし、また「医陰両道」をかねたということも説明がつく。軍学者由比正雪が、全国的規模で組織した浪人の勢力というのが、それら近世初頭のあぶれ者・「ごろつき」のたぐいであったとすれば、正雪の討幕計画とは、たしかに正成の血脈を主張する根拠があったわけである。

いよいよ決起

軍学道場張孔堂をひらいた正雪は、諸大名・旗本に軍学を指南するいっぽう、かれの名声を聞いてあつまってくる浪人たちに、仕官の口を斡旋《あっせん》する。まさに口入れをするのだが、この口入れ稼業というのも、南北朝時代の悪党にはじまり、戦国時代の足軽・傭兵の類、さらに幕末・近代の侠客の世界にうけつがれる伝統的な「ごろつき」の稼業であった。

正雪に恩義をうけた浪人たちは、「この恩一命に換へても報ずべしと思はぬ者は無」かったという。口入れの見返りに「一命に換へても云々」とあるのも、やはり無宿渡世の世界をおもわせる。また、そのようにしてあつまった同志五千余名は、いずれも「義を金鉄の如くに思ひ」「命を鴻毛より軽んじたる」ものたちだったという。太平記の慣用句がそのままつかわれていることに注意したい。

慶安四年（一六五一）四月、三代将軍家光が他界し、かわりに十一歳の長子家綱《いえつな》が四代将軍となる。徳川幕府がいただくはじめての幼主だが、この代がわりをきっかけとして、正雪はいよいよ「天下を覆さんと思ふ大望」の実行にとりかかる。

その計画というのは、まず七月二十六日に、正雪ひきいる浪人の一隊が駿河の久能山《くのうざん》を攻略する。江戸では、丸橋忠弥《まるばしちゅうや》が江戸城の煙硝蔵《えんしょうぐら》と市中数ヵ所に放火し、急を聞いて登城する御三家・老中を襲撃する。それに呼応して、京都では加藤市右衛門、大坂では金井半兵衛らが一時に騒動をおこし、正雪は久能山にあって、全国の数十万の浪人の一斉蜂起をうながすというのである。

正雪はかねての計画どおり、七月二十一日に江戸をたち、同志十名とともに駿府へむかった。しかし出発の前日、正雪は一同にむかって、「大望成就すべからず」「今生にておのおのに対面せんことは今日を限り」といい、また「たとひ本意を達せずとも名は末代に残るべければ、是のみ悦びなり」と述べている（巻八「正雪忠弥に教訓の事」）。

心中ひそかに「今度の大望の忠弥よりあらはれん事」を察していたというのだが、合戦をまえにして、みずからの敗北をさとり、にもかかわらず勝機のないいくさに、あえておもむくというのは、じつは兵庫湊川の合戦におもむく正成の姿でもあった。

死にかたまで正成にならう

二十四日に正雪は駿府に入り、紀州徳川家の家中をかたって旅籠《はたご》に逗留する。そして二十六日の決起にそなえるのだが、しかし江戸では、丸橋忠弥の「金子《きんす》才覚《さいかく》の病《やまい》」がもとで計画が露顕してしまう。忠弥から軍資金の調達をたのまれた質屋、田代又左衛門《たしろまたざえもん》が、老中松平伊豆守《まつだいらいずのかみ》にことのしだいを密告したのである。

二十五日の早朝、正雪は天文をみて計画の露顕をさとり、また飯釜の蒸気の吹きぐあいから、江戸の忠弥らがすでに捕らえられたことも察知する。

「義を金鉄の如くに思」う一同をまえにした正雪は、「我々十一人思ひ切つて出づるならば、やすやすと一方は切り破り、落つべきなれども、死すべき時に死せざれば、必ず不覚の名を残すものなり」として、自害を決意する。あたかも、湊川で足利方の大軍にかこまれた正成が、「打ち破つて落つべかりしかども、都を出でしより、世間の事今はこれまでと思ひ定めたりければ」（太平記巻十六「正成兄弟討死の事」）、あえて自害をえらんだのとおなじようにである。

そして正成が弟の正季にむかっていう「そもそも最期の一念によつて、善悪の生を得といへり」（同）というのとおなじことばを、やはり死をまえにした正雪は、「まことに人は最期の一念によつて、善悪の生を引くと云へり」と、同志十名にむかって述べている（巻九「由比正雪自殺の事」）。

正成に私淑し、正成の後裔を自称した由比正雪は、その死にかたまで正成にならったわけである。もちろん由比正雪の最期が、じっさいにはどのようであったかなどわからない（幕府の諸記録から、駿府の旅籠で自刃したというのは事実）。正成にならう正雪の最期とは、講釈師たちの文字どおり「見てきたような」実説だったろう。

語り手たちの理想

しかし慶安太平記物の由比正雪（実在の正雪ではなく）には、そのまま語り手たちの特異な実像がかさなりあう。幕府転覆をくわだてる正雪の「大義」とは、おそらく「正成」をしようとしてはたさなかった制外のあぶれ者、「ごろつき」たちの「大義」である。

語り手のすがたが語られる作中人物に投影するというのは、日本の語り芸の伝統でもある。そしてこれとおなじことは、太平記の正成と、それを語ったものたちとの関係についてもいえるはずである。

くりかえし述べるように、史上実在の楠（楠木）正成が何ものであったかということが問題なのではない。「智仁勇の三徳を兼ねて死を善道に守る」正成とは、そのまま語り手じしんの理想化されたすがたである。太平記作者といわれる「小島法師」が、法師形（円頭とはかぎらない）の「卑賤の器」であるとすれば、太平記の正成もまた、後醍醐天皇の軍事力を最下層のところでささえた「あやしき民」のたぐいである。

太平記の正成について語る由比正雪は、みずからもまた「正成」をして敗死する。それを語りあるいた者たちも、宗教的・芸能的な「ごろつき」のたぐいである。由比正雪の白浪《しらなみ》的英雄の造形には、語り手たちの理想化されたすがたが投影する。

正成と正成を語る者、正成を語る由比正雪とその正雪について語る者たちとは、語り芸の世界を媒介にして、まさに系譜的・系図的にもつながってくる。浪人の軍学者（講釈師）由比正雪がくわだてた幕府転覆の陰謀とは、そのまま正成を語る（騙る）太平記講釈という芸の問題であった。

4　脱藩／草莽の思想

宝暦事件

中世の太平記読みから、近世の講釈・講談が生まれてくる。制外の毛坊主や「非人」にはじまり、近世の「ごろつき」・浪人へいたる語り芸の系譜のなかで、最大の講釈ネタでありつづけたのが楠正成であった。

正成の合戦講釈の担い手が、制外のあぶれ者、「ごろつき」のたぐいであったことは中世以来の伝統である。正成を語る（騙る）芸の系譜に、下層のルサンチマンをすくいとる一定のしかけが存在したのだが、そこに正成の再来、生まれかわりの風説が、一種のメシア願望的な気分で語りつがれてゆく。

たとえば、由比正雪の事件から約一世紀後、垂加流《すいかりゅう》（山崎闇斎《やまざきあんさい》のはじめた儒家神道）の神道家、竹内式部《たけのうちしきぶ》がひきおこした宝暦事件（宝暦六〜八年〈一七五六〜五八〉）である。朝廷に出入りして儒学と神道を講じていた竹内式部は、崎門派《きもんは》（山崎闇斎の学統）の大義名分論と尊王思想を公家のあいだにひろめてゆく。[22] さらに有志をあつめて軍学と武術の実地教練を行なったともつたえられる。

しかし竹内式部とその門人たちの活動は、幕府転覆のくわだてが具体化する以前の段階で、関白近衛《このえ》内前《うちさき》の告訴によってついえてしまう。かれらの行動が危険視された理由は、もちろんそのラディカルな尊王斥覇《そんのうせきは》の思想にあったろう。

しかし関白以下の重臣たちにとって、それ以上に黙視できなかったのは、その公家社会の序列を無視した尊王思想の鼓吹にあったろう。朝廷衰微の原因を、関白以下の非器無才にあるとした竹内式部は、少壮・下級の公家の奮起こそが朝威回復の道であると説いたのである。一介の神道家が主張する尊王思想は、徳川将軍家の名分のみならず、五摂《ごせっ》家《け》筆頭の近衛家の名分さえ否定するものであった。

国君といへども必ずこれを罰し……

また、竹内式部の宝暦事件と一対の事件と当時みなされたのが、その約十年後に起こった明和《めいわ》事件（明和三〜四年〈一七六六〜六七〉）である。首謀者の山県大弐《やまがただいに》は、江戸八丁堀《はっちょうぼり》の私塾で軍学と医学を講じていた浪人である。

その著書『柳子新論《りゅうししんろん》』のなかで、山県は、徳川将軍について「名は将相と称するも、実は南面の位を僭す」と断じている。臣下でありながら、実質は「南面の位」（国王の位）をおかしている徳川氏の「名」と「実」の不一致、名分の転倒を糾弾したのだが、実質上の「国君」である徳川将軍にたいして、山県は、苟《いやしく》も害を天下になす者は、国君といへども必ずこれを罰し、克たざれば則ち兵を挙げてこれを討つ。

とさえ述べている。このようなラディカルな放伐《ほうばつ》思想は、山県が青年期にまなんだ崎門派の大義名分論に由来している。(23) しかしそれが市井の軍学者山県大弐において謀反のくわだてにまで発展した（真相は不明な点が多いが、すくなくともそうした嫌疑をうけた）背景には、やはりかれの軍学・軍談の論理が介在したものだろう。

軍学講釈の場で語られる「国君といへども必ずこれを罰し」云々は、語り手本人に異様なリアリティとなって作用したにちがいない。軍学者山県大弐の過激なアジテーションは、取調べにあたった幕府の役人たちに、百年まえの由比正雪の事件さえ連想させたろう。(24)

吉田松陰

太平記がかかえるふたつの異質な物語が、近世以後の天皇制のふたつの起源を媒介する。たとえば、既存のヒエラルキー、支配機構の法的（または倫理的）源泉として機能する天皇にたいして、法制度の埒外の位相から、つねに超法規的・超制度的にイメージされてしまう天皇である。とくに後者は、ある種の解放・平等の原理として、近世・近代の世なおしや維新でくりかえし喚起されたイメージとしての天皇の問題でもある。

幕末の長州藩にあって、みずからを正成の「七生まで」の生まれかわりに擬していた軍学者が吉田松陰《よしだしょういん》である。

長州藩士杉百合之助《すぎゆりのすけ》の次男として生まれた松陰は、五歳のときに叔父吉田大助の養子となっている。吉田家は山鹿流の軍学指南家である。

山鹿流兵学が、楠流兵法の影響下に成立したことはすでに述べたが、松陰が嘉永《かえい》四年（一八五一）に敢行した江戸藩邸出奔（脱藩）事件は、赤穂義士にならって十二月十五日に決行されている（兄杉梅太郎宛書簡、同月十二日）。吉田松陰が山鹿流の先輩大石内蔵助に傾倒していたことは、その『武教全書講録』等の著作からもうかがえる。(25)

幼時から軍学に親しんだ松陰が、後年もっとも影響をうけたと述懐している書は、実父杉百合之助からあたえられた『神国由来《しんこくゆらい》』である（「口熟秋洲一首文」）。『神国由来』の著者玉田永教は、もとは阿波《あわ》徳島の浪人。上京して神学をまなび、吉田家の神道教授（神道講釈師）となった人物だが、永教が高座をかまえた糺の森は、『人倫訓蒙図彙』「太平記読み」の条に「祇園の涼み、糺の森の下などにては、むしろしきて座をしめ」とあり、京都の代表的な釈場であった。

『神国由来』を愛唱した吉田松陰は、糺の森に玉田永教をたずねて一宿したともつたえられる。(26) 糺の森の講釈師の口吻《こうふん》が、松陰の思想形成に関与したらしいのだ。(27)

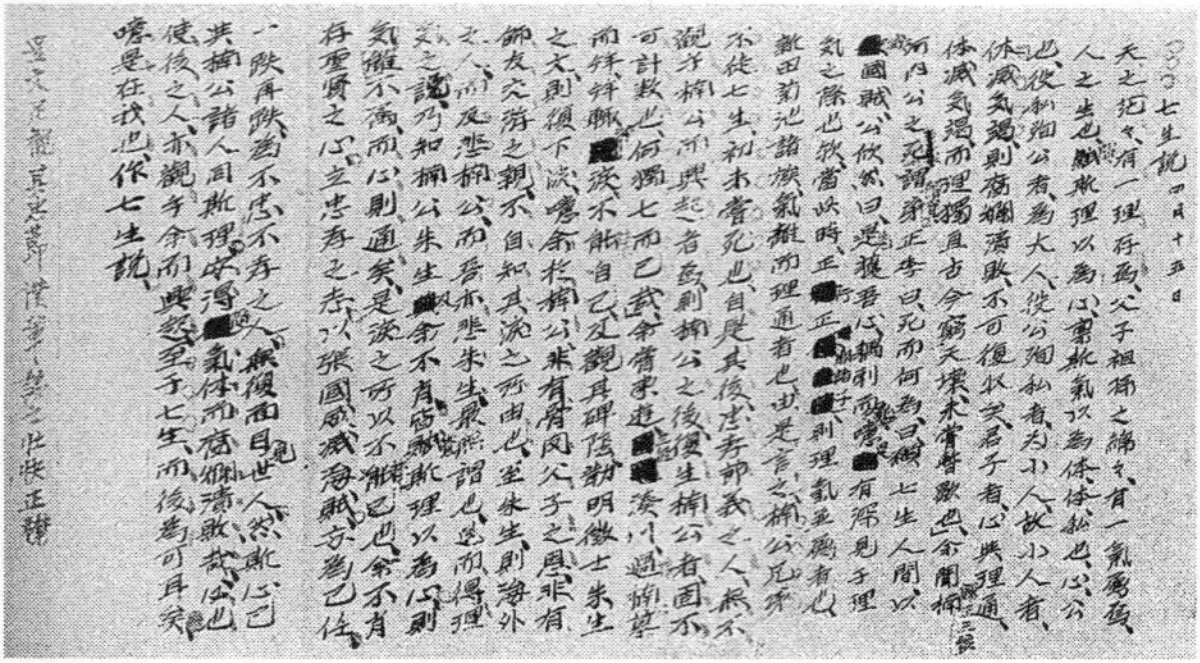

「七生説」

七生滅賊、草莽崛起

江戸と長州をたびたび往来した吉田松陰は、生涯に三度（以上）、兵庫湊川に楠正成の墓碑をたずねている。元禄四年に水戸光圀によって建立された正成の墓碑は、とくに寛政年間に高山彦九郎《たかやまひこくろう》がもうでて以来、勤王の志士たちがかならず立ちよる山陽道の名所になっていた。

安政三年（一八五六）四月、郷里の萩で幽閉の身にあった松陰は、湊川の墓参の感懐を「七生説」という文章に記している。

……楠公兄弟は徒《いたづ》らに七生のみにあらず、初より未だ嘗《かつ》て死せざるなり。これによりその後、忠孝節義の人、楠公に観ずして興起する者なし。則ち楠公の後、復《ま》た楠公を生ずる、固《もと》より計り数ふべからざるなり。何んぞ独り七生のみならんや。

吉田松陰の「草莽崛起《そうもうくつき》」（民が身を起こして国事に奔走すること）というスローガン(28)も、みずからを正成の生れかわりに擬することで発起されていた。いわゆる「七生滅賊《しちしょうめつぞく》」（吉田松陰の座右の銘）であるが、もちろんその背景には、かれが幼時から親しんだ正成を語る芸の素養があったろう。

吉田松陰が、教育者（アジテーター）として卓絶した弁舌の持ち主であったことは周知である。萩で幽閉中の三年間、松下村塾で松陰が指導した塾生からは、幕末から明治にかけてのかず多くの逸材が輩出している。脱藩や藩邸出奔をくりかえして国事に奔走した吉田松陰じしん、まさに仕方をまじえて正成の「七生まで」の生まれかわりを演じていたのである。

第七章　『大日本史』の方法

1　文献史学のイデオロギー

太平記は武家の教養書

慶長・元和《げんな》年間に刊行された太平記として、今日およそ十種類の版本（異植版）が知られている。この時期もっとも版をかさねていた徒然草で約二十種類である。(1) 太平記の四十巻という分量を考えれば、当時（徳川政権の確立期）、いかに太平記への関心が高かったかがうかがえる。

太平記が近世をつうじて武家の教養書として享受されていたことは、藤田《ふじた》精一《せいいち》氏、加美宏《かみひろし》氏などの研究にくわしい。(2) たとえば、少年期の林羅山《はやしらざん》は、太平記講釈を聞いてその多くを暗誦していたといわれ（『羅山先生年譜』他）、新井白石は、すでに四、五歳のころから太平記を聴聞して、「その義を請け問ふ事などもあ」ったという（『折たく柴の記』）。

林羅山、新井白石とともに、近世の武家の修史に大きな足跡をのこした人物である。あるいは水戸光圀が『大日本史』の編纂を志した背景にも、少年期の太平記体験があったものだろうか。後述するように、光圀の修史事業の眼目が南北朝の正閏《せいじゅん》問題にあったこと、また『大日本史』の南北朝史（とくに列伝）が、太平記に全面的に依拠して編修されたことをみても、光圀が修史事業を思い立ったきっかけとして、少年期の太平記体験を考えてみることは可能なのである。

蹶然として其の高義を慕ふ有り

『大日本史』の序文（徳川綱条《つなえだ》撰）は、光圀の修史事業の発端として、つぎのようなエピソードをつたえている。

先人（水戸光圀）十八歳、伯夷伝《はくいでん》を読み、蹶然《けつぜん》として其の高義を慕ふ有り。巻を撫《ぶ》して歎じて曰く、「載籍あらずんば、虞夏《ぐか》の文、得て見る可からず。史筆に由らずんば、何を以てか、後の人をして観感する所あらしめん」と。是に於て、慨焉《がいえん》として修史の志を立て、……綴輯《てつしゅう》すること数十年、勒《ろく》して一書と成す。

十八歳のときに「伯夷伝」を読んで感激したことが、光圀が「修史の志を立て」たきっかけだったという。伯夷伝とは、『史記』列伝に記された伯夷・叔斉兄弟の物語。周の武王が殷の紂王の放伐をくわだてたときに、兄弟はその乗馬を扣《ひか》えて諫《いさ》め、武王が天下を統一すると、兄弟は周の禄を食むことを恥《は》じて首陽山《しゆようざん》で餓死したという。「扣馬餓死《こうばがし》」の成句で知られる著名な説話だが、しかし伯夷・叔斉の故事は、太平記にも、万里小路藤房《までのこうじふじふさ》が後醍醐天皇を諫めて遁世した話の先例説話として引かれている（巻十三「藤房卿遁世の事」）。

光圀が十八歳のときに読んだ伯夷伝説話は、はたして原典による『史記』の享受だったろうか。かりに原典によるとしても、かれが「我、本朝の史記を修せんとす」（『国史館日録』、後述）と志した背景に、少年時代からの太平記（講釈）体験があったことは想像されてよい。ちなみに太平記にはおびただしい量の漢籍関係の故事・先例説話が引かれており、なかでも『史記』を原拠とする説話は、その約半数におよんでいる(3)。

林家の学風

光圀が修史を志した十七世紀なかばは、太平記が版本として大量に流通した時代である。慶長・元和以来、市場に流通した版本はおそらく数千部にのぼっていたが、それにもかかわらず（それゆえにこそ、というべきか）、太平記読みの芸能（あるいは学問）は、この時代に最盛期をむかえている。『理尽鈔』とその類書が、十七世紀のなかば以降、さかんに刊行されたことはすでに述べた。むしろ本文の流通と拮抗するかたちで、談義・講釈の所伝が広汎に（庶民の世界にまで）流布してゆく。

太平記の読みは近世にあっても本文の一義的解釈に限定されるものでなかった、ということである。たとえば加賀前田家の尊経閣文庫は、現在までもっとも多くの太平記古写本を所蔵する文庫である。しかしその加賀藩は、すでに述べたように、『理尽鈔』講釈がもっともさかんに行なわれた藩でもある。

少年時代の林羅山や新井白石、また水戸光圀が享受した太平記にしても、おそらく『理尽鈔』のたぐいまでふくみこんだ「太平記」だったろう。たとえば、林羅山とその子鵞峰《がほう》によって編修された『本朝通鑑《ほんちょうつがん》』は、摂津桜井での楠正成の遺訓を、つぎのように記している。

二子（和田正遠・恩地満一）の言、皆善し。我また猶《なお》謀を運《めぐ》らさば、則《すなわ》ち死すべからざるの道有らん。敵を破るべきの術有らん。（中略）その（義貞の）勢い強くして、群士皆従う。然れば則ち、復《ま》た一尊氏を生じて、その威量、頼朝に劣るべからず。然れば則ち、我終に免れざるは必なり。我死してまた時至れば、則ち尊氏猶これ（義貞）を破るべし。これを以生きてまた義貞をして尊氏の如くせしむれば、則ちこれを破ること難かるべし。これを以て軽重を計れば、則ち暫くも命を延べんよりも、今に於て死するに如かず。

（続編巻第百二十八）

あきらかに『理尽鈔』の正成遺訓（第四章3節参照）をもとに、それを抄出・要約して記された文章である。『本朝通鑑』の南北朝史は、これ以外にも随所に『理尽鈔』を引いており、また異説として（本文から一字分下げて）引用した箇所は数十ヵ所におよんでいる。(4)

太平記読み（講釈）の所伝が、太平記本文にくらべてかならずしも下位のものとみられていなかったこと、むしろ故実や口伝を重んじる林家の学風にあっては、口頭でつたえられた講釈の所伝のほうが、版本として流布した本文よりも価値が置かれたらしいことは、問題を考える前提として注意しておく必要がある。

水戸史学の方法に潜むもの

ところで、林家の『本朝通鑑』に採用された『理尽鈔』の所伝は、水戸光圀の『大日本史』では、まったくといっていいほど採られていない。

太平記評判、大全等、並びに論ずるに足らず。故に取らず。（『参考太平記』凡例）

とするのが、『大日本史』の基本的な編修方針である。南北朝史を叙述するにあたって、まず可能なかぎり太平記の古写本を収集し、複数の古写本によって流布本（江戸時代の版本）の本文を校訂することからはじめたのが、水戸の文献史学である。

その校訂作業は、元禄二年（一六八九）に『参考太平記』[5]としてまとめられたが、まずテクスト・クリティック（本文批判）をとおして太平記の古態に遡行し、そこから史実を一義的に確定していく水戸史学の方法は、今日の歴史研究者からも高く評価されている。[6]『大日本史』が近世史学の到達点と目されてきた最大の理由だが、[7]しかしそれにしても、テクストの一義的解釈によって導きだされる歴史とはなんなのか。近代の文献史学との外見上の類似にもかかわらず、そこには周到に考えぬかれた名分論史学の思弁があったはずである。

たとえば、『大日本史』はきわめてクリアーなかたちで南北朝正閏[8]の図式を提示している。それはしかし、読み（講釈／物語）に付随したさまざまな異説・異伝をそぎ落とすことで発見（再発見）された「歴史」の枠組みである。光圀の南朝正統論とは、『大日本史』がその文献史学の手法によって再構成した「武臣」の名分論であった。

光圀とその史臣たちは、文献実証を自明の出発点とする近代の実証史学よりも、おそらくより本質的に（狡猾《こうかつ》に）歴史のなんであるかを心えている。この章では、まず『大日本史』の方法について検討することから、そこに定本化された南北朝時代史の意味について考える。もちろんそれは、「南北朝時代史」という、私たちの歴史認識の枠組みを問いかえすことにもなるだろう。

2　叙述スタイルと「歴史」

我、本朝の史記を修せんとす

林羅山の『本朝編年録』が幕府に上呈されたのは、寛永二十一年（一六四四）である。[9] その上呈本は、明暦《めいれき》三年（一六五七）の江戸大火によって焼失したが、大火の直後から、幕府ではその続修（続編の編修）が検討されていた。そして寛文《かんぶん》二年（一六六二）に正式に続修の命がくだり、それをうけて、林鵞峰《はやしがほう》（羅山の子）はただちに上野忍岡《しのぶがおか》の編修所（国史館）で作業を開始している。

『本朝編年録』の書名は寛文六年（一六六六）に『本朝通鑑』とあらためられるが、水戸光圀が江戸神田の別邸に史局（のちの彰考館《しょうこうかん》）をひらいたのは、『本朝編年録』（『本朝通鑑』）の続修が検討された明暦三年である。

光圀の史局には諸国から多くの学者がまねかれ、修史の基本方針にかんする議論がしだいに練りあげられていく。林家の修史と光圀のそれとの時期的な対応関係をみても、『大日本史』の編纂が、『本朝通鑑』を意識しながら進められたことはたしかである。

林家の史学にたいする光圀の関心は、林鵞峰の日記『国史館日録』からもうかがえる。たとえば、寛文四年十一月二十八日、鵞峰を水戸藩邸にまねいた光圀は、『本朝通鑑』にかんしていくつかの問いを発している。

まず編修の基本方針についてたずねた光圀は、つぎに叙述範囲、皇統の正閏問題などに話題をうつし、別れぎわにつぎのように述べている。

参議（光圀）また曰く、「我、本朝の史記を修せんとす。然るに、歳を歴《へ》て未だ成らず。請う、道設・生順等をして時々国史館に往かしめ、通鑑編修の趣を見せしめんことを」と。

『本朝通鑑』は、司馬光《しばこう》の『資治通鑑』にならって編年体で書かれている。光圀が「我、本朝の史記を修せんとす」と述べているのは、もちろん「本朝の通鑑」を意識した発言である。『大日本史』が『史記』にならって紀伝体を採用した背景に、林家史学にたいする光圀の対抗意識があったことはたしかである。

編年体と紀伝体

光圀の史臣として『大日本史』の編纂に主導的な役割をはたした安積澹泊《あさかたんぱく》は、元禄九年（一六九六）の『重修義例《ちょうしゅうぎれい》』後書のなかで、編年体と紀伝体の相違についてつぎのように述べている。

> 編年は事を記して史也。紀伝は体を分かちて亦史也。編年は実録の祖にして、紀伝は諸史の帰するところ也。

おなじく「史」とはいっても、「事を記」す編年体にたいして、「体を分か」つのが紀伝体であるという。

紀伝体は、帝王と諸臣の歴史をそれぞれ別立てで編成する。本紀（歴代帝王の編年記録）と列伝（諸臣の伝記）からなる編次構成は、君臣上下のあるべき名分秩序を視覚的に表現するだろう。

そのような「体を分か」つ紀伝体にたいして、編年体は、「実録」（事件当時の史書や日記・記録の類）の記事を、その年代記ふうの形式の類似から、しばしば無批判に採用してしまう。その結果として、時代のあるべき名分秩序をあいまいにしかねない。「実録」とは、「当時撰ぶ所にして、過《あやま》ちの甚だしきは掩《おお》ひ匿《かく》す」のが通例だからである。

たとえば編年体を採用する『本朝通鑑』は、しばしば六国史《りつこくし》等の「実録」をそのまま引用している。そのため天武《てんむ》天皇の「簒奪《さんだつ》」については直書せず、また桓武《かんむ》天皇の「不徳」・「淫《いん》縦《じゆう》」の行ないにも言及していない。(10)「実録」の記事を羅列するにとどめて、国王・人臣の是非や、政道善悪の判断を回避しているのである。そのような『本朝通鑑』は、光圀や安積澹泊にとって、たしかに「事を記」したにすぎないものであった。

『読史余論』──新井白石の歴史認識

編年体のもうひとつの「難」として、安積澹泊は、それが「稗官《はいかん》小説の類」に接近する危険について述べている。できごとを年次順に記す編年体は、「年月備はらず」、記事に「残欠」が生じるときは「稗官小説の類すら取らざるを得」ない。かりに「稗官小説の類」をもちいないまでも、その年次順の記事の排列は、歴史家が用意した意味づけや解釈を、しばしば相対化してしまうだろう。個々の人物や事件は、編年叙述のあらたなストーリー（時間的な因果関係）のなかで意味づけられ、その物語的展開の総体として歴史が提示される。

たとえば、『大日本史』の初稿本（正徳本）とほぼ同時期に完成した編年形式の史論に、新井白石の『読史余論《とくしよろん》』（正徳二年〈一七一二〉）がある。

この本を執筆中の白石は、安積澹泊にたびたび書簡をおくり、国史編修上の疑問について意見をもとめている（『新安手簡』立原翠軒《たちはらすいけん》編）。白石が『大日本史』にすくなからぬ関心をよせていたことはたしかだが、しかし『読史余論』の「総論」の表題は、

本朝天下の大勢、九変して武家の代となり、武家の代また五変して当代におよぶ総論の事。

というもの。「天下の大勢」が「九変」「五変」する過程とは、君臣上下の名分が時代とともに推移・変転する過程である。

たとえば、『読史余論』上巻で、白石は、南朝の崩壊をもって古代以来の正統王朝の滅亡とし、「天下はまったく武家の代となりたる也」と述べている（上巻「総論の事」、「南北分立の事」）。そのような認識に対応して、下巻の足利義満の条では、武家が実質的に「天下をしろしめし」ながら、なお臣下として官位をうけたことを記して、

世態すでに変じぬれば、その変によりて一代の礼を制すべし。……此時（足利義満の時）、源家、本朝近古の事例を考究してその名号を立て、……公卿・大夫・士のほか、六十余州の人民等ことごとく其の臣たるべきの制あらば、今の代に至るとも遵用するに便あるべし。

と批判している（下巻「室町家代々将軍の事」）。実において天下の支配者となった足利将軍は、それにふさわしく礼制（名）をあらため、公家・武家のすべてをみずからの臣下となすべきであったというのである。おなじく名と実の一致をもとめる名分論とはいっても、『大日本史』のそれとは対極に位置する、きわめてプラグマティックな名分論である。[11]

編年形式を採用した『読史余論』のテーマは、けっして時代を超越したあるべき名分秩序

などではありえない。そこに叙述されるのは、できごとの因果関係としての歴史であり、そこから見えてくる「天下の大勢」の変化である。

たとえば、新井白石が『大日本史』にくだした評価は、「本朝の始末、大かた夢中に夢を説き候ふやうの事」というもの（佐久間洞巌宛書簡、享保九年正月二日）。『大日本史』が記す「本朝の始末」（日本通史）が、およそ実際からかけはなれて、「夢中に夢を説」くようなものだというのである。歴史を変化する動態としてとらえる白石の『読史余論』にたいして、むしろ変化の要因を、その叙述形式から意図的に排除していったのが『大日本史』であった。

超時間的な叙述スタイル

編年体が変化を主題化する叙述スタイルだとすれば、紀伝体は、歴史家の当為をスタティックに（超時間的に）に提示する叙述スタイルである。それは、個々の人物やできごとを、それらが置かれた情況や時間のコンテクストから切りはなして、あるべき名分秩序のなかに再構成して叙述する。

たとえば、本紀に南朝の四帝（後醍醐・後村上・長慶《ちょうけい》・後亀山）をかかげる『大日本史』は、列伝に多くの南朝の功臣を特筆している。しかし列伝の第九十七巻を名和長年と二分している児島高徳のばあい、その叙述の分量は、この人物がはたした歴史的役割に比例するだろうか。

後述するが、児島高徳については、明治十年代にその実在をうたがう議論がおこっている。重野安繹《しげのやすつぐ》らのいわゆる「抹殺論」史学だが、たしかに重野の編修する官撰国史『大日本編年史』にとって、児島高徳は「抹殺」してなんの不都合もない存在である。

太平記が語る児島高徳の一見はなばなしい活躍も、子細にみると、それらはすべて「行き違いのみ」で、「元弘二年より正平七年迄廿三年の間、一向図の当りし事がない」(12)。時代の推移になんら有効な働きをしていない児島高徳は、編年史にとってまさに不要な存在だが、しかしそのようなかれが、『大日本史』ではきわめて大きなウェートをあたえられる。『大日本史』の人物叙述（列伝）にとって、問題はけっして、その人物の歴史的役割の大小にはないということである。紀伝体のばあい、個々の人物叙述は、「天下の大勢」の変化を捨象したところで行なわれる。

その行動が「一向図の当りし事がない」にもかかわらず、児島高徳は、その百折不撓《ひゃくせつふとう》の志において特筆にあたいする。そのため『大日本史』の「児島高徳伝」では、きわめて好意的・同情的に、その「兵を聚《あつ》めて勤王を謀《はか》」った行動の一部始終を叙述することになる。

あえて紀伝体を

光圀にとっての歴史叙述のテーマは、たとえば皇統の不変性によって象徴される、わが国固有・不変の名分秩序である。変化を主題化する新井白石の『読史余論』は、かれの意図のいかんにかかわりなく、徳川政権の現在さえ過渡的な一時点として相対化してしまうのではないか。現在のなりたちを説明する歴史は、現在を相対化する歴史でもある。

光圀があえて紀伝体という厄介な（編年体にくらべてはるかに作為的な）叙述スタイルを選択した理由だが、しかし紀伝体の国史は、編修の前段階でさまざまな名分論上の難題に直面することになる。たとえば、歴代天皇の治績を記す本紀は、皇統の正閏を弁別してはじめて執筆が可能になるだろう。また諸臣の列伝は、どの人物をどの部立てに、どのような分量で叙述するかを最初に決定しておく必要がある。

事実（史料）の時間排列がなかば自動的に歴史を構成する編年体にたいして、事実を（あるいは事実にもとづいて）いかに正しく叙述するかに紀伝体国史の眼目がある。そこに、『大日本史』の編纂過程をつうじて、さまざまな名分論上の議論が派生することになる。そして『大日本史』の編纂過程からみちびかれた議論のなかでも、光圀の政治的立場ともからんでもっとも微妙な判断をせまられたのが、南北朝正閏の弁別問題であった。

3　南朝正統論の構造

光圀の「不満」

光圀の修史事業が『新撰紀伝』百四巻として一応の完成をみたのは、天和三年（一六八三）十一月である。

明暦三年（一六五七）に史局がひらかれてから二十六年、寛文十二年（一六七二）の彰考館設置からかぞえてもすでに十一年がたっていたが、しかし『新撰紀伝』は、「討論未だ精《くわ》しからず、其の書の体裁、公の意に満たず」といわれ、ただちに「易稿重修」が命じられた（藤田幽谷《ふじたゆうこく》『修史始末《しゅうししまつ》』）。

翌天和四年四月と八月にだされた光圀の指示は、神代の記事を本紀からのぞいて、べつに天神本紀・地神本紀を編むこと、皇后紀をあらためて皇后伝とすること、などである。本紀を歴代の天皇紀のみとすることで君臣上下の名分の明確化がはかられたのだが、しかし光圀の「不満」は、『紀伝』の叙述範囲ともかかわって、じつは南北朝正閏の弁別問題にむけられていたらしい。

『新撰紀伝』は、神代に起筆して、第九十六代の後醍醐天皇までを叙述している。しかし安積澹泊の回想によれば、かれが天和三年八月に彰考館入りしてはじめて目にした紀伝の稿本は、後醍醐天皇以下の南朝四帝を本紀にかかげ、「北朝五主は降して列伝と為し、足利の党は悉《ことごと》く賊と書く」ものだったという（元文元年〈一七三六〉、打越樸斎《うちこしぼくさい》あて書簡）。『新撰紀伝』が完成する三ヵ月前、すでに南北朝史の稿本は完成していたのだが、にもかかわらず、『新撰紀伝』は叙述範囲を後醍醐天皇までとし、南北朝史は未編修として光圀の上覧に供せられる。

「其の書の体裁、公の意に満たず」といわれた理由もそのへんにあったと思われ、とすれば、紀伝稿本の「北朝五主は降して列伝と為」すというラディカルな構成も、光圀の発案になる編修方針だったろう。

正徳五年（一七一五）に『新撰紀伝』を改修して成立した『大日本史』（初稿本）は、人《じん》皇《こう》初代の神武天皇から第百代の後小松《ごこまつ》天皇までを叙述している。叙述範囲を南北朝が合一した後小松天皇までとすることは、はやくから光圀によってさだめられていた方針である（『修史始末』天和三年十一月条）。ただし、北朝の五帝については紀伝稿本の方針があらためられ、後小松天皇紀の巻頭に列記するかたちをとっている。北朝の即位をいちおう認めたかたちで妥協がはかられたのだが、この方針を決定したのは、元禄二年（一六八九）に上申された『修史義例《しゅうしぎれい》』である。

直接の提案者は安積澹泊だが、たしかに安積が危惧したように、「北朝五主は即ち今の天子の祖宗」である（前引書簡）。北朝を偽朝と断じることは、光圀の修史事業の存続そのものをあやうくしかねない。安積の提案は、当時としては南朝正統論を展開できるぎりぎりのラインだったはずであり、それはおそらく光圀本人もしたがわざるをえない妥協案だったろう。

矛盾はせず

『大日本史』のいわゆる三大特筆――南朝を正統とみとめて本紀に立てたこと、大友《おおとも》皇子の即位をみとめて大友天皇紀を立てたこと、神功皇后《じんぐうこうごう》を本紀に立てずに后妃伝に入れたこと――は、どれも光圀の「卓見」に出たものといわれる（『修史始末』元禄四年五月）。「皇統を正閏」することが、光圀の修史事業の主要な関心事であったのだが[13]、なかでも南北朝の正閏弁別にかんする光圀の関心は、当時としてはかなり突出したものである。それは光圀の史臣、安積澹泊はもちろん、幕府史官の林鵞峰をもたじろがせる性格のものであった[14]。

しかし注意したいことは、南朝を正統とする光圀の立場は、それ自体けっして、徳川御三家としての水戸家の政治的立場と矛盾するものではなかった、ということである。それはたとえば、安積澹泊が執筆した『大日本史』論賛のつぎのような一節からもうかがえる。

尊氏の譎詐《きつさ》・権謀、功罪相掩《おお》はず。以て一世を籠絡《ろうらく》す可きも、天下後世を欺《あざむ》く可からず。果して足利氏の志を得たるか、あるいは新田氏の志を得ざるか。天定まれば、亦能く人に勝つ。豈《あ》に真に然らざらん。（「将軍伝」論賛）

南北朝の争乱を「譎詐・権謀」によって勝利した足利尊氏は、しかし「天下後世を欺く」ことはできなかった。はたして足利氏が十五代でほろんだあと、足利氏にかわって将軍となった徳川氏は、新田氏の後裔である。南朝と命運をともにした新田氏族の由緒をもって、足利将軍にかわる正当性を主張したのだが、そのような新田流徳川系図の延長上に、『大日本史』の南朝正統論は構想される。最終的に「志を得」たのは、たしかに逆臣足利氏よりも忠臣新田氏（＝徳川氏）であった。

同様の主張は、「新田義貞伝」の論賛でより明確に述べられている。

その（新田氏の）高風・完節に至りては、当時に屈すと雖《いえど》も、能く後世に伸ぶ。天果たして忠賢を佑《たす》けざらんや。その足利氏と雄を争ふを観れば、両家の曲直、赫々として人の耳目に在り。愚夫愚婦と雖も、亦能く、新田氏の忠貞たるを知る。

「能く後世に伸ぶ」とは、現在の徳川氏が新田氏の一族であるということ。「足利氏と雄を争」ってやぶれた新田氏は、その「忠貞」ゆえに天佑をえて、家康の代に幕府を創業した。光圀が南朝の正統性を主張することは、かつて南朝に殉じた新田氏の「高風・完節」を主張することであり、それはとりもなおさず徳川氏の政治的覇権を正当化する論理につながっていた。

テクストは読みかえられる

『大日本史』の南朝正統論は、かつて家康がつくりだした新田流徳川系図の延長上に導かれる。それはほんらい、御三家のひとつである水戸家の政治的立場と矛盾するものではなかったはずである。たとえば、「勤王の倡首《しょうしゅ》」「復古の指南」（明治十三年の光圀贈位の詔《みことのり》）といった光圀像は、藤田幽谷以後の後期水戸学によってつくられたイメージとして、かなりの留保条件をつけておく必要がある。

おそらく光圀本人は、神君《しんくん》家康が創始した徳川幕藩体制の歴史的な正当化をくわだてていたのであり、その点では、新井白石のきわめてプラグマティックな名分論(15)とも、その基本的な立場を共有していたのである。

かりに光圀のくわだてに問題があったとすれば、その南朝正統論の主張に、かれ一流の道義的な潔癖性《リゴリズム》がはたらいたことだろう(16)。光圀のリゴリスティックな個性は、北朝を偽朝と断じた紀伝稿本の当初の編修方針にもうかがえる。

しかし『大日本史』の南朝正統論を考えるうえで注意したいことは、光圀が構想した『大日本史』が、その後、テクストとしてどのように読まれていったかは、すでに光圀個人のおもわくをこえた問題だということである。

『大日本史』の南朝正統論は、十八世紀末の危機的な政治情況のなかで、現実に対処する政治イデオロギーとしてきわめて意図的に読みかえられてゆく。読みかえの中心的役割をになったのは、天明八年（一七八八）に十四歳の若さで彰考館入りした藤田幽谷である。『大日本史』の解釈《よみ》をめぐって、藤田によってひきおこされた名分論上の議論は、水戸学の前期と後期を画するメルクマールとなっている。なかでもその核心的な議論が、『大日本史』の読みを一義的に方向づけている論賛の削除問題であった。

第八章　正統論から国体論へ

1　「歴史」テクストの読みかえ

論争勃発

安積澹泊の論賛を付した『大日本史』二百五十巻（享保本）が幕府に献上されたのは、享保五年（一七二〇）十月である。明暦三年（一六五七）に開始された水戸藩の修史事業は、ここに一応の区切りをむかえたのだが、しかしその十年前の宝永七年（一七一〇）には、江戸の彰考館総裁、酒泉竹軒《さかいずみちくけん》らによって続編（足利時代史）の編修が検討されている。

しかし足利時代史の編修が計画段階で頓挫するなかで、彰考館の事業は、その後半世紀あまりの停滞期にはいってゆく。それをふたたび活気づかせたのは、天明六年（一七八六）に彰考館総裁となった立原翠軒《たちはらすいけん》であった。

立原は、総裁に就任して三年目の寛政元年（一七八九）に、「日本史上梓の議」を藩当局に上書している。『大日本史』の刊行をもって、光圀以来百数十年におよんだ修史事業の完成と考えたのである。

そして藩当局の許可をえた立原は、ただちに刊行へむけた作業にとりかかる。塙保己一《はなわほきいち》、藤貞幹《とうていかん》らが彰考館にまねかれ、『大日本史』の校訂に参加したのもこのころだが、しかし作業の進展とともに生じた議論は、立原が予想さえしなかった論争を彰考館内部にひきおこすことになる。

水戸学のいわゆる「三大議論」とよばれる論争であり、論争をしくんだ中心人物は、かつて立原によってその才能をみいだされ、町人身分から彰考館員に取りたてられた藤田幽谷であった。

ほとんど言いがかり

寛政十一年（一七九九）の光圀百年忌へむけて刊行をいそいでいた立原は、紀伝体を構成する志（天文・律暦・職官・地理・食貨等々、部門別の制度史）・表（各種の年表・系譜）の編修断念を提案していた。

『大日本史』の志・表の編修が決定されたのは、光圀の没後十七年目にあたる享保元年（一七一六）である。その後も編修作業は遅々としてすすんでおらず、「義公《ぎこう》（光圀）の志《こころざし》は、もっぱら紀伝に在り。……志・表を修むるの如きに至りては、則ちただ余事のみ」とする立原の主張は、けっして強弁ではなかったろう。

しかし寛政九年（一七九七）八月、藤田幽谷は突如、彰考館の同僚あてに公開の質問状を送りつけ、「義公の意は、紀・伝・志・表のことごとく成るを竢《ま》ち、然る後にこれを天闕《てんけつ》に奏」することにあったとして、紀伝の刊行は志・表の完成をまって行なうべきだと主張した。

それはしかし、光圀の百年忌というタイムリミットを限ってすすめられる立原の刊行計画にたいして、事実上の計画断念をせまるものだったろう。これをさかいに、立原と藤田の関係は急速に悪化してゆくが、藤田はこのとき、『大日本史』の題号にかんしても異議を申し立てている。

> 班固《はんこ》（漢書の著者）より下、始めて代号を以てその書に命ず。然りと雖も彼の土は、虞・夏・商・周の盛んなるより、みな姓を易へ命を革めざるはなし。……ただ我が天朝のみは、開闢《かいびやく》以来、一姓相承け、天つ日嗣これを無窮に伝ふ。史を修し事を記すに、なんぞ必ずしも「日本」と云はんや。
>
> （「校正局諸学士に与ふるの書」）

中国歴代の正史が国号をもって書名とするのは、王室・王朝が革命（いわゆる易姓革命）によって交替したからである。わが国では「一姓」の天皇によって皇統が「無窮」につたえられている。よって「日本史」という書名は、革命を既定事実とした中国正史の方法を、わが国史に準用するものにほかならない。

いかにも水戸学的な大義名分の議論である（「水戸学的」ともいえる議論のスタイルは、まさに藤田幽谷によって確立する）。だがそれにしても、本書が「大日本史」とよばれてすでに八十年あまりが経過している以上、題号が名分に悖《もと》るとする主張は、水戸学の正論を楯にした、ほとんど言いがかりめいた議論である。げんに文化六年（一八〇九）二月、朝廷から水戸家に「旧に依りて大日本史と号して可なり」とする勅許がくだると、藤田はただちに題号の議をとりさげている。

『大日本史』と称する一応の名分が立ったということだが、ちなみに題号問題と同時に提起された志・表の編修問題は、藤田がその刊修頭取に任じられた享和《きようわ》三年（一八〇三）以後も遅々として作業はすすんでいない（志・表の編修が軌道にのるのは、藤田の門人豊田《とよた》天功《てんこう》が彰考館総裁となった安政三年〈一八五六〉以後である）。藤田の異議申し立てのねらいが、志・表の編修や題号それ自体よりも、もっと別のところにあったことが知られるのである。

先公の意

享和三年（一八〇三）正月、「三大議論」の核心ともいえる論賛削除の議が、藤田の盟友、高橋坦室《たかはしたんしつ》によって建議された。高橋の主張は、ほぼつぎのようなものである。

およそ史の論賛有るは、これみな勝国・異代の得失を論じ、口を極めて是非す。もとより妨げざる所なり。独り吾が天朝のみ、百王一姓なり。方今の世、至尊垂拱《すいきょう》して政を関東に委ぬと雖も、然れども君臣の名分、厳乎として乱れず。四海の内、みな正朔を奉ぜざるはなし。上世遠しと雖も、ひとしく祖宗たり。今其の失得を論じて忌憚する所なし。事の体、已に宜しき所にあらず。いづくんぞ先公（光圀）の意にそむかざるを知らんや。寡人の意、ことごとくこれを刪去せんと欲す。（高橋坦室書簡、『修史復古紀略』所引）

中国の正史に論賛があるのは、現王朝が「勝国・異代」（いずれも前王朝の意）の得失を論じるからである。王朝の交替を既定事実とした中国の正史にたいして、わが国では、「一姓」の天皇により皇統が「百王」（無窮）につたえられている。ゆえにわが国史に歴代天皇の「失得を論じて忌憚する所な」い論賛があるのは穏当を欠き、それは「先公（光圀）の意」にもそむくものである。よってすみやかにそれらは削除されなければならないという。(1)

高橋坦室のこのような主張に、藤田幽谷がただちに同意したことはいうまでもない。そして高橋によって論賛の削除が建議されてから一ヵ月後、立原翠軒は彰考館内部の混乱の責めを負うかたちで、総裁の職を辞任するにいたっている。

立原の失脚から三年後の文化三年（一八〇六）、高橋と藤田はそれぞれ彰考館総裁と副総裁に任じられた。それと同時に、論賛の全文削除が決定し、両人はただちに、『大日本史』

の刊行（かってあれほど異議を申し立てた『大日本史』の刊行！）に着手することになる。
そして文化六年（一八〇九）には神武紀から天武紀までの本紀二十六巻の版本を幕府に献上し、翌七年には、藤田幽谷の上表文をそえて朝廷にも献上した。藤田の画策した「三大議論」のねらいが、刊行計画そのものにではなく、ひとえに論賛の削除にあったことは、立原失脚後の右の経緯をみてもあきらかである。

藤田や高橋が立原翠軒を失脚させてまで論賛の削除をくわだてた理由とはなんだったのか。「いづくんぞ先公の意にそむかざるを知らんや」というかれらの主張を、ことばどおりに受けとることはできない。

安積澹泊が執筆した論賛は、かれが光圀のあつい信任をえていたことを考えれば、おそらく「先公（光圀）の意」にそって執筆されたものだろう。「先公の意」から逸脱したのは、温厚篤実な立原翠軒よりも、むしろ気鋭の才子藤田幽谷だったろう。藤田の『大日本史』解釈が、しだいに「先公の意」からズレはじめていたところに、論賛の削除がくわだてられた真の原因があったようなのだ。

「国体」観念が浮上してくる

すでに述べたように、『大日本史』の南朝正統論は、論賛の方向づけをとおして一義的に徳川政権の正当化へむすびつけられる。南朝の正統性を主張することは、とりもなおさず新田流徳川氏の覇権の正当性を主張することである。しかしかりに論賛を除外して考えればどうなのか。

論賛の削除問題とあわせて考えてみたいのは、やはり光圀没後の編修上の争点となった続編（足利時代史）の執筆問題である。論賛の方向づけにしたがうなら、『大日本史』が南北朝の合一で擱筆すること、すなわち足利時代史を叙述しないことは、あるべき武家政治を、新田流徳川氏の時代に暗示する構成である。しかしかりに論賛を除外して考えればどうなのか。

宝永・正徳年間に酒泉竹軒らが建議した続編の執筆問題について、藤田幽谷は、酒泉らが失職をおそれたために画策した事業の引きのばしと断じ、かれらのくわだてを「卑陋《ひろう》」「狡《こう》巧《こう》」と糾弾している（『修史始末』元文五年八月条）。

『大日本史』が南北朝史で擱筆すべきことは、藤田にとっても名分論史学のかなめとなる問題であった。たとえば、幼時から父幽谷の薫陶《くんとう》をうけた藤田東湖《とうこ》は、足利時代史を総括してつぎのように述べている。

足利尊氏また禍乱を作《な》し、敢て至尊に抗し、しばしば皇子を害す。その家族陪臣の、朝に向ひ夕に背き、互に相夷滅せし者の如きは、紛々擾々《ふんぷんじようじよう》枚挙にいとまあらず。君臣の義、亦ほとんど廃す。稗官野史には、或は書して「天皇謀反」と曰ひ、或は称して「親王京師《けいし》に流さる」と曰ふ。……名分の錯乱せること一にあらず。而して足利義満の罪、もつとも大なりとす。その太政大臣たらんことを請ふて君を要し、臣を朱明《しゆみん》（朱は明の王室の姓）に称して国を辱しめ、出遊或は行幸に擬して上を僭す。尊卑内外の分、亦ほとんど弁ぜず。

（『弘道館記述義』弘化三年〈一八四六〉）

後醍醐天皇に叛した足利尊氏の時代は、まさに「君臣の義」がすたれ、「名分の錯乱せる」時代である。さらに正統の王朝（南朝）をほろぼした三代将軍義満は、外国（明の建文帝）に臣従して「日本国王」に封ぜられ、みずからの出遊を天皇の「行幸に擬して」いる。(2)

南北朝の合一とは、南朝（正統）―新田氏にたいする北朝（閏統）―足利氏の勝利などではなかった。それは新井白石の『読史余論』がいみじくも喝破したように、古代以来の正統王朝の滅亡であり、またそれにかわる武家王朝の始発である。

それが足利義満による南北朝合一の実態なのであれば、そのような「錯乱」した事態に対処すべき名分論上の議論は、すでに「南北朝」正閏の弁別問題などではありえない。正閏論や正統論の相対性を超えた、ある絶対的な名分論のテーマが必要とされるわけで、そこに浮上してくるのが、いわゆる「国体」の観念であった。

赫々たる日本

寛政三年（一七九一）、藤田幽谷が十七歳の若さで執筆した「正名論」には、すでにつぎのような一節がみえている。

赫々たる日本は、皇祖開闢より、天を父とし地を母として、聖子・神孫、世々明徳を継ぎ給ひ、以て四海に照臨す。四海の内、これを尊びて天皇と曰ふ。八洲の広き、兆民の衆《おお》き、絶倫の力、高世の智ありと雖も、古《いにし》へより今に至るまで、未だかつて一日も庶姓にして天位を奸《おか》す者あらざるなり。君臣の名、上下の分、正しく且つ厳かなること、なほ天地の易《か》ふべからざるがごとし。是れを以て皇統の悠遠、国祚の長久、舟車の至る所、人力の通ふ所、殊庭絶域、未だ我が邦のごときはあらざる也。

天皇の絶対的権威のみが強調されるこの文脈に、すでに「武臣」徳川氏の名分が介在する余地はないだろう。光圀以来の水戸史学の名分論は、藤田幽谷にいたってまったくあらたな思想的転位をとげたのである。天皇の不可侵の権威をもって「未だ我が邦のごときはあらざる也」とする右の文章には、幕末から明治、さらに昭和にまでうけつがれた「国体」論の原型がうかがえよう。

「国体」という語を水戸学のキーワードとして定着させたのは、会沢正志斎《あいざわせいしさい》（藤田幽谷の門人）の『新論《しんろん》』である。しかし名分論の位相的転換は、『新論』が書かれる三十年以上もまえに、すでに十七歳の藤田幽谷によって行なわれていた。

南北朝時代につづく足利時代とは、「国体を欠くや甚だし」き時代ゆえに、『大日本史』にとって叙述のアポリアでありつづける。(3) その叙述の空白部分を延長したところに現在の武家社会も位置づけられるのであれば、『大日本史』が引きおこす名分論上の議論は、たんに過去の歴史叙述だけに限定される問題ではないだろう。

異形の名分論

たとえば、南北朝以後にうしなわれた「国体」を回復する思想運動が、水戸学の尊王攘夷《そんのうじょうい》論である。「尊王」と「攘夷」を一語とした「尊王攘夷」の語の初出は、天保九年（一八三八）に藤田東湖が執筆した「弘道館記《こうどうかんき》」（徳川斉昭《なりあき》撰）である。

父幽谷の薫陶《くんとう》をうけた東湖が熱烈な攘夷論者であったことは、その『回天詩史《かいてんしし》』等がつたえるかずかずのエピソードからうかがえる。東湖のとなえる攘夷論では、欧米列強はもちろん、その脅威に屈する幕府の重臣さえ攘夷・天誅《てんちゅう》の対象となる。

『回天詩史』『弘道館記述義』などの東湖の著作が幕末の志士たちに愛唱され、かれの私塾、青藍舎《せいらんしゃ》で教えをうけた水戸藩士の多くが、桜田門外の変から天狗党の乱にいたる攘夷の決起に参加していったことは知られている。

けだ。「国体」という観念のまえでは、幕府―水戸藩―藩士といった既存の序列が相対化されるわけだ。「藩」というローカルな名分を克服できたところに、後期の水戸学が、幕末の革命運動を主導する広汎なイデオロギーにもなりえた根拠もあったろう。

そのような名分論の位相的転換をきわめて周到かつ巧妙に用意していたのが藤田幽谷であり、それは具体的には、『大日本史』の論賛削除を画期とした、「南北朝」史テクストの読みかえをとおして達成されたのである。もちろんそれは、水戸光圀がかつて予想もしなかった異形の名分論であった。

2　身分制社会と水戸学

歴史的正当化の結果

南北朝時代とは、かならずしも事実として存在したのではない。それはなによりもまず、鎌倉時代末期の宋学の流行によってもたらされた名分論上のタームである。

名分論の思弁がまずあって、しだいにそれに対応する現実がつくられたのが、このすぐれてイデオロジカルな時代の特徴である。

南北朝期の宋学流行の立て役者、玄恵法印は、『難太平記』によれば、足利直義の命により太平記の改訂に従事したという。太平記の第二部は、北条氏（平家）滅亡後の新田・足利両氏の抗争を、「国主両統」をいただく「武臣」の抗争として名分論的に図式化している。そのようなつくられた歴史の枠組みに規定されるかたちで、以後のわが国の政治史は推移してきた。源平の「武臣」交替とは、日本を天皇制国家として存続させるのに寄与した最大の物語であった。

足利氏の政権下にあって、南朝の四帝が「偽朝」「偽主」とされたことはいうまでもない。[4]しかしその足利将軍が十五代でほろび、かわって将軍となった徳川家康は、清和源氏新田流を称している。南朝と命運をともにした新田氏族の由緒をもって、足利将軍にかわる大義名分を主張したのだが、そのような新田流徳川氏の系図の延長上に、『大日本史』は成立する。

北朝を偽朝と断じた水戸光圀とは、けっして後期水戸学的な意味での「勤王の倡首」「復古の指南」などではなかった。「南北朝」という歴史認識の枠組みのなかで、徳川政権の歴史的正当化をくわだてた結果が『大日本史』の南朝正統論であった。

出発点における重大な矛盾

光圀の修史の目的については、かれ本人が「皇統を正閏し、人臣を是非し……」と述べている（「梅里先生の碑陰並びに銘」[5]）。皇統の正閏にかんする光圀の突出した関心が、『大日本史』のいわゆる三大特筆として具体化されたことはすでに述べた。

しかしいっぽうで、光圀の修史事業の発端として、皇統正閏の弁別とはかならずしも合致しないような動機がつたえられている。すなわち、先述の『大日本史』序文に記された光圀十八歳のときの伯夷伝体験である。

『史記』の伯夷伝を読み、その「高義」に感激して「修史の志を立て」たというエピソードは、光圀が『史記』にならって紀伝体を採用した理由を説明している。と同時にそれは、光圀の修史事業に潜在したもうひとつのテーマを暗示しているのではないか。かれが晩年に執筆した『西山公随筆《せいざんこうずいひつ》』は、伯夷説話に言及して、つぎのように述べている。

文王は聖人なり。武王は聖と申しがたし。伯夷が諫めこそ正道なれ。武王簒弑《さんしい》の義のがれがたし。また、書経をみるに、殷を伐つ時さまざま諭言多く、殷を伐ちて後も民なつき難かりしを、言弁多くなだめられしこと、尭舜にあるまじき事也。それ大義の正道はいいわけを用ひず。

武王の「簒弑」（簒奪と弑殺。国王を殺し位を奪うこと）は、どのような「諭言」や「言弁」によっても正当化されることはないという。伯夷が身をもってしめした「大義の正道」とは、国王への絶対的帰順である。光圀にとっての伯夷説話の眼目がうかがえようが、(6) 伯夷の「高義」をしたう光圀は、みずからの晩年を伯夷説話の世界になぞらえている。かれが隠栖の地にえらんだのは、久慈郡新宿村の西山（現在の常陸太田《ひたちおおた》市内）である。西山は、伯夷・叔斉が隠栖した首陽山の別名でもあるが、西山に隠居した光圀は、みずから「西山（公）」と号し、その山荘も西山荘と名づけている。

伯夷説話にたいする光圀の心酔のほどがうかがえるが、しかし伯夷が実践した「大義の正道」とは、光圀が「梅里先生の碑陰並びに銘」で述べている国史編修の動機、「皇統を正閏し」云々と矛盾するのではないか。

「皇統を正閏」するとは、天皇の名分（帝徳の有無）に言及することであり、それは要するに「論言」や「言弁」を弄することにほかならない。帝徳や治績をあげつらう名分論が、天皇の廃立にかんするどのような便宜的・ご都合主義的な解釈も可能にすることは、たとえば後醍醐天皇を廃した足利尊氏の先例がある。その足利尊氏を希代の逆臣として位置づけているのは、ほかならぬ『大日本史』であった。

光圀の修史事業は、おそらくその出発点においてある重大な矛盾をはらんでいたのである。『新撰紀伝』の改訂が進行しつつあった元禄五年（一六九二）八月、光圀は摂津湊川の古戦場に、正成の墓碑「嗚呼忠臣楠子之墓」を建立している。正成の覚悟の戦死に、光圀が「大義の正道」をみていたことはあきらかである。物語としての「南北朝時代史」は、その枠組みを内がわから相対化するかたちで、つねにもうひとつの「忠臣」の物語を用意するのである。

もはや問題は別のところにあり

見かたをかえていえば、光圀の「修史の志」がかかえていた矛盾と最初にむきあったのが、藤田幽谷の「正名論」であった。

天皇の不可侵の権威を強調する藤田の「正名論」は、光圀のいう「大義の正道」の拡大・延長上に導かれる。以後の幽谷の議論は、ひとえに「義公の意」の再解釈と、その南朝正統論（正閏論）の読みかえに向けられたといっても過言ではない(7)。

水戸の名分論史学は、『大日本史』から論賛が削除された時点で、ある新しい段階にはいったのである。正閏の議論をたなあげすることは、「南北朝」という歴史認識の枠組みそのものをたなあげすることにほかならない。それは新田流徳川氏の名分を相対化することにもつながっていく。たとえば、藤田東湖の『弘道館記述義』は、つぎのように述べている。

唐虞《とうぐ》三代の道、ことごとく神州に用ふべきか。曰く否。決して用ふべからざるもの二つあり。曰く禅譲《ぜんじょう》、曰く放伐《ほうばつ》、虞・夏の禅譲と、殷・周の放伐とこれなり。秦漢以降、孤児寡婦を欺いて、その位を簒《うば》ふ者、必ず口を舜禹に藉《か》り、宗国を滅ぼし、旧主を弑《しい》して、天下を奪ふ者、必ず名を湯武に託す。

ここで否定されているのは、すでに易姓革命などといった遠い中国の話なのではない。「位を簒《うば》ふ者、必ず口を舜禹に藉《か》り、……天下を奪ふ者、必ず名を湯武に託す」とは、ほかならぬ「南北朝」以後のわが国の「武臣」の歴史である。

問題はすでに北朝―足利政権にたいする、南朝―新田流徳川政権の正当性などにはないのである。

「国体」の絶対性のまえでは、足利氏はもちろん、徳川氏の名分さえ相対化される。天皇を唯一絶対の例外者として位置づける（つまり名分論の埒外におく）ことで、既存の武家社会のヒエラルキーが根底から相対化されてゆく。おそらくそこからは、武家政権の存在そのものを止揚した、ある新しい国家像さえイメージされるはずである。

丁巳封事

寛政九年（一七九七）十一月、藤田幽谷が藩主徳川治保《はるやす》（文公）に藩政改革を進言した「丁巳《ていし》封事《ほうじ》」に、

武人兵士は、官を世にし、職を世にし、酒肉の池、歌吹の海、耳目を蕩《とろ》かし、筋骨をとかし、天下滔々として酔生夢死し、戦の危うきを忘る……

という一節がある。藩上層部の無策・無能ぶりを糾弾して、官職の世襲制にたいする根本的な疑義を申し立てたのである。幽谷はまた、寛政八年（一七九六）に立原翠軒にあてた上書のなかでも、

当今の制、大夫の子は恒《つね》に大夫たり。士の子は恒に士たり。尊官厚禄、未だ遽かには致を易《か》へず。

と述べ、家柄・家格による官職・俸禄の差別を「賢愚倒置」と批判している。藤田幽谷をはじめとして、長久保《ながくぼ》赤水《せきすい》、会沢正志斎、豊田《とよた》天功《てんこう》など、後期水戸学を代表する人材が、しばしば農民や町人（せいぜい下士身分）の出身であったことは見落とせない事実である。農村の疲弊した現状を身近に体験したかれらは、彰考館員として下士身分にとりたてられるや、ただちに農村の救済策を論じ、農政ひいては藩政全般の改革意見を具申したのである。

藤田幽谷のばあい、現存するものだけで二十四通の封事（藩主に直接あてた意見書）がつたわっている。門閥重臣の無能ぶりをまのあたりにした幽谷にとって、藩主に直書する「封事」という意見具申のスタイルは、かれの政治思想の具体化でもあったろう。藩政の序列を

とびこえる幽谷にとって、みずからの立場を正当化する名分論上の議論が「正名論」であった。

帰結としての水戸天狗党

天皇の唯一絶対の権威を強調することで、既存の序列・ヒエラルキーを相対化する位相が獲得される。正閏論から国体論へ――、名分論の位相的転換をはかる藤田幽谷の念頭に、現実の身分制社会にたいする根本的な懐疑があったことはたしかである。

たとえば明治以降、「四民平等」の国民国家への変貌があれほど速やかに達成できた背景には、水戸学によって鼓吹された「国体」の観念が存在しただろう。日本近代の国民国家は、明治の福沢諭吉よりも以前に、すでに藤田幽谷・東湖、会沢正志斎らによって構想されていたのである。それはくりかえしいえば、『大日本史』の論賛削除を画期とする、名分論史学の位相的転換によって導かれたものであった。

『大日本史』の「南北朝時代史」が、その内がわから読みかえられてゆく。読みかえの起点となるのは、「武臣」の名分を無化するもうひとつの天皇の物語である。

たとえば、藤田幽谷が没してから四十年後、孫の小四郎（東湖の四男）は、攘夷の即時決行をくわだてて水戸《みと》天狗《てんぐ》党《とう》を組織している。そして藩上層部にはたらきかけて失敗したかれは、元治《げんじ》元年（一八六四）十一月、数百名の同志とともに水戸を脱出して京都の天皇をめざしている。

藩（さらに幕府）というローカルな枠組みをこえる根拠が、天皇にもとめられたわけだ。既存の武家社会からドロップ・アウトしてゆく小四郎の胸中には、かつて義公（光圀）によって顕彰された「忠臣」正成のイメージが存在したにちがいない。天狗党の攘夷とは、いうまでもなく討幕であった。

第九章　歴史という物語

1　対立軸の統合

明治維新と建武の中興

幕末から明治初年の江戸・東京で版行された講釈番付（一枚刷）には、当時人気のあった講釈師の演目として、「太平記」「楠公記」「赤坂城軍」「湊川合戦」「楠二代記」「正行戦記」などがあがっている。[1]楠正成の合戦講釈は、上方はもちろんのこと、維新前後の江戸・東京にあっても、もっとも喝采を博した講釈ネタの一つであった。

幕末・維新期の正成の物語は、いうまでもなく当時の世なおし的な気分のなかで語られたのである。たとえば、幕末長州藩の勤王家たちは、京都の祇園界隈で「正成をする」という宣伝コピーを用いていたという。[2]「正成をする」が、討幕の世なおし的なイメージをきわめてわかりやすいかたちで喚起したのだが、その背景に、当時さかんに行なわれていた正成の合戦講釈があったことはたしかである。

湊川神社（神戸市中央区）

しかし「忠臣」正成の物語は、維新の現実化とともに急速に変質してゆくことになる。

すでに明治元年（一八六八）三月、発足したばかりの新政府では、楠正成の奉祀のことが建議されていた。そして同五年五月、建武の功臣をまつった最初の官幣社として、正成とその一族を合祀した湊川神社が完成した。もちろん明治政府が正成を顕彰した背景には、明治維新を建武の中興の延長上に位置づけ、正成の「忠烈」を維新の元勲のそれにかさねあわせる歴史的（政治的）なアナロジーがはたらいていたのである。(3)

臣民という位相

明治六年（一八七三）に発行された政府編纂の国語教科書「小学読本」（榊原芳野撰）は、巻四に楠正成・正行父子の美談をのせている。楠父子の「忠孝両全」の物語が、あるべき日本国民の手本として特筆されたわけだが、このような正成の扱いとも関連して注意した

いのは、明治以後の水戸学の問題である。たとえば、明治二十三年（一八九〇）に出された教育勅語に、

……我カ臣民、克《よ》ク忠ニ克《よ》ク孝ニ、億兆心ヲ一ニシテ、世々厥《そ》ノ美ヲ済《な》セルハ、此レ我カ国体ノ精華ニシテ、教育ノ淵源亦実ニ此ニ存ス。

という一節がある。すべての「臣民」が心を「忠・孝」ひとつに合わせることが、わが「国体ノ精華」であり、教育の根本理念もここにあるのだという。

ここでいわれる「臣民」は、四民（士農工商）すべてを、ひとしく天皇につかえる「臣」として位置づける国体論のタームである。(4)水戸学の国体論が、ほんらい幕藩国家のアンチテーゼとして発想された、ある種の「平等」「解放」の思想であったことは前章に述べた。しかし維新後に成立した現実の天皇制国家のなかで、「国体」「臣民」のキーワードは、国民大衆を規定する制度上のタームとして読みかえられてゆく。たとえば、軍人勅諭（明治十五年）の「我国の臣民たらんもの、武勇なくては叶ふまじ」であり、また「臣民権利義務」を詳細に規定する大日本帝国憲法（明治二十二年）である。

大衆（民）を天皇に直結させる大義名分の思想が、国家が大衆を直接的に（無媒介的に）把握する思想として読みかえられたのである。もちろん読みかえの根拠は、「国体」論それ

自体にあったろう。明治以後の水戸学が容易に国家の論理に回収されてゆく過程は、正成が藩閥政府によって顕彰され、その「忠烈」の物語が、あるべき日本「国民」の手本として制度化されてゆく過程ともパラレルな問題であった。

光圀の贈位

日本歴史に内在した天皇をめぐるふたつの対立軸が、維新後に成立した現実の天皇制国家のなかで止揚、統合されたのだともいえようか。

たとえば、明治十三年（一八八〇）七月、楠正成に正一位が贈られたのと前後して、水戸光圀の贈位が行なわれている。光圀の『大日本史』編纂の功績が、「勤王の倡首」「復古の指南」とたたえられたのだが（明治天皇の詔書）、それは要するに、『大日本史』の名分論が、天皇と「臣」（藩閥政府）のあらたな枠組みとして読みかえられつつあったことを意味している。

光圀の贈位が行なわれた明治十三年当時、明治政府は、『大日本史』を継承する「正史」の編修をすすめていた。明治八年（一八七五）に修史局（太政官直属の部局）から太政官に上申された文書によれば、

……大日本史出ツルニ及テ、神武天皇以来南北朝ニ至ルマテ始テ一部ノ正史アリ。南北朝

以後、今日ニ至ルマテ五百年間世ニ正史ナク……是宜シク急ニ一部ノ正史ヲ編シ、以テ世ノ確拠トナサヽル可ラス。（「修史事宜」）

明治維新を南北朝史の延長上に位置づける政府にとって、後醍醐天皇から明治天皇にいたる「正史」の編修は、たしかに「世ノ確拠トナ」すべき国家的事業である(5)。すなわち『大日本史』を明治政府の「正史」と認め、それにつづく「南北朝以後、今日ニ至ルマテ五百年間」の「正史」の続修が計画されたわけだが、事業を具体化するにあたって、その編修責任者として登用されたのが、薩摩出身の漢学者で、のちに帝国大学国史科の初代教授となる重《しげ》野《の》安繹《やすつぐ》であった。

重野安繹

重野安繹は、かつて薩摩の藩校造士館の助教であったころに、藩撰の国史『皇朝世鑑』の編纂主任をつとめていた。『皇朝世鑑』は、『大日本史』を改修してつくられた編年体の日本通史である(6)。その経験をかわれて重野は修史局にむかえられたのだが、しかし水戸史学の継承を期待されたかれは、幕末の江戸漢学界に流行した考証学の手法を身につけた人物であった。

また重野が修史局に入局した当時は、ギゾーやバックルなど、西洋の啓蒙的歴史書があいついで翻訳・刊行された時期でもある。バックルの文明史に刺激をうけた福沢諭吉は、『文明論之概略』（明治八年）を書いて、新時代のあるべき国史について説き（第九章）、また福沢の提言をうけた田口卯吉《たぐちうきち》は、明治十年に『日本開化小史』を刊行した。考証学のプラグマティックな手法に親しんでいた重野は、福沢や田口の合理的な思考にすくなからぬ共感をいだいたものらしい。(7) ともかくそのような重野が明治政府の修史事業をまかされたこと自体、藩閥政府の（薩摩出身の重野にたいする）まったくのミス人事であった。

明治十二年（一八七九）十二月、重野は東京学士会院で、「国史編纂の方法を論ず」と題した講演を行なっている（『東京学士会院雑誌』第一編八号）。演題のとおり、官撰国史の編纂方法について論じたものだが、重野はそこで、西洋史学にまなんで「歴史の体裁を改良」すべきことを説き、また『大日本史』については、それが志・表を欠くために紀伝体の体裁を完備していないこと、よって『大日本史』でさえ拠るべき「正史」でないことを論じている。

西洋の史体に学ぼうとする重野にとって、『大日本史』の権威は当然のことながら相対化されたわけだ。もちろんそれは、『大日本史』を「正史」とみとめ、その続修を決定していた政府上層部の方針からは大きく逸脱するものであった。

重野が主宰した官撰国史の編修は、『大日本史』の補修作業をとおして、明治国家のイデオロギーと対峙することになる。なかでも問題となったのが、官撰国史の巻頭に位置づけられ、したがって明治国家の淵源たることが期待された南北朝時代史の編修である。

重野の近代史学は、「南北朝時代史」という物語をどのように相対化できたのか。あるいは、できなかったのか。かつて水戸の名分論史学がそうであったように、「南北朝時代史」の叙述に、近代史学の方法が集中的に問題化しているのである。

2　近代史学の成立とリアリズム

其心至公至平ならざるべからず

明治二十二年（一八八九）十一月、わが国最初の歴史学会として、史学会が設立された。会の設立総会の席上、会長に就任した重野安繹は、「史学に従事する者は其心至公至平ならざるべからず」と題した講演を行なっている。

これよりさき、内閣臨時修史局の帝国大学への移管にともない、重野安繹・久米《くめ》邦武《くにたけ》・星野《ほしの》恒《ひさし》の三名は文科大学の教授に任命されていた。そして二十二年六月に国史科が開設され、十一月の史学会設立となるのだが、近代史学の草創期の指導者となった重野には、かれが太政官修史局に入局した明治八年以来の懸案として、官撰国史の編修という任務が課せられていた。

編修方針のいくどかの修正・変更をへて、書名はすでに『大日本編年史』と決定し、修史局が帝国大学に移管された当時は、ようやく完成のめども立ちはじめた時期である。そのような時期に、史学会の設立総会に重野が提起した話題が、「史学に従事する者は其心至公至平ならざるべからず」であった。

講演の要旨は、翌月に創刊された『史学会雑誌』第一号に掲載されている。わずか三頁たらずの文章だが、重野の主張は、ほぼつぎのような一節につくされている。

歴史は時世の有様を写し出すものにして、其有様に就き考案を加へ、事理を証明することそ、史学の要旨ならん。然るに歴史は名教を主とすと云ふ説ありて、筆を執る者、動《やや》もすれば其方に引付けて、事実を枉《ま》ぐる事あり。世教を重んずる点より云へば、殊勝とも称すべきなれども、それが為め実事実理を枉ぐるに至るは、世の有様を写す歴史の本義に背けり。唯其実際を伝へて、自然世の勧懲ともなり、名教の資となる。是即所謂《いわゆる》公平の見、公平の筆なり。

「名教」(名分の教え)を重んじる伝統的な史学にたいして、「時世の有様を写し出」し、「其有様に就き考案を加へ、事理を証明する」ことが「史学の要旨」であるという。ここで主張される「公平の見、公平の筆」にたいして、その対極にイメージされていたのは、水戸の『大日本史』であった。

抹殺博士

重野が編修を主宰する官撰国史、『大日本編年史』は、『大日本史』の継承として南北朝時代から起筆されていた。あえて（『大日本史』と重複するかたちで）南北朝を叙述範囲にふくめたのは、後醍醐天皇の即位から起筆することが、「建武中興を継いで皇政を回復」した明治政府の修史事業としてふさわしいと考えられたからである。(8)

しかし『大日本史』の補修作業は、作業の進展とともに、水戸史学の考証上の不備をつぎつぎと露呈させることになる。

なかでも『大日本史』の南北朝史（とくに列伝）は、ほぼ太平記一書にもとづいて記されている。そのため、楠父子の美談をはじめとして、建武の功臣たちの物語的な（太平記のみを典拠とする）エピソードが、そのまま『大日本史』の列伝中の史話として採用されたのである。

『大日本史』の南北朝時代史の補修作業は、明治十九年三月に重野が東京学士会院で行なった講演、「大日本史を論じ歴史の体裁に及ぶ」にその一部が報告されていた（『東京学士会院雑誌』第九編三号）。重野はそこで、『大日本史』が北朝方の史料を採用しなかったことを指摘し、その南朝正統論の立場を「一家の私論偏見」と批判していた。修史事業がひろく世間の関心をあつめたのも、この講演での『大日本史』批判をきっかけとしている。

さきに述べたように、重野によって批判された『大日本史』は、当時もっとも権威ある国史であった。それは明治政府の「正史」として位置づけられ（「修史事宜」）、その編纂過程からみちびかれた水戸学の国体論は、明治国家の理念的支柱とも目されていた。にもかかわらず重野は、『大日本史』の書法上の作為を指摘し、その名分論史学の眼目を「一家の私論偏見」「曲筆」と断じたのである。

なかでも建武の功臣、児島高徳の実在をうたがい、それを太平記作者の空想の産物と断じたことは、一部の政治家や新聞メディアをひどく刺激する結果となり、重野は、当時の新聞紙上で「抹殺博士」という揶揄《やゆ》的なあだ名をつけられるにいたっている。(9)

太平記は史学に益なし

修史事業にたいする世間の批判的な空気を背景にして、明治二十二年十一月の史学会の設立総会に提起された話題が、「史学に従事する者は其心至公至平ならざるべからず」であった。重野の講演に触発されるかたちで、同僚の星野恒は、「史学攷究歴史編纂は材料を精択すべき説」を書いて、太平記の史料的価値をうたがい（『史学会雑誌』創刊号）、翌二十三年二月には、編纂委員の一人である菅政友《かんまさとも》が、「太平記ノ謬妄遺漏《びゅうもういろう》多キ事ヲ弁ス」を発表した（同、第三・四号）。

さらに二十四年五月には、久米邦武の挑発的タイトルを付した長編論文、「太平記は史学に益なし」の連載が開始された（同、第十七〜二十二号）。

太平記の「嘘談《きよだん》」「妄談《もうだん》」を逐一指摘して、それが「世の浮薄なる人を煽動する故に、……狂漢をも生ずるに至る」「太平記の流毒」について論じたものだが、その連載開始に並行して、久米はまた「勧懲の旧習を洗ふて歴史を見よ」という論文を発表した（同、第十八号）[10]。重野や久米の「抹殺論」史学が、世論の反発にあおられるかたちで、逆にボルテージを高めていったようすがうかがえるのである。

「太平記は史学に益なし」の連載が継続中の明治二十四年十月、久米邦武は「神道は祭天の古俗」という論文を『史学会雑誌』に発表した。神道は東洋の祭天の古俗のひとつであり、これをもって王政の基とすることの迷妄について論じたのだが、この論文に田口卯吉が共鳴し、挑発的コメントを付して『史海』に転載したことで、久米は全国の神道家の激しい批判にさらされることになる。

倉持治休《くらもちはるやす》ら四名の神道家は、久米の私宅を訪れて論文の撤回をもとめるとともに、宮内省や内務省にはたらきかけて久米の免官を要求した。その結果、翌二十五年三月、久米は文科大学教授を休職処分となり、久米の論文を掲載した『史学会雑誌』『史海』の二誌は発行停止を命じられた。もちろんこうした処分の背景には、重野や久米の「抹殺論」史学にたいして、かねてから反発をつよめていた政府上層部のはたらきかけがあったのである[11]。

翌二十六年（一八九三）三月、新任の文部大臣井上毅《いのうえこわし》によって突如修史事業の停止が命じられた。重野は史誌編纂委員長を解任され、翌四月には文科大学教授を辞職している。久米邦武の免官からちょうど一年後のことだが、ここに『大日本編年史』の編修は未完のまま廃絶することになる。明治二年に修史の詔勅がくだってから二十四年目のことであり、重野が太政官修史局に入局した明治八年からかぞえても十八年目のことであった。

文学改良運動と対応

重野安繹・久米邦武によってすすめられた史学の改良運動は、近代の実証史学の方法を先駆的に導いたものとして評価されている。また久米の筆禍事件は、近代最初の学問の弾圧事件として政治史レベルでも特筆される事件だが、しかしここで注目してみたいのは、史学の近代化を模索し、『大日本史』の名分論史学と対峙することになった重野や久米の言説が、ほぼ同時期に行なわれた文学の改良・近代化運動のそれと類似していることである。

重野によれば、史学とは「名教」や「勧懲」の具ではなく、私意や作為をまじえずに「時世の有様を写し出」すものであった（「史学に従事する者は其心至公至平ならざるべからず」）。また久米によれば、「良史」とは、「事実」を「記者の意にて捺へ直」さずに「実際の通りに記したる」ものであり、したがって史学は、善を勧めて悪を戒めるよりも、「人情世態に通ずる学」であった（「勧懲の旧習を洗ふて歴史を見よ」）。

久米はまた、「英雄は公衆の奴隷」(『史学会雑誌』第十号、明治二十三年九月)という論文のなかで、史学者は、偉大な個人や歴史上の大事件よりも、その背景となった社会や大衆の動きにこそ注目すべきだと述べている。それをかれの「人情世態に通ずる学」とあわせ読むとき、そこには同時代の坪内逍遥《つぼうちしょうよう》、二葉亭《ふたばてい》四迷《しめい》らによって行なわれた文学の改良・近代化運動とも通底する発想が指摘できるのである。

近代のアカデミズム史学は、『大日本史』の南北朝史叙述、その中心史料となった太平記の批判をとおして、そのリアリズム史学としてのみずからの方法を見いだしてゆく。そして歴史認識の客観性を主張し、書法や文体上の作為を排した記述のスタイルを模索したのだが、たとえば重野は、事実の記述にもっとも適した文体として、『大日本編年史』に漢文体を採用すべきことを提案している。その理由として、漢文が時代を超えて「体裁一致」していること、時代性や個性など、言語使用にともなう不確実・あいまいな要素を極力排除できる文体である点をあげている。(12)

漢文はまた、片仮名まじり・平仮名まじりの「何様ニモ綴リ易《か》」え可能という利点をもっている。たとえ漢文を仮名まじり文に書きあらためても、記述された内容そのものに変化はない。重要なのは、歴史を正確に記述することであって、そのかぎりで「文体」の問題は「畢竟《ひつきよう》……枝葉ノ事」であった。

近代科学の共有する弱点

だがそれにしても、歴史とは収集された史料のなかに確固とした客観的事実として存在するのだろうか。またそれは、私意や作為を排した透明な文体（そのような文体が可能かどうかはともかく）によって記述できるのだろうか。「事実」の客観記述についてきわめて楽天的に語る重野の論調からは、認識の客観性にたいする過度の信頼、あるいは言語使用における記述主義的誤謬といった近代科学の共有する弱点が指摘できるのである。

重野や久米の学者的良心にもかかわらず、書法や文体上の作為をはなれて客観的に存在する歴史などありえない。歴史が過去を認識する一定の方法である以上、ことばの問題をたなあげにしたあらゆる歴史論は、事実か虚構かといった二項対立的な議論に終始するしかないだろう。

重野の修史事業が中絶した経緯において、政治権力の介入は、けっきょく二次的な問題でしかなかったのではないか。それはたとえば、重野のライフワークとなった国史（私撰）の執筆が、この後ついに完成をみずにおわっていることをみてもよい(13)。むしろ重野の史体改良（『大日本史』批判）にはらまれた方法上の問題が、歴史および歴史叙述について考えるさいの原理的な問題を示唆している。

『大日本史』の「書法」批判は、個々の史料操作や事実考証の手つづきの問題である以前に、まず「南北朝時代史」という歴史認識の枠組みの問題であったろう。枠組みの物語性をいかに相対化できたかという点に、近代のリアリズム史学の有効性がとわれている。

私たちはつぎに、近代の南北朝史叙述がたどったその後の経緯について考えてみたい。あらかじめ述べておけば、重野と久米が帝国大学を去ったあと、国史科で南北朝時代史の講義を担当したのは田中義成《たなかよしなり》である。田中の講義ノートをまとめた『南北朝時代史』（大正十一年〈一九二二〉刊）は、今日の歴史研究者のあいだでも、近代の実証的な南北朝史研究の起点として位置づけられている。(14)

3　『南北朝時代史』の方法

田中義成

明治二十六年（一八九三）三月、『大日本編年史』の編修中止が命じられたあと、帝国大学の史誌編纂掛は、事実上の休業状態に追いこまれた。

しかし事業の中断を指示した文部大臣井上毅は、修史事業そのものの廃絶を意図していたのではなかった。翌二十七年六月に井上から内閣へ提出された請議によれば、「無用の長物」たる「史稿」（編年史の稿本）の編修は中止しても、「他年完全なる国史を編纂する」ことを期して、「史料」の編纂業務だけは継続の必要が認められたのである。(15)

明治二十八年四月、帝国大学史誌編纂掛は廃され、「専《もっぱ》ら史料の編纂に当らしめ」る部局として、あらたに史料編纂掛が設置された（現在の東京大学史料編纂所の前身）。編纂委員には、星野恒、三上参次《みかみさんじ》、田中義成らが任命され、なかでも南北朝史料の編纂で中心的役割をになうことになるのが、田中義成であった。

田中義成は、明治九年（一八七六）に太政官修史局の二等繕写生《ぜんしやせい》にやとわれて以来、重野や久米のもとで史料収集・古文書調査の実務に従事してきた人物であった。古文書調査のエキスパートであり、しかも実務家肌の田中は、従来の「方針を一変し、先づ専ら史料の編纂に当」たるのにふさわしい人材と考えられたらしい。

史料編纂掛の発足とともに編纂委員（兼国史科助教授）に抜擢された田中は、ただちに山陰地方へおもむいて名和氏関係の史料調査を行なうなど、精力的な活動を開始している。そして明治三十四年（一九〇一）二月、『大日本史料』の最初の一冊として第六編之一（元弘三年五月〜建武元年十月）を刊行し、以後みずから編纂主任となって南北朝時代（第六編）の史料編纂を担当するのである。

『大日本史料』第六編は、南朝と北朝の天皇および元号を併記する方針をとっている。しばしば田中義成の見識として評価される両朝併記だが、しかしそれは、『大日本編年史』の方針を基本的に踏襲したものであった。

すでに明治十九年の講演「大日本史を論じ歴史の体裁に及ぶ」のなかで、重野安繹は、『大日本史』の南朝正統論を「偏見」「曲筆」と批判しており、両朝併記は重野のはやくからの持論であった。また明治三十三年一月、重野は「『大日本史』の特筆に就き私見を述ぶ」と題した講演を行ない、南朝正統論を無用の論と断じ、「両帝分争」の時代は「ただ当時の事実に因り、両ながら存し並び立つるを穏当なりとせん」と述べていた（『東京学士会院雑誌』第二十二編三号）。

当時進行していた『大日本史料』第六編の編修作業をあきらかに意識（あるいは牽制）した発言である。第六編の両朝併記が、けっして田中個人のオリジナルな見識といったものではなく、重野以来の方針の踏襲であったことには注意しておく必要があると思う。(16)

この時代を称して南北朝時代と云ふを至当とす

田中義成の没後二年目の大正十一年（一九二二）、東京帝国大学国史科での田中の講義ノートを整理して刊行したのが、著名な『南北朝時代史』である。その第一章「時代の名称」は、この時代を「南北朝時代」とよぶことが至当であることを論じて、つぎのように述べている。

抑《そもそも》南北朝時代なる詞は、先年之を国定教科書に用ふるに就き朝野の間に問題起こりて、喧《かまびすし》かりしため、文部省に於て、この名称を排し、新に吉野朝時代なる詞を制定せるものにして、今は国定教科書並に中学校・師範学校・女学校等の教科要目等、すべてこの名称を用ふる事となり、即ち一の制度となれり。然れども本講に於ては、もとより学説の自由を有するを以て、この制度に拘泥せず、吾人の所信を述べん。／吾人の考ふる所によれば、学術的には、この時代を称して南北朝時代と云ふを至当とす。何となれば、当時天下南北に分れて抗争せるが故に、南北朝の一語よく時代の大勢を云ひ表はせるを以てなり。

「朝野の間に問題起こりて」云々は、明治末年に政治問題化した南北朝正閏問題をさしている。すなわち、南朝と北朝を併記する立場で書かれていた当時の国定教科書（『尋常小学日本歴史』）にたいして、明治四十四年（一九一一）一月十九日付けの読売新聞が、

もし両朝の対立をし許さば、国家の既に分裂したること灼然《しゃくぜん》火を睹《み》るよりも明かに、天下の失態之より大なるは莫《な》かる可し

とする社説を掲載した（「南北朝対立問題国定教科書の失態」）。これをきっかけに、代議士の藤沢元造《ふじさわもとぞう》が、文部省に南北朝正閏の見解をただす意見書を提出し、二月に衆議院で質問演説を予定するという事態になった。

時の首相桂太郎《かつらたろう》は藤沢に面会して、ひとまず議会での質問を撤回させることに成功した。しかし野党立憲国民党の犬養毅《いぬかいつよし》が、教科書問題に大逆事件《たいぎゃくじけん》をからめて政府の責任を追及した

ため、文部省は教科書編纂官の喜田貞吉《きださだきち》を更迭《こうてつ》し、ただちに新教科書の作成にとりかかった。その結果、「南北朝」という呼称はすべての教科書から廃され、以後（昭和二十年の敗戦まで）「吉野朝」という呼称が行なわれることになるのである。

この事件で文部省を休職処分となった喜田貞吉は、帝国大学国史科の卒業生であり、在学中は田中義成の教えをうけた人物であった。そのような喜田の免官事件の記憶も新しい大正初年の学界にあって、田中があえて「南北朝」という呼称を採用したことには、たしかにそれなりの見識をみるべきだろう。久米邦武によって、しばしばその考証主義を批判されている田中だが、(17)しかしその「客観的」学風は、かつての上司、重野や久米の影響下で形成していたのである。

ところで、国史科の講義で「南北朝」の時代名称をあえて採用した田中は、その「学術的」根拠として、史料によって立証されるこの時代の「事実」をあげている。さきの引用箇所につづく部分、

極端なる大義名分論者は、正閏の別を立つるをも許さず、朝廷は唯一にして正閏あるべきにあらずと云ふ。併しこは歴史上の事実を無視せるもの、吾人が歴史を研究する上に、大義名分の為に事実を全く犠牲に供する必要を見ず。必ずや事実を根拠として論ぜざる可《べ》からず。乃《すなわ》ちこれより事実によつて、南北朝なる名称を解釈せん。

南朝と北朝というふたつの朝廷が存したことは「歴史上の事実」である。それは重野安繹が、「当時の事実に因り、両ながら存し並び立つるを穏当なりとせん」と主張した根拠でもあるが、それにくわえて田中は、吉野の朝廷が当時「南朝」とよばれていた事例を列挙し、「南北朝の名称は明かにその当時より用ひられしもの」であることを論証している。

室町時代や江戸時代など、「史家が便宜上時代を区劃せるに過ぎざる」時代名称にたいして、南北朝時代のみは「然らずして、当時既にこの名称存し」、それゆえ「この時代を称して南北朝時代と云ふを至当とす」るのである。

歴史とは物語である

しかしここであらためて考えてみたいのは、田中義成が「事実」によって立証したと自負する「南北朝時代」という呼称の起源である。

田中は、「南北朝」が「当時より用ひられし」名称であることをもって、その学術用語としての正当性を主張する。しかしすでに述べたように、「南北朝」とは、事実である以前に、鎌倉末以降の宋学の流行によってもたらされた名分論のタームである。それはこの時代の内乱の当事者たちによってもちいられた時代認識の枠組みであり、さらにいえば、それは「天下南北に分れて抗争せる」この時代の現実をつくりだしたことばであった。

「南北朝」という名分論の図式がまずあって、しだいにそれに対応する現実がつくられたのが、このすぐれてイデオロジカルな時代の特徴であることは再三述べた。そこに「南北朝」という時代名称を採用する積極的な意義も見いだされるとすれば、「必ずや事実を根拠として論ぜざる可からず」とする田中の（あるいは重野や久米の）議論は、「歴史」について考えるさいの、もっとも核心的な契機をとり落とすことになる。

まず事実があって、つぎにその名称（ことば）がつくられるのではない。ことばと対象（事実）との関係は、歴史叙述の現場にあってしばしば逆転するのだが、そのような歴史のことばに十分自覚的でありえたのは、むしろ重野や久米によって批判された水戸の史学者たちだったろう。

対象を自由に記述できる（そうした考えじたいが近代の幻想でしかないのだが）言文一致の文体が存在しない時代にあって、ことばは現実記述の道具である以前に、あらたな現実をつくりだす方法であったはずだ。それは重野や久米の近代史学が決定的に見落としていた観点である。「太平記は史学に益なし」のレベルで議論したかれらよりも、水戸の史学者たちはより狡猾に（本質的に）歴史のなんであるかを心えていた。太平記が「小説・物語の類」（久米）であるとするなら、しかし私たちの現実も、ある一定のフィクションの枠組みのなかで推移してきたのだ。

田中の議論を水準とした近代の南北朝史研究は、天皇制のフィクショナルな枠組みを相対化できないままに、やがては昭和の皇国史観に手もなくからめとられてゆくだろう。「南北朝時代史」とは、過去の事実である以前に、日本歴史をなりたたせた物語的な枠組みの問題である。くりかえしいえば、日本の近世・近代の天皇制は、太平記〈世界〉というフィクションのうえに成立する。たしかに歴史《イストワール》とは物語《イストワール》であり、物語として共有される歴史が、あらたな現実の物語をつむぎだしている。

4 「日本」的共同性の回路

デロレン祭文

近世の講釈・講談と、中世以来の山伏の語り物伝承との結節点に位置するような語り芸として、今日、デロレン祭文《さいもん》という芸能がのこっている。「右手《めて》に錫杖《しやくじよう》、左手《ゆんで》にほら貝」[18]という祭文語りのいでたちは、あきらかに中世の山伏祭文の流れをおもわせる。

まず錫杖で拍子をとりながら「御祈禱」とも「悪魔祓い」ともよばれるほら貝を吹く（ただし、じっさいに吹くのではなく、口でデレレンデーレレンととなえる、いわば口ほら貝である）。

つぎに講談調で、近世の実録物に由来する講釈ネタを語るのだが、私が出会った山形県の祭文語り（祭文太夫という）は、その語りの部分を講釈とも軍談ともよんでいた。まさに山

伏祭文と講釈・講談、さらに近代の浪花節などを系譜的につなぐ芸態といえるのである。(19)

江戸の町修験（俗山伏）によってつたえられたデロレンの祭文は、寛政頃には俗人の祭文太夫の門付け芸となり（『嬉遊笑覧《きゆうしょうらん》』）、それが北関東から東北、さらに北陸・関西・中国地方へ伝播したらしい。現在は、関西の一部（奈良県）と東北地方（山形県内陸部）でわずかに行なわれるが、デロレンのとなえかたや外題付けの旋律などにいくつかの共通点がみられ、亭号《やごう》なども、東北と関西とで共通するものが多いのである。

関西の祭文は、奈良市田原の保存会がかろうじて砂川派の芸態を伝えている。東北では、昭和五十年代まで、山形県に計見《けいみ》・山口・梅ヶ枝の三派が行なわれ（大正以前には、十近くの流派が存在した）、現在も計見派の太夫、十三代目計見八重山《やえざん》師（西置賜《にしおきたま》郡白鷹《しらたか》町）が健在である（補注――二〇〇二年に計見八重山師が他界し、東北のデロレン祭文の伝承は絶えた）。

「聞かせる計見、見せる梅ヶ枝」などといっているが、語り口にそれほど大差があるのではない。貝の吹きかたに、ややちがいがあるというが、まず素人にはわからない（以前いちど、計見派の太夫に山口派の祭文の録音を聞いてもらったが、プロの太夫さんにも、流派のちがいはわからなかった）。流派の区別には、語り口や貝の吹きかたとはべつの、もっと実際的な必要があったようだ。

いま流派といったが、しかし流派というのは、話をわかりやすくするためであって、当の祭文太夫たちは、けっして流とか派とはいわない。○○ケーという。ケーは「系」をあてるのかとおもったが、ちがった。「家《ケー》」なのだそうだ。師匠は「親」であり、相弟子を「兄弟」とよんでいる。大和の砂川派祭文のばあいも、それを「派」と呼称するのはいまの保存会であって、かつての祭文太夫は「砂川一家」と称していた。

「家」の内部では、祭文太夫になる以前の家格や家筋はほとんど問題にされない。「家」の秩序は、親方・子方の上下関係を基本とし、また子方どうしの年功による兄弟・長幼の序列がある。弟子の割りあてや処遇、檀那場《だんなば》の取りきめなど、「家」内の申しあわせは、年一回の親方たちの談合によって決められる。もちろん親の言いつけや「家」内の申しあわせに背いたものには、それ相応の制裁が科せられる。昭和の初年まで、営業停止や追放処分などの、かなりきびしい制裁があったときいている。(20)

無頼という位相

祭文太夫の「家」は、おそらく芸人仲間の亭号（家号）というものの原型をうかがわせるだろう。○○亭、○○軒、○○家、○○斎といった芸人の亭号とは、要するに、地縁も血縁もはなれた人たちの「家」なのだ。文字どおり無頼の――頼るべき血縁も地縁も無い――徒の、「親の血をひく兄弟よりも……」の世界だが、このようないわば擬制血縁にもとづく共同体原理は、もちろん現代の都市社会にも生きている。

たとえば、暴力的なアウトロー集団の組織する「一家」であり、それに縁のふかいテキヤ（香具師）・口入れ屋・興行師などの世界である。そして注意したいことは、この種の非常民の集団にみられる「一家」の原理が、いっぽうで、日本社会を規定しているもっとも実効的な組織原理ではないか、ということである。

柳田国男は、日本の民俗社会でつかわれるオヤということばが、ウミノオヤではないカリオヤ（仮親）をさす事例がいかに多いか、という点に注意を喚起している。[21] 共同体の労働力は、じっさいの血縁や地縁よりも、むしろ「親方子方」の原理で組織化されるというわけだ。擬制血縁にもとづく共同体原理が、地縁や血縁をはなれた人びとのあいだで、とくに強固に発達したとはいえるようだ。たとえば、近世の武士社会で鼓吹された「忠孝」の徳目にしても、それをもっともきびしく要求したのは、武家の「家中」よりも、無宿渡世人の「一家」である。

親方への忠孝、兄弟の信義といった社会公認の（というより、公認せざるをえない）モラルが、むしろ制外のアウトロー集団によって典型的ににになわれてゆく。おそらくそのへんに、法制度とモラルとのきわめて日本的な関係が露出している。

行動の日本的エートス

モラルが共同体原理の延長上にあり、ためにそれが、法制度から逸脱した部分においてもっとも典型的にになわれるという関係である。そしてモラル（大義といいかえてもよい）と法秩序とのこのようなきしみ・軋轢《あつれき》の問題が、近世以降の語り芸の最大のテーマになっている。たとえば、都市下層のあぶれ者を主人公とした白浪物・侠客物の世界であり、また親（親方）の仇を討つため社会を出奔する（または公法を犯す）仇討物のテーマである。

由比正雪の「天下を覆さんと思ふ大望」（ないしは「大義」）、また赤穂浪人の艱難辛苦《かんなんしんく》の「忠孝」の物語には、語り手たちの位相が集約的に投影するだろう。そしてこの種のモラルがかりに特定の階層、地域社会をこえて適用されるなら、そこに見いだされる「親方」は天皇である。

幕末の脱藩浪人の尊王運動とは、地域社会の「親方」（藩主）をこえて、「日本」という普遍的レベルでの「親方」にむすびつく運動であった。そして制度の枠組み（藩あるいは官僚機構）をこえて天皇に直結することが、既存の法制度を相対化するもっとも有効な論理であったとすれば、それは戦前の右翼にも、また尊王愛国を標榜する現代のアウトロー集団にもつうじる行動の日本的エートスである。

日本国民を「天皇の赤子」だとした戦前のアジテーションは、「天皇の臣民」と規定した法制度よりも、かくじつに（理屈をこえたところで）大衆の共同性をからめとったろう。それは地域や階級による差異・差別をいっきょに解消して、日本という親和的な「一家」を幻想させる論理だが、そのような論理が感性的に受容される前提として、中世の太平記読み以来のヨミ（講釈）の語り芸の伝統があり、また、それをにないあるいた制外の民のモラルがあったのである。近年の社会経済史でいわれる天皇と非常民、貴種とごろつきの関係システムの問題にしても、それを政治史レベルで機能させたのは、経済よりも芸の問題なのであった。

桃中軒雲右衛門と宮崎滔天

幕末の浪人生活のあげくに、上州高崎で門付けのデロレン祭文の芸人となった吉川繁吉《よしかわしげきち》という人物がいる。繁吉の次男幸蔵《こうぞう》は、父の稼業を継いで二代目吉川繁吉を襲名するが、まもなく新興の浪花節《なにわぶし》に転向して、桃中軒《とうちゅうけん》雲右衛門《くもえもん》を名のることになる。

桃中軒雲右衛門（1873〜1916）

師匠三河屋梅車《みかわやばいしゃ》の妻と駈落ちして関西へ逃避行をするなど、とかく不行跡のうわさの絶えない雲右衛門は、しかし明治三十五年（一九〇二）に支那革命家の宮崎滔天《みやざきとうてん》と出会い、滔天のたってのたのみで、かれを一座の弟子にむかえいれている。

「窮民革命」をとなえて日本各地（さらに大陸）を放浪していた滔天は、その思想宣伝の手段として浪花節をえらんだものらしい。あえて無頼の悪評高い雲右衛門に入門した理由は、赤穂義士伝を十八番としたその芸風にあったろう。仇討の大義にむけて艱難辛苦する雲右衛門の赤穂浪人は、まさに明治二十年代以後の（民権運動に挫折した）鬱勃《うつぼつ》たる壮士のすがたである。それは滔天にとって容易に自己の姿がかさねあわされるものだったろう。

雲右衛門は、滔天のすすめで明治三十六年（一九〇三）に九州にくだり、以後四年ちかく博多を中心に活動することになる。雲右衛門はおもに赤穂義士伝、弟子の滔天こと桃中軒牛右衛門《ぎゅうえもん》は、革命にゆれうごく支那の現状を実録物ふうに語るなどして（『支那革命軍談《しなかくめいぐんだん》』ほか）、ふたりは九州で大成功をおさめる。

その余勢をかって、雲右衛門は明治四十年（一九〇七）六月に上京し、東京本郷座を一ヵ月間にわたって大入り満員にする。赤穂義士伝（忠臣蔵）は雲右衛門の名声とともにまたたくまに日本近代の国民叙事詩となり、いっぽうの桃中軒牛右衛門こと宮崎滔天は、明治三十八年（一九〇五）に中国革命同盟会の結成に参加する一方、孫文《そんぶん》や黄興《こうこう》（および滔天本人）などの支那版の義士伝を浪花節にのせて語りあるき、革命資金の調達に奔走している。[22] まさに語り芸の伝統を地で生きたような人物である。門付け芸人となった浪人の子、雲右衛門が、大陸浪人の宮崎滔天とむすびついたことには、やはり語り芸の系譜の因縁めいたものをおもわせる。

浪花節——日本の語り芸の極北

それにしても、雲右衛門と滔天がおなじ総髪姿で高座にのぼったというのは、たんに奇をてらったという以上の意味があるだろう。総髪に紋付袴という雲右衛門のトレードマークともなるいでたちは、芝居や講談でおなじみの軍学者（浪人）由比正雪のいでたちである。

また雲右衛門が好んでもちいたその過剰な舞台装飾。演壇中央に極彩色の前幕と後ろ幕がかけられ、舞台の両袖には色とりどりの旗や幟が立てならべられたという。[23] 雲右衛門以後の浪花節が、学者やインテリから下等・悪趣味として嫌悪された最大の原因だが、しかしこのような過剰なしかけは、日本社会の底辺に伏流したある精神の系譜を、かくじつに指ししめしている。社会の良俗から故意に逸脱していく芸人雲右衛門と革命家滔天は、まさにその過剰・バサラな演出によって「革命」「解放」のアジテーターとしての位相を獲得するのである。

雲右衛門の浪花節は、その出し物や語り口（節調）もふくめて、すべての意味において日本の語り芸のいきついたかたちであった。たとえば雲右衛門の総髪姿に、語り芸におけるある種の先祖返り《アタヴィズム》がうかがえるとしたら、雲右衛門や滔天に受け継がれた語りのエネルギーとは、じつは正成や正雪をカタルあぶれ者、「ごろつき」たちのエネルギーである。

日本社会のネガティブな部分が、歴史的にみてもっともラディカルな「日本」的モラルの担い手であったという構造がある。かれらのアジテートするもうひとつの天皇の物語が、ある種の「解放」のメタファーとして機能したことはすでに述べた。その延長上には、日本近代の「国民」国家のイメージさえ先取りされていたはずである。

「日本」という物語

しかし現実のレベルでいったん成立した国民国家は、もはやそれ自身の自律的な論理によって動きはじめるだろう。たとえば、明治の天皇制国家は、いかにたくみに日本「国民」全体をその国家の論理のなかにからめとっていったか。水戸学の国体論は、帝国憲法（明治二十二年）と教育勅語（明治二十三年）の基本理念として読みかえられ、楠正成・正行父子は学校教育の現場で忠君愛国の国民道徳のシンボルとなり、また雲右衛門の創始したアナーキーなうたごえは、昭和の愛国浪曲のたしかに下等・悪趣味なアジテーションへと移行するのである。

「日本歴史」に内在した体制と反体制、権力と反権力の対立軸が、近代の天皇制国家のなかで統合されたのだといえようか。もちろん対立軸が統合される契機は、その対立軸をつくりだした物語じたいに原因がもとめられなければならない。

宮崎滔天の「アジア主義」の理想が、その後継者たちによって、「大東亜共栄」「五族協和」の幻想にすりかえられていったことは周知である。

おそらく滔天の「革命」（攘夷である）は大陸人民との連帯へむかう以前に、まず、かれが誇りとしてやまなかった「日本」という物語にこそむけられるべきであった。それは要するに、かれ自身の「革命」「解放」の論理を根底から問いかえすことにもつながっている。革命家滔天と芸人雲右衛門の限界は、私たちをさらなるつぎのテーマへとむかわせるはずであるが、しかし本書であつかってきた問題は、ひとまずここで終わるのである。

註

はじめに

(1) 太平記巻十六「正成兵庫に下向の事」および同「正成の首故郷へ送る事」を抄出・要約したかたちで本文を構成しているが、部分的に、頼山陽の『日本外史』(または『日本外史』の資料となった水戸の『大日本史』)によった箇所もある。たとえば、母の訓戒に正行が「大に感悟し」たという一文は、太平記にはなく、『日本外史』に近い表現がある。

(2) 史料の上で「楠」「楠木」の両様があるクスノキ氏の表記は、『大日本史』が「楠」を採用したことから、近世には「楠」で確定する。それにたいして、「必ず木の字を加」えて「楠木」とすべきだとしたのは、川田剛の『楠氏考』(明治十六年、和装私家版)である。以来、今日まで「楠木」の表記が踏襲されているが、しかし川田がその根拠としてあげた約二十種の「旧記古文書」には、正成一族の残した文書は含まれていない。当時の記録類にも、『園太暦』のように「楠」とするものがあり、また『神皇正統記』『梅松論』『保暦間記』も「楠」、太平記諸本も、古本系をふくめてすべて「楠」である。クスと誤読されるのをさけて、あえて「楠木」と表記した可能性も考えられよう(たとえば椋と椋木の関係)。なお、川田剛の『楠氏考』は、川田が太政官修史館にあって『大日本史』(とくに南北朝史)の史料批判を行なっていた明治十年代はじめに書かれたもの。川田が『大日本史』の「楠」説に異をとなえた背景に、当時の修史館の空気が影響していたことは注意しておく必要がある(第九章2節参照)。

(3) 参考までに、服部幸雄編『歌舞伎事典』(平凡社)から「世界」の項目を引用する。
「せかい　世界　歌舞伎・人形浄瑠璃劇作用語。作品の背景となる時代・事件をさす概念。実際にはその中の登場人物の役名、それらの人物の基本的性格(役柄)、人物相互の関係、基本的な筋、脚色さるべき基本的な局面や展開などまでを含む概念である。主として、江戸時代の人々に周知の通俗日本史や伝承等を基礎として成立しているが、原拠や原典そのものをさすのではなく、中世芸能をはじめ先行の歌舞伎や人形浄瑠璃でくりかえし脚色上演されてきたなかで形成された類型的な内容を持つ。したがって個々の〈世界〉は恒久不変的なものでなく、時代的な流行もあり、類型の形成により新生し名目のみ残り使用されなくもなる。作者は役者や観客に共通の知識となっている〈世界〉の上に新しく案出した〈趣向〉を脚色したり、複数の〈世界〉を混合したりして作品を作る」。

第一章　太平記の生成

(1) なお、第一部の範囲については、巻一から巻十一までとする異説もある（鈴木登美恵氏他）。だが以下に述べるように、第一部がもともと平家物語十二巻にならって構成されたこと、そこから派生する問題の重大さを考えれば、やはり巻十二までとみるべきである。また、古本系テクスト（室町時代の古写本）巻二十二の欠巻の問題については、第二章3節に述べる。

(2) 平曲という呼称が一般化するのは近世（江戸時代）以後である。近世には、平家物語を版本として読む享受が一般化し、それにともなって、従来の「平家」語りがしだいに音曲的方面に関心を移し、その結果、「平曲」という呼称が行なわれたもの。

(3)「平家」語りの芸能、およびその座組織をさして「当道」という。「当道」は、ほんらいわが道、斯道を意味する普通名詞。「平家」語りの様式的完成とともに、ある権威的なニュアンスをこめて「当道」の語が使われ、やがてそれが平家座頭の座組織の呼称になったもの。

(4)「惣検校」（当道の最高責任者）の記録上の初見は、『教言卿記』応永十四年（一四〇七）正月二十一日。山科教言が、出入りの座頭の消息を「惣検校慶一」に尋ねたというものだが、覚一本の奥書類では、覚一検校・定一検校にたいして慶一のみ「惣検校慶一」とある。

(5) 覚一本末尾の奥書を参考までに引用する（原漢文）。

「時に応安四年辛亥三月十五日、平家物語一部十

二巻、付けたり灌頂、当流の師説、伝受の秘決、一字を欠かさず口筆を以てこれを書写せしめ、定一検校に譲与しおわんぬ。そもそも愚質余算すでに七旬を過ぎ、浮命後年を期しがたし。而るに一期の後、弟子らの中に、一句たりと雖も、もし廃亡する輩あらば、定めて諍論に及ばんか。仍りて後証に備えんがため、これを書き留めしむる所なり。此の本、ゆめゆめ他所に出だすべからず。また他人の披見に及ぼすべからず。付属の弟子のほかは、同朋ならびに弟子たりと雖も、更にこれを書き取らしむる莫かれ。凡そこれらの条々、炳誡に背くの者は、仏神三宝の冥罰をその身に蒙るべきのみ。／沙門覚一」。

(6) 康豊本平家物語の巻五奥書（慶長十六年、木村検校良一）は、覚一以後の正本の伝来について、「塩小路桂都（慶一）に相伝せしめ、桂都より井口蒼都（相一）相伝す」とある。また、慶一から相一、相一から千一という惣検校の代がわりごとに正本の伝授が行なわれたことは、大覚寺文書記載の覚一本奥書からも確認できる。――兵藤「覚一本平家物語の伝来をめぐって――室町王権と芸能」（『平家琵琶―語りと音楽』一九九三年）参照。同『平家物語の歴史と芸能』（二〇〇〇年）、所収。

(7) 盲官（平家座頭の私称した官位）の上位である「検校」の記録上の初見は、『師守記』貞治二年（一三六三）閏正月三日条の「覚一検校」である。検校―勾当―座頭という平家座頭の序列は、覚一のころにはすでに確立していたらしい。なお、当道（座）の構成員は、『教言卿記』応永十二年（一四〇五）六月十九日条に、「座頭・検校等、ススミト号会合。八十一人」とあり、それから約五十年後の、『碧山日録』寛正三年（一四六二）三月三十日条には、「盲在城中唱平氏曲者五六百員」とある。

(8) 大覚寺文書によれば、定一が清聚庵に納めた覚一伝授の原本は、応永六年（一三九九）七月、慶一が清聚庵から取り出し、末代のために秘事を書き継いだという。清書本の進上も、応永六年かそれ以前のことと思われ、したがって「室町殿」とは、足利義満、ないしはその子義持（四代将軍）ということになる。義満は応永元年（一三九四）

に将軍職を長子義持に譲り、応永四年（一三九七）には、新造された北山第に移っている。しかしあとで問題にするように、当道が中院流の支配から脱したのは一三八〇年代と考えられ、したがって奥書の「室町殿」は、足利義満と考えてほぼ間違いない。

（9）竜門文庫蔵覚一本の奥書に、

「此の本覚一検校伝授の正本たるの間、公方様より申し出だし書写せしめをはんぬ。子孫に於ては、暫時たりと雖も他借を許すべからず。もし此の旨に背く輩に於いては、不孝者たるべきなり。／文安三年孟夏日道賢」

とある。道賢（右馬頭細川持賢）が公方から「覚一検校伝授の正本」を借りだし、文安三年（一四四六）孟夏（四月）に書写を終えたという。道賢が公方から借覧した「覚一検校伝授の正本」とは、かつて慶一が「室町殿」に「進上」した清書本だったろう。

（10）『看聞御記』（伏見宮貞成親王の日記）応永二十六年（一四一九）二月二十二日条には、仁和寺真光院で行なわれた「平家」の催しに、相一・千一が参るべきところ、両人は勧進平家を興行中のため来られず、よって「室町殿」（足利義持）が、秀一・調一の両人を「召し進らせられ、御訪ひに下さ」れたとある。室町殿が当道盲人を手配するような立場にあったのだが、おなじく『看聞御記』永享八年（一四三六）九月四日条には、珍一検校が「公方」（足利義教）の「御意不快」ゆえに後崇光院（貞成親王）邸へ参上できなかったことが記され、また永享十年三月二十六日条にも、公方の「御意不快」ゆえに「平家」の「名人ども」が後崇光院邸へ出仕できず、ために公方の「御留守」を見はからって、汲一なる盲人が「夜陰密々」に後崇光院邸に参ったとある。足利義教の「御意」しだいで、当道盲人の活動が制約されたわけだ。また永享九年三月から四月条には、義教から屋敷を賜った「宗一」（惣検校井口相一だろう）が「北野御参籠」の際に面目を失い、わずか一ヵ月で屋敷を召し返されたとある。将軍家恒例の北野御参籠（四月初旬）に惣検校が出仕する慣例があったことは、当時の日記・記録類からうかがえるが、「宗一」の事件を記した『看聞御記』

には、つづけて、「凡そ惣検校以下、御意不快、当年の参賀にも喚ばれず」とある。惣検校の将軍家参賀が、当時慣例化していたことが知られる。足利将軍家と平家座頭との密接な関係が生じていたのである。

(11) 村上天皇の孫、源師房（具平親王の子）を祖とする源氏。源氏諸流のなかでも、鎌倉以後、堂上公家の地位を唯一維持した源氏である。なお、源氏には、ほかに、嵯峨・仁明・文徳・清和・陽成・光孝・宇多・醍醐・村上・花山・三条などがあり、このうち、平安末以降、武家の棟梁と目された源氏が、清和源氏義家流である。

(12) 文保二年（一三一八）以後、元徳二年（一三三〇）以前と推定される中院通顕の書状は、東寺の散所入道の絵解きが盲人の権益を犯すところがあり、ために「盲目等」の申し立てた抗議を、中院通顕が東寺へとりついだというもの（東寺百合文書）。東寺の散所法師が、絵解きの伴奏に琵琶を使用したことへの抗議だろうが、十四世紀はじめの京都に、すでに興行の独占権を主張する琵琶法師の座が存在し、かれらの主張を代弁した中院通顕が、座の本所的な位置にあったことが知られる。『中院一品記』暦応三年（一三四〇）九月四日条には、「今日、家君（中院通顕）の御方に於て盲目相論の事あり。両方を召し決せられをはんぬ」とある。「盲目相論」の裁決が、通顕の自邸で行なわれたわけだが、その四日後の九月八日条には、仁和寺真光院での芸能の催しに「座中十人許」と「座外盲目」が参加したとある。中院家配下の盲人グループが、明確に「座」と呼ばれているが、「座外盲目」とあるのは、中院家配下の「座」が平家座頭の全体をおおうものでなかったことを示している。座頭が複数の権門に個別的・分散的に隷属していた状況が想像されるわけで、それが畿内を中心とした広範な座組織（当道）へ統合されていったのが、南北朝末期だろう。

(13)『海人藻芥《あまのもくず》』（応永二十七年〈一四二〇〉）には、「盲目」が近年過分の待遇を受けていると批判し、かつては大床で音曲を奏したとして、「久我家門当時も斯くの如し」とある（巻之中「盲目参事」）。「久我家門」は、久我家を筆頭とする中院流諸家を含めた言い方だが、「久我家門」が旧慣に則った待遇を盲人に与えたことは、中院流と平家座頭との歴史的な関わりを暗示している。なお、当道の伝書類は、八坂方の平家座頭の元祖、「八坂殿城玄」を久我家の出身者と伝えている。

(14) 平安中期に王氏（源氏・平氏・在原氏・大江氏・清原氏・中原氏などの皇族出身諸氏）の学院として設置された奨学院は、同族集会所（氏院）の役割も兼ねたことから、王氏の最上位の者がその管理・運営にあたるのが慣例であった。奨学院の実質が失われた平安末以降も、奨学院別当は、源氏（王氏の最大勢力）最高位の者の名誉職となり、淳和院（淳和天皇の離宮跡に営まれた官営道場）別当とともに、源氏の氏長者に伝えられた。なお、北畠親房の『職原抄』は、「源氏の長者」について「奨学院の別当たるの人、即ち長者となる」とし、その「奨学院の別当」については、「源氏の公卿第一の人これを称す。納言たるの時多く奨学・淳和両院を兼ね、大臣に任ずる日、淳和院を以て次の人に与奪す。奨学院に於ては猶これを帯す。是流の例なり。但し両院の別当の事、中院の右大臣の時、永くかれの家に付すべき由、鳥羽院の勅定ありと云々」とある。中院流の「一の人」（最上位の者）が納言のときは両院別当を兼ね、大臣に昇任したときは、淳和院別当は「次の人」に譲る慣例であったことが知られる。

(15) 今谷明『室町の王権』（一九九〇年、中公新書）

(16) 年頭の参賀および四月下旬の北野御参籠に、惣検校が将軍家に出仕したことは、註10に述べた。なお、当道の管理権（本所権）が足利将軍に委ねられたことは、平家座頭にとっては、室町殿という新たな権威を背景にした座組織再編の企てだったろう。それは公家や寺社に従属した従来の個別的・分散的な座のあり方から、畿内を中心としたより広範かつ自治的な座組織＝「当道」へ脱皮する企てである。たとえば、室町殿に正本を進上した慶一は、「惣検校」を名のった記録上の初見である。おそらく慶一の時代に、中世芸能座としての当道は完成したのであり、そのメルクマールとなる出来事が、室町殿への正本の進上という儀式であった。

(17) 応永七年（一四〇〇）に了俊が足利義満の追討

を受けた事件を記して、「京都の御沙汰恐れ存ぜし程に、我身は藤沢に隠居し云々」とあり、また大内義弘が了俊に謀反を勧めたときのことばとして、「今御所の御沙汰の様見及び申すごとくば、よはきものは、罪少なけれども御不審をかうぶり」云々とある。

(18) 誤りの甚だしい例として、了俊は、「六波羅合戦の時、大将名越、討たれしかば、今一方の大将足利殿、先皇に降参せられけり」をあげている。現存する太平記（巻九）にこれに相当する記事はなく、あるいは応永九年（一四〇二）当時、了俊の座右にあった太平記には存在した記事だろうか。了俊の期待した改訂の「御沙汰」が、部分的にではあるが実現したようなのだ。

(19) ただし、高乗勲氏所蔵の太平記零本は、現存四十巻本の巻三十二に相当し、永和三年（一三七七）二月書写の『秋夜長物語』の紙背に書かれている。永和三年以前に、現存本の巻三十二以上が成立していたことは確かである。

(20) 永積安明『中世文学の展望』（一九五六年）

(21) 中西達治『太平記論序説』（一九八五年）

(22) 太平記本文の引用は、以下、古本系の西源院本によった（鷲尾順敬校訂『西源院本太平記』一九三六年、刀江書院）。原文の片仮名交じり文は平仮名交じりとし、漢文箇所は訓みくだし、難読の漢字は仮名にひらくなど、私にあらためた箇所が少なくない。なお、章段名は、参照の便宜を考えて流布本によった。

(23) 「名分」は、身分や職分に応じて持つべきモラルや資質のこと。南北朝期に流行した宋学の名分論については、次節に述べる。

(24) 「昔は、源平左右にあらそひて、朝家の御まもりたりしかども、近ごろは源氏の運かたぶき、平家世をとつて二十余年、天下になびかぬ草木も候はず」（覚一本、巻四「永僉議」）。「昔は、源平左右にあらそひて、朝家の御まもりたりし事は、事あたらしう申すべきにあらず」（同、巻十「千手前」）。なお、「朝家の御まもり」は、流布本に「朝家の御かため」とある。

(25) 平家物語の成立の場として、慈円が建久二年に建立し、翌年後鳥羽院の御願寺となった大懺法院が注目されている（筑土鈴寛「平家物語についての覚書」著作集一巻）。大懺法院では、「保元以後乱世」の「怨霊」慰鎮によって、王法（後鳥羽院政）の「安穏泰平」が祈念される（慈円の大懺法院発願文）。なお、平家怨霊の祟りが恐れられた鎌倉初期において、怨霊の慰鎮を国家的レベルで期待された寺院も、やはり「王城の鬼門（東北）」に位置して、創建当初から「鎮護国家の道場」（『延暦寺護国縁起』）を自任していた比叡山延暦寺だったろう。兵藤『王権と物語』（一九八九年、第Ⅱ章）

(26) なお、巻十七「山門より還幸の事」でも、後醍醐天皇の帝徳の欠如がいわれている。後醍醐が尊氏の和議をいれたことにたいして、義貞の家臣、堀口貞満が「帝徳の欠くる処」（神田本）を直言したというエピソードである。後醍醐はこのとき、堀口貞満に「尊氏超涯の皇沢に誇つて、朝家を傾けんとせしとき、義貞もその一家なれば、定めて逆党にぞ与せんずらんと覚えし……」と述べている。即位の当初から院政や摂関を廃してきたかれにとって、親政をはばむ最大の障害は「武臣」である。後醍醐が「武臣」新田に隔意を抱いたのはむしろ当然なのだが、そのような後醍醐を太平記は批判的に記している。それは太平記の叙述の枠組みからする当然の批判であった。

(27)『花園院宸記』元亨二年（一三二二）七月二十九日の条に、「二七日癸亥。晴。尚書を談ず。人数先々に同じ。その義など、つぶさに記すあたはず。その意仏教に渉り、その詞禅家に似るは、近日の禁裏の風なり。即ちこれ宋朝の義なり」とあり、同三年七月十九日の条には、「凡そ近日、朝臣多く儒教を以て身を立つ。尤も然るべし。政道の中興またここに因る歟。……ただ周易・論・孟・大学・中庸のみに依つて義を立つ。口伝なきの間、面々自己の風を立つ。これに依つて或は謗難等有らん歟。然るに大躰に於ては豈に疑殆有らんや。但し、近日の風躰、理学を以て先と為す。礼儀に拘はらざるの間、頗る隠士放遊の風有り。朝臣に於ては然るべからざる歟」とある。また同記元応二年閏七月二十二日の条には、「今夜、資朝・公時等、御堂の殿上の局に於て、論語を談ず。……朕、ひそかにこれを立ち聞くに、玄恵僧都の義、誠に道に達するか。自余は皆、談義の勢、悉く理致に叶ふ」とあって、宋学流行の立役者を玄恵法印とする『尺素往来』の説を裏づけている。

(28)『尺素往来』に、
「近代、独清軒玄恵法印、宋朝濂洛の義を以て、正と為す。講席を朝廷に開いてより以来、程朱二公の新釈、肝心と為すべく候なり。次に紀伝は、……これまた、当世、玄恵の議に付き、資治通鑑・宋朝通鑑等、人々これを伝授す。特に北畠入道准后、蘊奥を得らる」

とある。

(29) 親房の正統論が宋学の影響下に形成されたことは、『神皇正統記』にみられる宋学ふうの言説かららあきらかである(我妻建治『神皇正統記論考』一九八一年)。「正統記」という書名も、司馬光や朱子の正統論の影響下になったものだろう。

(30) なお、太平記巻二十は、新田義貞が討ち死にの直前に見た夢について、「今の御夢を料簡するに、事の様、皆三国の争ひに似たり」とする(巻二十「義貞夢想の事付諸葛孔明が事」)。また、義貞死後の南朝について、「蜀の後主の孔明を失ひ、唐の太宗の魏徴に哭せしが如く、叡襟更に穏かならず、諸臣皆望みを失へり」と述べている(同「奥州下向の勢難風に逢ふ事」)。義貞を諸葛孔明にたとえたのは、後醍醐天皇の吉野の朝廷を、劉備の蜀王朝にたとえたということだろう。

(31)『建武式目』の編纂を指導した足利直義は、初期の足利政権にあって、訴訟・裁判を中心とした日常政務全般を担当した人物。かれの判決には法理主義的な色彩が強いといわれ、守護に対する徹底した吏務観など(『建武式目』第七条)、従来の主従制的支配から官僚制的な武家支配へ、幕府政治の機構転換を図っていたらしい。

(32) 宇田尚『日本文化に及ぼせる儒教の影響』(一九六四年)

(33) 太平記に引かれる『孟子』本文については、それが博士家の旧訓によることから、宋学の影響を認めることには慎重な意見もある(増田欣『「太平記」の比較文学的研究』一九七六年)。しかし伝統的な博士家の素養を持ちながらも、あえて、宋学以前には経書とみなされなかった『孟子』を大量に引用したところに、太平記作者の宋学にたいするなみなみならぬ関心がうかがえるのである。

(34) 北畠親房『神皇正統記』は、「宝祚」(天皇の在位期間)の長短を、帝徳の有無によって解釈するいっぽうで、皇統の「一種姓」(いわゆる百王一姓)をわが国固有の名分秩序としている。

(35) なお、『梅松論』も、足利尊氏が持明院統を擁立したきっかけとして、赤松円心のつぎのような進言を記している。

「……をよそ合戦には、旗をもて本とす。官軍は錦の御旗をさきだつ。御方は是に対向の旗なきゆへに朝敵にあひにたり。所詮持明院殿は天子の正統にて御座あれば、先代滅亡以後、定めて叡慮心よくもあるべからず。急ぎて院宣を申しくだされて、錦の御旗を先立てらるべきなり」。

第二章　もう一つの「太平記」

(1) 明治から大正初期にかけての南北朝史研究の権威、田中義成は、「当時より用ひられし」名称であることを根拠に、「南北朝」という時代名称の「学術的」正当性を主張している(『南北朝時代史』一九二二年)。「天下南北に分れて抗争せる」事実があり、それを当時「南北朝」と呼称したとするのだが、しかしこれは、「南北朝」が名分論(正統論)上のタームであったことを見落とした議論である。なお、田中の『南北朝時代史』については、第九章3節であらためて述べる。

(2) 神田本は、巻三十七以降が存在せず(ただし、巻三・四・五・六・十一・十二・二十一・二十九・三十も欠本)、とくに巻三十二は、同趣旨の二つの文章を並書するなど、まさに「草案の元本」(神田本に添付された由来書『家珍草創太平記来由』)のおもかげを伝えている。

(3) このようなコトバとフシを交互に使いわける語り口は、平曲・幸若舞・説経節・浄瑠璃・祭文・浪花節等に共通する日本の語り物音楽の基本形式である。なお、「吟誦」「朗誦」「詠唱」は、語り物の音楽的側面を分析した平野健次氏の分類用語(平野「語り物における言語と音楽」『日本文学』一九九〇年六月)。

(4) 『尺素往来』に、

「近来……知識を称するの族は、戒律を持せず、鬚髪を剃らず、無量の雑具に執付し、数多の僧尼を引率し、その所居を定むるなく、都鄙に遊行し、或は辻屋に入り、或は辻堂に占ひ、妄りに狂語を説きて、以て談義と号す」

とある。半僧半俗の「遊行」の徒の行なう「狂語」の類も、「談義と号」して行なわれていたわけだ。

(5) 兵藤「語ることと読むこと——太平記読みの周辺」(『江戸文学』第四号、一九九〇年十一月)。同『物語・オーラリティ・共同体』(二〇〇二年)、所収。

(6) 林幹弥『太子信仰の研究』(一九八〇年)

(7) 藤田徳太郎「中世文学の一視点」(『歴史と国文学』一九三一年五月)、冨倉徳次郎『日本戦記文学』(一九四一年)、他。

(8) 筑土鈴寛「仏教唱導文芸と琵琶法師の物語」(著作集四巻所収)。なお、筑土説の背景には、太平記の成立に関与した恵鎮上人と玄恵法印が、ともに比叡山出身の僧であること、また『徒然草』二二六段が伝える平家物語の成立伝承からの類推が働いたものだろう。

(9) 林屋辰三郎『南北朝』(一九六七年)

(10) 横井清『中世を生きた人びと』(一九八一年)。なお、散所については、本章3節に述べる。

(11) 和歌森太郎『修験道史研究』(一九四三年)

(12) 角川源義『語り物文芸の発生』(一九七五年)。角川氏は、児島高徳の出自も、備前児島の山伏との関わりから考え、そこに、太平記の児島高徳と、「太平記作者」小島法師との関連を考えている。すなわち、備前児島地方の山伏たち(小島法師)の「尽忠精神の具体的表現」として、児島高徳説話は作られたという。

(13) 吉田昭道「物語僧についての一考察」(『駒澤國文』第一号、一九六〇年一月)

(14) 網野善彦『異形の王権』(一九八六年)

(15) 意味は、文字どおり、徒党を組んだわるもの(結党の悪徒)。とくに鎌倉末から南北朝にかけて、山賊・海賊や強盗など、非法を働く(なかでも荘園を侵犯する)武装集団を、しばしば荘園領主の側から「悪党」と呼んだ。

(16) 勝俣鎮夫『一揆』(一九八二年)

(17) 岡見正雄「白河印地と兵法」(『国語国文』一九五八年十一月)

(18) 大伴茂『山伏と尊皇』(一九四一年)、同『天皇と山伏』(一九六六年)

(19)「国文学の発生第四稿」(全集一巻)から、参考までに、折口が山ブシに言及した箇所を抄出する。

「今一つ声聞身出自の一流派に属する団体がある。其は修験者とも、山伏し・野伏しとも言うた人々である。……鎌倉時代になると、寺の声聞身等が、優婆塞姿であり、旧来の行者同様、修験者の配下について、此方面に入る者も出来た事は考へられる。山伏しになつた中には、陰陽師と修験者とを兼ねた、ことほぎ・禊ぎ・厄よけ・呪詛などを行ふ唱門師もあつた事は疑ひない。此方面に進んだものは、最、自由にふるまうた。／此山ぶし・野ぶしと言ふ、平安中期から見える語には、後世の武士の語原が窺はれるのである。『武士』は実は宛て字で、山・野と云ふ修飾語を省いた迄である。此者共の仲間には、本領を失うたり、郷家をあぶれ出たりした人々も交つて来た。党を組んで、戦国の諸豪族を訪れ、行法と武力とを以て、傭兵となり、或は臣下となつて住み込む事もあつた。そして、山伏しの行力自負の濫行が、江戸の治世になつても続いた。諸侯の領内の治外法権地に拠り、百姓・町人を劫かすばかりか、領主の命をも聴かなかつた。其為、山伏し殺戮がしばしば行なはれてゐる。……今も栄えてゐる地方の豪族の中には、山伏しから転じて陰陽師となり、其資格で神職となつたのが多い。かういふ風に変化自在であつた。山伏しの唱文を、陰陽師式に祭文と称へた理由も明らかである。陰陽師の禊祓の代りに、懺悔の形式をとつて罪穢を去るのである。『山伏し祭文』は、江戸になつて現はれて来るが、事実もつと早くから行はれたに違ひない。……すつぱ、又、らつぱといひ、すりと言ふのも、皆かうした浮浪団体又は、特に其一人をさすのであつた。新左衛門のそろりなども、此類だと言ふ説がある。口前うまく行人をだます者、旅行器に特徴のあつたあぶれもの、或は文学・艶道の顧問と言つた形で名家に出入りする者、或はおしこみ専門の流民団など、色々ある様でも、結局は大抵、社寺の奴隷団体を基礎としたものであった」。

(20) 折口信夫「ごろつきの話」(全集三巻)

(21) 林屋辰三郎『古代国家の解体』(一九五五年)

(22) 中世の散所が、近世の被差別部落を形成する一つの基盤となったことは知られている。耕作に適さない散所は、河原者や坂の者、谷の者などの「非人」の居住地とかさなっており、そのため近世には長吏配下に組み込まれてゆく。散所が「産所」「算所」とも書かれたのは、そこが産婦の仮宿するような穢れた土地と考えられたからで、じっさい中世の散所には、穢れの祓えを業とする下級の宗教民が多数混入していた。

(23) 植村清二『楠木正成』(一九六二年)

(24) 網野善彦「楠木正成に関する一、二の問題」(『日本歴史』二六四号、一九七〇年)

(25) 重野安繹「児島高徳考」(『日本大家論集』第二巻六号、一八九〇年五月)

(26) 鈴木登美恵「太平記欠巻考」(『国文』第十一号、一九五九年)

(27) 平家の侍大将、悪七兵衛景清は、壇の浦を落ちのびて、その「逃げ上手」(平家物語八坂本)「生き上手」(同四部合戦状本)ぶりを発揮しながら、さまざまな平家の残党譚のなかで活躍する。謡曲や幸若舞・古浄瑠璃では、景清はのちに盲目となり、「日向勾当」となって「平家」を語ったとも伝えられる。また、近世には、西日本や東北の各地に、景清を元祖とする座頭や盲僧の集団が存在した。――兵藤『語り物序説』(一九八五年)

(28) 主君義経と最期をともにしなかった常陸坊海尊について、かれがまだ生きているという風説が、室町後期から江戸初期にかけてしばしば行なわれている。これら近世に出現した常陸坊海尊について、柳田国男は、義経の物語を語る者が、その語り手(報道者)としてふさわしい常陸坊海尊を自称(あるいは他称)したものと考えている(『東北文学の研究』定本七巻)。

(29) 『看聞御記』永享元年(一四二九)九月十八日条に、楠木氏を名のる「常泉」という「僧体」の者(「俗名楠木五郎左衛門尉光正」とある)が、足利義教の命をねらって捕らえられ、二十四日に六条河原で首をはねられたことが記される。処刑される前に、辞世の七言絶句と、和歌三首を詠み残したという。なお寛正元年（一四六〇）三月に、党を組んで謀反を企てた「楠木某」が捕らえられ、六条河原で処刑されている（『蔭凉軒日録』『碧山日録』）。

第三章　天皇をめぐる二つの物語

（1）「破仏講」ともよばれた理由は、無礼講の談義が、仏教に批判的な宋学（朱子学）についての談義だったからだろう。後醍醐天皇の宮廷でさかんに宋学の談義が行なわれたことは、第一章4節参照。

（2）佐藤進一『南北朝の動乱』（『日本の歴史9』一九六五年、中央公論社）

（3）太平記でもっとも好意的に語られる楠正成は、登場のはじめに、「橘諸兄公の後胤たりといへども、民間に下つて年久し」と紹介されている（巻三「主上御夢の事付楠の事」天正本）。正成にかぎらず、河内・和泉の武士たちは、しばしばこの地域にゆかりの橘諸兄の後裔を主張している。橘姓を称する河内の土豪のなかでも、とくに有力な一族が楠氏だったろう。また、名和氏は村上源氏の傍流、児島氏も、近世の系図類によれば宇多源氏である。かりに系図の所伝を信じたとしても、宇多・村上の諸源氏は「武臣」の範疇に入らない。本姓橘氏の正成と同様、しょせん太平記の〈歴史〉の枠組みからは外れる人物たちであった。

（4）太平記巻七「先帝船上に臨幸の事」によれば、後醍醐天皇を迎えた名和長年は、「人夫五六百人」を動員して、一日のうちに「兵糧五千余石」を船上山に運び上げたという。名和氏の勢力基盤に、伯耆名和湊一帯の海民が存在したことは確かだが、のちに伯耆をおわれて肥後八代に拠点を移した名和氏は、『海東諸国記』（一四七〇年頃）によれば李氏朝鮮とも交易していたという（宮本正夫『八代地方小史』一九七〇年）。海上の交易商人は、ときには海賊（倭寇）にもなるだろう。太平記の楠正成が、後醍醐天皇と「無礼講」的に結びついた山民の勢力を代表する存在とすれば、海民の勢力を代表するのが名和長年であった。

（5）黒板勝美「後醍醐天皇と文観僧上」（『虚心文集第二』一九三九年）

(6) 植村清二『楠木正成』(一九六六年)

(7) 網野善彦『異形の王権』(一九八六年)

(8) 岡見正雄『太平記(二)』補注(角川文庫、一九八二年)

(9) 松尾剛次「勧進の体制化と中世の律僧」(『日本史研究』第二四〇号、一九八二年)

(10) 赤坂憲雄『結社と王権』(一九九三年)

(11) 網野善彦、註7書。

(12) 松尾剛次「恵鎮円観を中心とした戒律の復興」(『三浦古文化』四七)

(13) 『神皇正統記』後醍醐天皇の条に、

「あまり譜第をのみとられても賢才のいでこぬ端なれば、上古にをよびがたきことを恨むるやからもあれど、昔のままにてはいよいよ乱れぬべければ、譜第を重くせられけるもことはり也」

とある。

(14) 『神皇正統記』の後嵯峨院の条に、

「泰時心ただしく、政すなほにして、人をはぐくみ、物におごらず、公家の御ことを重くし、本所のわづらひをとどめしかば、風の前に塵なくして、天の下すなはちしづまりき。……徳政をさきとし、法式をかたくす。己が分をはかるのみならず、親族ならびにあらゆる武士までもいましめて、高官位をのぞむ者なかりき」とある。また後醍醐天皇の条に、「君のみだりに(官位を)さづくるを謬挙とし、臣のみだりに受くるを尸禄とす。謬挙と尸禄とは国家のやぶるる階、王業の久しからざる基なりとぞ。……義時などはいかほども上がるべくやありけん、されど正四位下右京権大夫にてやみぬ。まして泰時が世になりては、子孫の末をかけてよくおきてをきければにや、滅びしまでもつゐに高官にのぼらず。上下の礼節をみだらず」

とある。

(15) なお、貞治六年(一三六七)に足利義満の補佐役として幕政の中枢となった細川頼之は、康暦の政変(康暦元年〈一三七九年〉)でいったん失脚するが、明徳二年(一三九一)には、管領細川頼元(頼之の養子)の後見役として幕府政治の中枢に復帰している。

第四章　楠合戦の論理

(1) 後藤丹治『太平記の研究』(一九三八年)、高橋貞一「太平記の出典に関する研究」(『京都市立西京高校研究紀要』一九五九年八月)

(2) 兵藤「太平記——情況と言葉」(『王権と物語』一九八九年)参照。参考までに、とくに興味深い例をあげておく。たとえば、北条氏の一門で、足利尊氏の外戚でもある赤橋守時は、一門に二心なきことを示すため、「闘ひ未だ半ばなる最中」に潔く自害してしまう。しかし、このため赤橋を総大将とした洲崎の陣は一番に破られたとあり、これは情況的に無意味というより、すでにマイナスの死だ(巻十「赤橋守時自害の事」)。また、鎌倉方の英雄、長崎高重の「最期の合戦」は、平家物語の巻十一「能登殿最期」を模して語られる。敵の大将(義貞)をねらって奮戦するかれは、大殿(北条高時)のもとに引き返すよう進言した郎等に、「げにや人を切るが面白さに」云々とこたえている。しかし「面白さ」のあまりに「四五百人」の人間を殺戮する英雄とは、なんなのか。その武勇を好意的に描く作者の意図のいかんにかかわりなく、この誇張のしかたには、平家物語的な叙述の陥るグロテスクな状況が露呈している(同「長崎高重最期の合戦の事」)。

(3) 島田貞一氏は、尊経閣文庫所蔵の兵法秘術書一巻を、当時行なわれた「張良一巻の書」に比定し、それが四十二ヵ条からなる密教兵書であったと考証している(「太平記に見えた子房の一巻の秘書」『日本歴史』一九五六年四月)。なお、張良が黄石公から太公望の兵法を授かった話の原拠は、『史記』留侯世家。しかしそれを「一巻の書」とする説は、『和漢朗詠集』巻下「帝王」所載の朗詠、「漢高三尺の剣、坐ながら諸侯を制す。張良一巻の書、立ちどころに師傅に登る」によって流布したもの。朗詠によってまず「張良一巻の書」ということばが出来、平安末頃には、それに対応する書が舶来の兵書のなかに比定されたらしい。たとえば『玉葉』治承五年(一一八一)二月二十二日条は、九条兼実が「張良一巻書」を入手して感激したことを記し、「そもそも張良一巻の書は、或は六韜と称し、或は三略と謂ふ。その説区々にして、古来難儀なり」として、「張良一巻書」と、舶来の兵書『六韜』（伝太公望撰）『三略』（伝黄石公撰）との関係を考証している。そして鎌倉末頃には「張良一巻の書」に擬した兵法書が作られるようになる。なお、もともと朗詠から出発した「張良一巻の書」については、中世の朗詠注の世界でさまざまな本説物語が行なわれ、中世の太子伝・注釈書類に引かれる「張良一巻の書」の由来譚も、永済の『和漢朗詠集注』等からの引用といわれる（牧野和夫『中世の説話と学問』一九九一年）。張良の兵法伝授に取材した芸能として、謡曲「張良」、幸若舞「張良」がある。

（4）義経記巻二「義経鬼一法眼が所へ御出の事」に、「代々の御門の御宝、天下に秘蔵せられたる十六巻の書有り。異朝にも我朝にも伝へし人一人として愚かなる事なし。異朝には太公望これを読みて、八尺の壁に上り、天に上る徳を得たり。張良は一巻の書と名付け、これを読みて、三尺の竹にのぼりて、虚空を翔ける。……そのころ、一条堀河の陰陽師法師に鬼一法眼とて文武二道の達者あり。天下の御祈禱してありけるが、これを給はりて秘蔵してぞ持ちたりける」
とある。

（5）「印地」は、石つぶてを投げあう石合戦のこと（インジは石打の転訛）。ほんらい正月や端午の節句等に行なわれた呪的行事だが、平安末以降、京童（都市の浮浪民）の娯楽として行なわれ、ときには激しい闘争になることもあった。平家物語には、木曾義仲と戦う後白河院方の主力が「向つぶて・印地」の類だったとあり（巻八「法住寺合戦」）、また南北朝期の応安二年（一三六九）四月二十一日には、雑人たちが「伊牟地」と称して一条大路で合戦し、死者が四十五人におよんだという（『後愚昧記』）。そのような印地を行なう都市下層の浮浪民（京童）たちのボス的な存在が「印地の大将」である。

（6）岡見正雄「白河印地と兵法」（『国語国文』一九五八年十一月）

（7）『史記』留侯世家に、「夫れ、籌策を帷幄の中に運らし、勝ちを千里の外に決するは、吾れ子房に如かず」とあり、『漢書』張良伝には「籌策を帷幄の中に運らし、勝ちを千里の外に決するは、子房帷幄の功也」とある。また、『神皇正統記』に「張良は高祖の師として、『はかりことを帷帳の中にめぐらして、勝ことを千里の外に決するはこの人なり』との給ひしかど、張良はおごることなくして……」、『十訓抄』にも、「漢の高祖の臣張子房、黄石公が兵書つたへて支度をなして項王を打得たり、高祖誉めてのたまはく『はかりごとを帷帳の中にめぐらして、勝つ事を千里の外に決する事、我子房にはしかず』となり。『張良が一巻の書は、立ちどころに師傅に登る』とはこれを書けり」とある。「張良が一巻の書は、立ちどころに師傅に登る」は、『和漢朗詠集』巻下「帝王」所載の朗詠。

(8) この資料を紹介した牧野和夫氏は、太子信仰と兵法との関わりが鎌倉期にまでさかのぼるとしている（『中世の説話と学問』一九九一年）。なお、『源平盛衰記』巻二十一は、石橋山合戦での頼朝の伏木隠れの話を記し、その先例譚として、聖徳太子が守屋合戦の折に椋木のなかに身を隠した話を記している。隠形の術の元祖はまさしく聖徳太子であった。

(9) たとえば、近世初頭に集大成された忍法（忍びの兵法）伝書、『萬川集海』（延宝四年〈一六七六〉）は、「隠形の術」の一つとして「観音隠れ」の術をあげ、敵の見張りに出あったときの身の隠し方を説いている。あきらかに赤坂城合戦のエピソードを背景にした兵法伝承であった。なお、聖徳太子が観音の権者（化身）であるとする説は、太平記巻六「正成天王寺未来記披見の事」にも記される。

(10) 聖徳太子が未来を予言したとされる「未来記」なる書物が当時信じられていたことは、藤原定家の日記『明月記』や、鎌倉時代中期の説話集『古事談』の記述などによって知られる。和田英松「聖徳太子未来記の研究」（『皇室御撰の研究』所収）参照。

(11) 兵藤「当道祖神伝承考——中世的諸職と芸能」（『文学』一九八八年八～九月）、同「神話と諸職——中世太子伝・職人由緒書など」（『日本文学』一九八九年二月）参照。ともに、兵藤『平家物語の歴史と芸能』（二〇〇〇年）、所収。

(12) 石岡久夫『日本兵法史』上・下(一九七二年)
(13) 福田晃『神道集説話の成立』(一九八四年)
(14) 久保文雄「観阿弥出生に関する一考察」(『国語国文』一九五七年十一月)、同「楠木正成と観阿弥」(『日本史研究』38号)
(15) 世阿弥の『風姿花伝』に、聖徳太子が「六十六番の物まねを彼の河勝(秦河勝)に仰せて、同じく六十六番の面を御作にて、則ち河勝に与へ給ふ」とあり、金春禅竹の『明宿集』には、「太子は楽の道を興し給へる権化なれば、すなはち翁の化来なり」とある。また聖徳太子は古くから舞楽家の芸祖とされており(『教訓抄』他)、中世には盲人芸能者(琵琶法師・瞽女)の職能神としてもまつられていたらしい。——兵藤「当道祖神伝承考——中世的諸職と芸能」(『文学』一九八八年八~九月)
(16) 岡部周三氏は、太平記に記された正成の戦法が、『万川集海』(伊賀流・甲賀流を集大成した兵法伝書)等の伝える忍法の秘伝に合致することを指摘し、「和田・楠木の戦術には忍者的性格がまといついている」と述べている。また、太平記に数ヵ所みえる「忍び」の用語例、および、正成がしばしば「忍び」の兵をもちいて大敵を退けたとする近世の太平記講釈(『理尽鈔』講釈)の所伝に注意して、「正成が多くの忍びを使っていたことは、事実として認めてもよいように思われる」と述べている(『南北朝の虚像と実像——太平記の歴史学的考察』一九七五年)。
(17) 井上鋭夫『山の民・川の民』(一九八一年)
(18) 中村直勝『南北朝』(著作集第二巻)
(19) 林幹弥『太子信仰の研究』(一九八〇年)
(20) 聖徳太子はすでに平安時代から救世観音(あるいは如意輪観音)の化身と考えられたが(文献上の初出は『聖徳太子伝暦』)、浄土門において観音は阿弥陀の脇侍であり、師仏の教化を扶翼する菩薩として、主神にたいする王子神、いわば太子の位置にある。太子信仰を奉じた層が、山伏に使役される「非人」であり、また僧衆や学衆に使役される下級僧徒、寺奴・「非人」の類であったことも、師仏=僧衆に対して、それに使役される眷族神=太子の徒というアナロジーが働いたものである。なお、こうした太子信仰の論理を背景に、ワタリ（非定住）の民に結縁していったのが、聖徳太子を教旨の祖と仰いだ初期真宗の教団であったこと、また近世の職人仲間で結ばれた太子講の起源も、中世の各種職人、「道々の者」たちが担った太子信仰にあったことは、兵藤「神話と諸職――中世太子伝・職人由緒書など」（『日本文学』一九八九年二月）に述べた。註（11）の書、所収。

(21) 律僧と兵法伝承との関わりについていえば、太平記の作者と伝えられる恵鎮上人も、かつて比叡山で黄石公の兵法を学んでいたという（三条西実隆『日吉社幷叡山行幸記』――岡見正雄『太平記（一）』補注、角川文庫、一九八二年）。なお、砂川博氏は、楠木正成の周辺に西大寺系の律僧が存在したことを述べ、太平記の正成譚は、律僧の語りをふまえて成立したものと推定している（『軍記物語の研究』一九九〇年）。

(22) 長谷川端氏は、『太平記評判秘伝理尽鈔』（正保二年〈一六四五〉刊）と、室町末期書写の『太平記抜書』（永青文庫蔵）の記事内容とを比較して、『理尽鈔』の所伝が室町時代に遡りうる可能性を示唆している（「永青文庫蔵『太平記抜書』（翻刻）」『中京大学文学部紀要』一九八六年）。

(23) 亀田純一郎「太平記読について」（『国語と国文学』一九三一年十月）は、『理尽鈔』の文明二年云々の奥書を、「断じて真実ではない」とし、「その内容は文明以前に書かれたものであるとは考えられず、必ずや徳川初世若くはその直前の頃書かれた軍学者流の著に相違ない」としている。『理尽鈔』がまとめられたのは、たしかに近世初頭か中世末だろうが、しかしその所伝をすべて「徳川初世若くはその直前」の成立とみることには、かえって無理がある。内容的にも、太平記テクストとの連続性が指摘できることは、以下に述べるとおり。

(24) 一例をあげれば、『理尽鈔』巻七は、楠正成の千早城合戦を講釈して、楠流の兵法・軍学を詳論している。小勢で大敵を防ぐ用意として、山城の「拵へ様」、地形の利用法、櫓・塀の作り方が解説され、つぎに戦闘方法として、大石や大木の投げかた、その手ごろな寸法、合言葉の使用法、夜討ちの警戒、兵糧攻めの仕方、用水と節水の方法などが説明される。さらに士卒の訓練法、賞罰の仕方など、用兵の秘訣があかされ、正成が定めたという「軍法」六箇条も紹介される。太平記にない兵法談義が、太平記を数倍上回る分量で（字数を単純比較すると約五倍）えんえんと語られるが、この千早城合戦に先行する大塔宮の吉野城合戦でも、随所に「正成云」として山城の構えや用兵の秘訣が解説され、大塔宮を吉野城に籠らせたのも正成の策略だったとする裏話をあかしている。

(25) なお、正成の湊川での戦死を時期尚早として、生を全うすることこそ真の忠義であったとする批判が、室鳩巣、釈大我、大槻盤渓らによって行なわれている。近代には、福沢諭吉『学問ノス、メ』七編が、正成の死を芝居の権助首くくり同然の無益な死とし、また重野安繹、星野恒、久米邦武は、それぞれ史料批判の立場から、正成の覚悟の死を、太平記の虚譚と断じている。平田俊春「大楠公の戦死」（『吉野時代の研究』一九四三年）参照。

(26) 新田と楠のあいだに隔意が存在したらしいことは、『梅松論』巻下にも記される。すなわち足利尊氏が筑紫へ敗走した建武三年（一三三六）二月、正成は天皇に、「義貞を誅伐せられて、尊氏卿をめしかへされて、君臣和睦候へかし」と進言した。進言は容れられずに、正成は死を覚悟して兵庫へ下向したというが、足利氏の立場で書かれた『梅松論』は、このことから、正成を「賢才武略の勇士」として評価している。しかし正成が義貞を誅して尊氏との「君臣和睦」を進言したのは、けっして新田対足利という『梅松論』の文脈からではないだろう。正成は、当然のことながら足利にも敵対する。楠と新田・足利のあいだには、天皇方対武家方といった対立図式を超えて、より本質的な異質性にもとづく対立があったはずだ。

(27) 参考までに、この前後の部分を引用する。
「尊氏・義貞が中をも一つ氏なれば、水魚の思ひを成すべし。互ひの遺恨を止めよと御下知有つて、尊氏を召し上せられ、楠木御使ひを仕るべきにて侍る。今の分にては、世は終には尊氏に奪はれ給ひなん。新田若し勅定に随ふまじきと申さば、某承つて討つて捨つべし。……新田とても忠臣に侍らず。最前に已に朝敵にならんずる体と見成してこそ候へ。この由密かに奏聞あらんに、君御用ひ有らば、太平記の端たるべし。御承引なくば、天下は尊氏の物ぞかし。……」。

(28) 浄瑠璃『楠木湊川合戦』の正成遺訓に、「いかに和田・恩地、某死してあるならば、天下は尊氏が世になるべし。さあらば尊氏兄弟より、さまざまたばかりすかすべし。かならずかならず、国をとらん家をさかへんなどとて朝敵にくみするなかれ。……正成生きて有るならば、尊氏をば亡ぼすべけれども、君のおしおきにては、国のをさまる事あるまじ。いづれは朝敵と討ち死にせんは疑ひなし。さあらば時刻をまつも益なし。所詮正成が死すべき時はただ今なり」とある。

第五章　近世の天皇制

(1) たとえば、家康による幕府創業を記した歴史書が、『慶長見聞書』（内閣文庫蔵）、『慶長見聞録』（同）と題されている。

(2) 中村孝也『徳川家康文書の研究』上（一九五八年）

(3) この資料を紹介した渡辺世祐は、「吉良系図を請ひ受け、その系図の中で、徳川氏に連絡をつけ、得の字を、従来使用し来れる徳川に通じて用いた」と述べている（「徳川家の姓氏に就て」『史学雑誌』一九一九年十一月）。吉良家からの系図譲渡を、たんなる資料提供とみるのだが、しかし新田流の徳川系図を作成するのに足利流の吉良系図を資料としたというのは不審である。たんなる資料提供なら、むしろ新田流の系図を入手すべきであった。やはり将軍職の継承にかかわる、ある種の服属儀礼的なニュアンスを見るべきだろう。

(4) 近世の徳川氏関係文書は、得川氏が松平氏を称した経緯をつぎのように伝えている。上野国得川郷に生まれた親氏は、足利氏の圧迫により時衆の聖徳阿弥となって諸国を流浪し、三河国松平郷にやってきて太郎左衛門信重家に入り婿し、還俗して松平太郎左衛門親氏と名のるようになった（『三河物語』『武徳大成記』『官本三河記』『徳川記』『徳川正統記』『清流記』『尊系略』『御年年譜附尾』他）。親氏が上州を出た時期は、正平十二年（一三五七）とするものから永享十二年（一四四〇）とするものまで諸説があり、親氏の没年も、正平十六年（一三六一）から応仁元年（一四六七）まで諸説がある。

（5）近世中期に成立した『当道抜集録』に、つぎのような記述がある。

「人皇百八代、後陽成天皇の御宇、慶長八癸卯年、源家康公、天下御一統に治め給ふ。時の座上、伊豆総検校（円一）、恐悦にまかり登り、先格の通り、御礼申し上げ終はりしに、東照宮（家康）、古代の儀御尋ねあらせらるるによつて、古例の趣き、一々言上せしかば、これを聞こし召しわけさせられ、当道の格式、古代の通り相違なく、検校・勾当には、座中の官物（盲官を得る際に当道に納める金品）を永代に下し置かれ、座頭以下の者どもには、前々の如く、諸道の運上を下し置かるべきの旨、仰せ付けらる。諸大名、旗本、御家人、寺社、百姓、町人に至るまで、諸道の運上の品々、以来相違無く、当道に差し出すべき旨、一統に仰せ出ださる。その上、当道の式目、御改めありて、『今より、右の条々、堅く相守るべし』と、伊豆円一に仰せ付けらる。……この時より、別して当道の法式、諸法度の次第、正しく定めぬ。よつて御代々の将軍宣下、また総検校継目御礼の節は、燕尾素絹長袴にて出仕す。両職事も、熨斗目長上下にて、柳の間まで召され、此処に着座す。時刻至れば、両職事は、松の御廊下の際に控へ、それより御同朋頭衆の案内にて、白書院に於て、御奏者御披露の上、御目見に仰せ付けらる」。

ただし「諸道の運上」云々は、雑芸や按摩による盲人の稼ぎ（藩によっては当道に給付された扶持米）を、ややおおげさに述べたもの。それ以外は、おおむね事実を伝えたものとみてよい。

（6）川瀬一馬『古活字版の研究』（増補版、一九六七年）は、近世初頭に刊行された古活字版の平家物語として、十八種類を紹介している。古活字版の書籍のなかでも、もっとも版（異植版）をかさねたものの一つである。

（7）徳川家康・秀忠・家光の三代に、とくに平曲界が活況を呈したことについては、館山漸之進『平家音楽史』（一九一〇年）にくわしい。

（8）「平家」が幕府の式楽に列せられたことも、かつての足利将軍家の伝統をひき継いだものだろう。すなわち、将軍宣下の折の御前演奏のほか、正月の江戸城参賀、また三代将軍家光の時代からは、将軍の新喪にさいして、寛永寺または増上寺で行なわれる法華経の頓写会に惣検校が出仕し、やはり「平家」を演奏する慣例があった。

(9)『近江輿地志略』(享保十九年〈一七三四〉、近江国の地誌)は、つぎのような物語を記している。「安徳天皇寿永二年秋八月、小松三位資盛西海に赴く日、妾孕めるが、近江津田郷に奔る。しかる後、男子を生む。これ親実なり。越前織田明神の祠官養うて、親実を子とす。ここにおいて織田氏を称すと。織田信長は親実十四世の孫なり」。

(10)近世の太平記について考える本章では、太平記本文の引用は、近世の流布版本(慶長古活字本)を底本とする岩波書店刊『日本古典文学大系　太平記』によった。なお、漢字片仮名交じりは平仮名交じりに改め、字体・送り仮名・句読点等も、私に改めた。

(11)御禊行幸をめぐる公武の対立については、武部敏夫「貞享度大嘗会の再興について」(『宮内庁書陵部紀要』四号、一九五四年)にくわしい。なお、元文元年(一七三六)、八代将軍吉宗によって、桜町天皇の即位大嘗祭が再興されたときも、幕府があらかじめ公家に示した通達には、「行幸抔ハ決而有間敷候哉」とあり(「大嘗会新嘗会等御再興之儀ニ付武辺往来留」宮内庁書陵部蔵)、御禊行幸は行なわれなかった。

(12)編者未詳。赤穂事件にまつわる風聞を記録した書。『赤穂義人纂書補遺』(国書刊行会)所収。

(13)本作には、浅野大学による浅野家再興決定の当て込みがあることから、祐田善雄は、宝永七年九月以降十二月までの間の上演作とする(『浄瑠璃史論考』)。だが、これには異論もあると思うので(たとえば後補・改作)、いまは明和版『外題年鑑』記載の旧説にしたがう。

(14)京都正法教寺の住持、釈大我の『楠石論』(宝暦十一年〈一七六一〉)は、楠・大石の「偽忠」「非義」を論じたもの。自序に、「予学齢にして、楠正成及大石良雄の事を耳にして、これを訝れり」とあるのは、両人を一対として捉える、当時の一般的な「楠石」観をうかがわせる。

(15) 墓碑前面の銘は「嗚呼忠臣楠子之墓」、裏面の碑文は「忠孝著于天下……」で書き出される。『摂津名所図絵』(寛政六年)巻八には、図入りで詳細な解説がある。

(16) 赤穂藩に兵学を伝えた山鹿素行が、近世初頭に盛行した楠流兵法の影響下にあったことは、中山広司「山鹿素行における楠公の影響」(『神道学』九九・一〇〇号、一九七八〜七九年)に詳しい。たとえば、山鹿流兵学の入門書『武教小学』には、二度にわたって「死を全道に守る」の語が見える。正成の最期を評した太平記巻十六「正成兄弟討死の事」の著名な言葉だが、『武教小学』を講じた吉田松陰(吉田家は山鹿流兵学師範家)は、「赤穂ノ遺臣亡君ノ仇ヲ復シタル始末ノ処置ヲ見テモ、大石良雄ガ先師(註、素行)に学得タル所知ルヘシ」と記している(森田康之助「山鹿素行子と楠公」『神道学』八五号、一九七五年)。赤穂浪人の「始末ノ処置」が、山鹿素行の「死を全道に守る」を学び得た結果だというのである。なお、楠流の兵法軍学については後述する。

第六章　楠正成という隠喩《メタファー》

(1) 司馬遼太郎『余話として』(一九七五年)。談話者は菅楯彦氏。

(2) 貞享四年(一六八七)の『野郎立役舞台大鏡』に、「堺のゑびす嶋で栄宅とくんで、つれづれの講釈もいたされけるなり」とある。中村幸彦「舌耕文学談」(『中村幸彦著述集』第十巻、一九八三年)、延広真治「江戸の寄席」(『日本の古典芸能』第九巻・寄席、一九七一年)参照。

(3) 今尾哲也『吉良の首』(一九八七年)

(4) 中村幸彦、延広真治、註2論文。

(5) 栗田元次『綜合日本史大系第九巻　江戸時代・上』、小泉三申『由比正雪』(一八九六年)

(6) 東京大学付属図書館所蔵(南葵文庫旧蔵)、十巻。

(7) 近世における「穢多」および「非人」の呼称。江戸では、「穢多頭」弾左衛門およびその支配下の「穢多」が長吏とよばれ、上方では、「非人」および「非人頭」が長吏とよばれていた。

(8) 同書簡のなかで由比正雪に言及した箇所を、参考までに全文引いておく（『新井白石全集』第五巻）。

「由井《ママ》の事は、中頃の故主堀田家に小滝弥平と申し候ふ足軽大将、十六歳の時に、故上野介（堀田正俊）申し付けられ、（由比正雪の）弟子になり候ひて、軍法を学び候ふとて、朝夕に老朽（白石）へ物語し聞かせられ候ひき。それは人相よく、老朽に似候ふとて、ふと某の事を申しわらはれ候ふより承りたる事に候ひき。わき沙汰には、駿河の由井の紺屋の子と申し候ふ。さもあるべく候ふ。神田の連雀町と申す町のうらやに五間ほどのたなをかり候ひて、三間は手習ひ子を集め候ふ所とし、二間の所に住居候ふよし、中々あさましき浪人、朝に夕べを謀らざるの体にて、旗本衆又家中の歴々をその所へ引きつけ、高砂やのうたひの中にて軍法を伝授し候ふ男にて候ふ。大名にては、二代めの老中めされ候ふ板倉内膳正（重昌）ばかりが弟子にて、外へ引きつけめされ候はむと候ふをば、一々に辞し候ふよし、内膳正御申に候ひき。さて、いづれの門弟の物語を承り候ふにも、尊信の心つきたる孫呉のやうに覚へ候ひしと申され候ふ。万人にすぐれ候ふばけものと聞こへ候ふ。これらの類、いにしへの陳渉などの類と見え候ふ。由井撰述にては、平家物語評判と申すもの、印本に候ふ。それにて才力のほどはしれ候ふべく、こなたにはあれほどのものもなき故に、今の代にはとやかくと申したる事と見え候ふ。今の代には猶々ふつとあるまじく候ふ。なし得ざる時は陳渉、なし得る時は漢の高祖と申す事も候へば、英雄豪傑の手段は別に一格ある事にて、つゐに君子の道の語られ候ふ事にはあるまじき事、勿論に候ふ」。

（9）喜田貞吉『部落問題と社会史』（著作集十巻）

（10）進士慶幹『由比正雪』（一九六一年）

（11）『太平記評判私要理尽無極鈔』（刊年不明）、『太平記理尽図経』（明暦二年〈一六五六〉）、『太平記大全』（万治二年〈一六五九〉）、『太平記綱目』（寛文八年〈一六六八〉）など。

（12）島田貞一「楠木兵法について」（『国学院雑誌』一九三六年）

（13）なお、『理尽鈔』は山鹿素行などの当代一流の学者たちにも読まれ、加賀前田家・備前池田家では、藩主みずから『理尽鈔』講釈の普及につとめている。中山広司氏『山鹿素行の研究』（一九八八年）によれば、山鹿素行の兵学書に引かれる楠関係記事は、ほとんどが『理尽鈔』ないしはその類書『無極鈔』の所伝に基づいたものという。山鹿流兵学というのも、中世以来の楠流の合戦講釈の影響下にあったわけだ。なお、山鹿素行は、承応三年（一六五四）に、楠流の兵法書として家蔵の『楠正成一巻之書』を校訂・刊行している（佐藤独嘯「楠正成一巻の書に就て」『東亜の光』一九一八年）。

(14) 藤田精一『楠氏後裔楠正具精説』（一九三八年、湊川神社）

(15) 島田貞一、註12論文、石岡久夫『日本兵法史』（一九七二年）

(16) 陽翁が前田利常の「御咄衆」に抱えられたことは、大山修平「太平記読みに関する一考察」（『金沢大学国語国文』第六号、一九七八年三月）、参照。

(17) 前田家の「御咄衆」として名を残した大運院陽翁のかげに、大道・野天の米銭乞いで一生を終ったおびただしい太平記読みの存在が想像されるのである。亀田純一郎「太平記読について」（『国語と国文学』一九三一年十月）参照。

(18) 註8参照。

(19) 加美宏『太平記享受史論考』（一九八五年）

(20)『慶安太平記』で、由比正雪の軍学の師とされる楠不伝は、先にも述べたように、南木流兵法をおこした実在の人物。その南木流の基本伝書『南木拾要』は、『楠流火術』などとともに、忍法伝書とも呼べる内容である。なお、楠流兵法と「忍び」との関係については、第四章3節参照。

(21) 折口信夫「ごろつきの話」（全集三巻）、三田村鳶魚「慶長前後の泥棒」（全集十四巻）

(22) 竹内式部が京都所司代で取調べをうけた罪状の一つに、浅見絅斎の『靖献遺言』を公家に講釈したことがあげられる。浅見絅斎は、山崎闇斎の弟子で「崎門三傑」の一人。楠正成に傾倒したかれは、「赤心報国」と漆書した愛用の長刀を、毎朝東方（つまり江戸）へむけて振るうのを日課としていたという。絅斎の代表的著作が『靖献遺言』であり、同書は、尊王斥覇を説いた大義名分の書として、幕末水戸藩の志士たちによって必読書とされた。

(23) 山崎闇斎の学統では当時、若林強斎らによってさかんに尊王思想が鼓吹されていた。若林強斎は、浅見絅斎の門下の儒学者（浅見絅斎については、註22参照）。万世一系の天皇家の存在をもってわが国固有の美質とするなど、師の浅見絅斎とともに、幕末の尊王攘夷運動に多大な影響を与えた人物。なお、楠正成に傾倒した強斎は、その居所をみずから「望楠軒」と称したという。

(24) なお、竹内式部が京都所司代で取調べをうけていた宝暦八年（一七五八）九月、江戸小塚原では、講釈師馬場文耕が刑死している。浪人の講釈師、馬場文耕の刑死事件は、おそらく竹内式部、山県大弐らと別世界のできごとではなかったろう。文耕が処罰された直接の原因としては、金森騒動（宝暦年間に美濃国郡上八幡で起こった農民一揆と、それに端を発した郡上八幡領主、金森家の内紛）に関する舌禍事件がいわれている。三田村鳶魚は、文耕が、当時巷間に流布したうわさを講釈にしたことが、処罰の原因だったとしている（『江戸の噂』）。すなわち、当時の江戸のうわさに、竹内式部が金森家等の兵を動かして大政奉還をはかり、その連盟書がもれて謀反が発覚したため、金森家が領地召し上げになったとの説が行なわれており、馬場文耕はそのうわさ（実説）を講釈にして語ったというのである。

(25) 第五章註16参照。

(26) 福本義亮『吉田松陰之殉国教育』（一九三三年）

(27) 延広真治氏は、吉田松陰と講釈師玉田永教との関わりに注意したうえで、この玉田派から出た講釈師、二世玉田玉秀斎によって「立川文庫」が生まれたことを指摘し、

「……自ら『狂夫』と名のり、『狂愚愛スベシ』と吟じた吉田松陰と、家康を狸爺と痛罵し、劣性を以て狂瀾を既倒に回らさんとした猿飛佐助を重ね合せてはいけないであろうか」

と述べている。きわめて示唆的な意見である（延広真治、註2論文）。

(28) 吉田松陰が「草莽」の語を用いた最初期の文例に、「是非、事をやるには、草莽でなければ人物なし。……世禄士の事業、尊攘ところではなし」

とある（安政六年〈一八五九〉三月二十日、入江杉蔵宛書簡）。なお、「草莽」の原拠は、『孟子』万章下篇の「国に在るを市井の臣といい、野に在るを草莽の臣という。皆庶人なり」。

第七章　『大日本史』の方法

(1) 川瀬一馬『古活字版の研究』（増補版、一九六七年）

(2) 近世武家の太平記享受については、藤田精一『楠氏研究』（一九一五年）、後藤丹治『太平記の研究』（一九三八年）、平田俊春『吉野時代の研究』（一九四三年）、加美宏『太平記享受史論考』（一九八五年）などの研究がある。

(3) 増田欣『「太平記」の比較文学的研究』（一九七六年）

(4) 加美宏「『太平記理尽鈔』と『本朝通鑑』——近世における『太平記』受容史の一斑」（『人文学』第百四十六号、一九八八年九月）によれば、太平記と『理尽鈔』とで日付などが異なるばあい、『本朝通鑑』はしばしば『理尽鈔』の説を採用しているという。

(5) 刊行は元禄四年（一六九一）。編者は今井弘済と内藤貞顕。太平記を史料に用いる予備作業として、古本系テクスト九本をもって、流布本（版本）を校訂したもの。

(6) 坂本太郎『日本の修史と史学』（一九五八年）など。ただし、『大日本史』が、『梅松論』『増鏡』などの北朝方の史料を採用しなかった点については、重野安繹以来、さまざまな批判が行なわれている（第九章2節参照）。

(7) たとえば、明治初年に計画された官撰の国史『大日本編年史』は、『大日本史』の続修（続編の編修）というたてまえで編纂が進められる（第九章1〜2節参照）。

(8) 王室（皇室）の正統と閏統、正位と閏位を弁別する名分論の議論（なお、「閏」は閏月の閏で、剰余の意）。正閏論が学問上の争点となったのは、宋代の儒学（宋学）から。司馬光『資治通鑑』が魏の年号によって三国時代を叙述したのにたいして、朱子の『資治通鑑綱目』は、魏を不正な王朝とし、前代の漢王朝と同姓のゆえをもって蜀を正統とした。なお、後述するように、『本朝通鑑』は『資治通鑑』にならって編修された編年体の日本通史。同書を批判した光圀や安積澹泊の念頭に、三国時代の名分を正した朱子の正統論があったことは確かである。

(9) 神武から持統の時代までを記した編年体の日本通史。翌正保二年（一六四五）に、文武から淳和までが完成している。羅山はさらに、仁明から宇多の執筆・編修にとりかかったが、未完のまま病没した。

(10)『重修義例』後書に「天武の簒奪なるも、子は父の為に隠す。桓武の淫縦なるも、臣は君の為に諱す。おのおの微意を存すと雖も、未だ深謗すべからず。而して、真備の佞臣なるも、その姦を発かず。基経の権臣なるも、その専を著さず。以て、早良・恒貞の廃徙、長屋・奈良麻呂の誣枉に至る」とある。

(11) なお、白石のこうした武家王朝観が、当時かならずしも特異な説ではなかったことは、太宰春台『臨済録』（享保十四年〈一七二九〉）のつぎのような一節からもうかがえる。

「今の大将軍は、海内をたもち玉へば、是則ち日本国王也。されば室町家のとき、明の永楽の天子より、鹿苑院殿（足利義満）を日本国王と称して、書を遣り玉へり。当代には、東照宮より山城天皇を憚らせ玉ひ、謙退に過ぎて、王号を称し玉はず。謙遜は誠に盛徳のことなれども、国家の尊号正しからざれば、文字にあらはし、書籍に載するに及んで、何とも称し奉るべき様なし」。

(12) 重野安繹「児島高徳考」（『日本大家論集』第二巻六号、一八九〇年五月）

(13) 光圀本人が執筆したかれの墓碑銘、「梅里先生の碑陰並に銘」に、「編史の志」を述べたつぎのような一節がある。

「とくより編史の志あり。然れども書の徴すべきものすくなし。ここに捜り、ここに購ひ、これを求めてこれを得。微遴するに稗官小説を以てし、実を摭ひ疑を闕き、皇統を正閏し、人臣を是非し、輯めて一家の言を成す」。

(14) なお、光圀がはやくから南北朝の正閏問題に強い関心をよせていたことは、林鵞峰の『国史館日録』寛文四年（一六六四）十一月の条からもうかがえる。すなわち、林鵞峰を自邸に招いた光圀は、二帝がならび立った時代として、安徳天皇と後鳥羽天皇の時代、および後醍醐天皇と光厳・光明天皇の時代に関して、それぞれ正位・閏位の別をたずねている。この問いにたいして、安徳帝の崩御まではその在位を認めるとした林鵞峰は、つぎに「吉野の事に於ては未だ考へを決せず」とし、その理由として、北朝が「賊臣の意より出た皇統ではあっても、「妄りに当時の帝王の祖を以て僭と為し、南朝を以て正と為」すことの憚り多いことを述べている。光圀の意を察した鵞峰は、安積澹泊が紀伝稿本を閲覧して抱いたのとおなじ危惧を表明したわけだ（元文元年〈一七三六〉の打越樸斎宛手簡）。これにたいする光圀の意見はとくに記されていない。しかし「参議（光圀）莞爾とす」とだけ記された反応からは、鵞峰の穏当な方針に物足りなさを感じていた様子がありありとうかがえる。また、『国史館日録』には、このあと寛文九年（一六六九）五月の条にも、光圀が『本朝通鑑』の「疑問数条」をもちだしたことが記される。「疑問」の内容は不明だが、光圀はそのとき「執拗」に自説を主張したとあり、それを「公の癖なり」と記す鵞峰の書きぶりからは、あきらかに光圀の「執拗」な追求に閉口している様子もうかがえる。皇統問題にたいする『本朝通鑑』と『大日本史』との立場の相違から考えて、このときの争点が、やはり正閏の弁別問題にあったことは想像されてよい。

(15) 註11参照。

(16) 光圀は、父頼房の意向により、兄頼重（高松藩祖）をさしおいて自分が家督をついだことを終生気にやんでいたらしい。二十七歳のときに正室（関白近衛信尋の娘、泰姫）を失って後、妻も側室も置かずに、終生子をもうけなかったことも、正嫡たる兄の子（綱条）に家督を譲る配慮からだったといわれる。なお、藤田東湖の『弘道館記述義』（弘化四年〈一八四七〉）は、光圀が伯夷・叔斉の故事を尊んだ理由の一つとして、かれの家督継承の経緯をあげている。第八章註6参照。

第八章　正統論から国体論へ

(1) なお、論賛が光圀の没後に安積澹泊によって執筆されたこと、生前の光圀は論賛について特に命を下していないことも、それが「先公の意にそむ」くとされた理由である。

(2) 事実は上皇（法皇）の御幸に擬したもの。今谷明『室町の王権』（一九九〇年）参照。

(3) 会沢正志斎の『新論』（文政八年〈一八二五〉）は、足利義満を評して、つぎのように述べている。

「足利義満のごときに至つては、すなはち膝を屈して臣を明に称す。内に王臣となつて、而も臣を外に称するは、人臣の節にあらず。而も天下之を怪しむなし。身は天下の権を操つて、而も臣下を異邦に称し、異邦をして天朝を視ること、藩臣の如くならしむ。国体を欠くや甚だし。而も天下之を怪しむなし。名節は地に墜ちて、君臣の義は廃せり」。

(4) たとえば、『梅松論』は、尊氏が持明院統の擁立を決意したときのエピソードとして、「持明院殿は天下の正統にて御座あれば」云々という赤松円心の進言を記している。また応仁・文明頃に成立した『続神皇正統記』（小槻晴富）は、後村上天皇について、「これは南方の偽主の御事にて、当朝の日嗣には加へ奉らず」と述べ、長慶天皇・後亀山天皇についてはその存在すら言及していない。

(5) 第七章註13参照。

(6) 藤田東湖『弘道館記述義』は、「弘道館記」の一節「嘗て（光圀が）感を夷斉に発し、更に儒教を崇む」に注解を付して、つぎのように述べている。

「義公二兄あり。伯は、諱は頼重、英侯と謚す。仲は、亀丸といひ早く夭す。公、伯兄に超えて世子となる。当時尚幼し。年十八に及び、始めて伯夷伝を読み、慨然として感を発し、遂に後を英侯の子に譲らんと欲す。又載籍の以て已むべからざるを知り、乃ち史を修むるの志あり」。

光圀が伯夷・叔斉の物語に感激した原因を、おもに物語の前半部分、父王の位を譲り合った兄弟が、ともに王位を捨てて故国を離れたという点にとらえ、それを光圀の家督継承の経緯に重ねあわせたわけである。光圀の実践した「大義の正道」をさらに物語化したものといえよう。

(7) たとえば、論賛の削除が建議される六年前、藤田幽谷は『大日本史』の正閏論に言及して、つぎのように述べている。

「南北の際（南北朝の記述）は、頗る当世のために諱むべきものあり。しかるに事に拠りて直書し、義は曲筆せず。これもとより一家の私書なれば朝廷問はず。今、先に天闕に奏せずして私にこれを板に鏤し、公然と号して大日本史と曰ふ。その朝廷を蔑するは、豈に崔浩の国書を作るの比にあらずや」（「校正局諸学士に与ふるの書」）。

南北朝の正閏問題を「直書」した書を公けにすることは、朝廷を蔑しろにする行為だというのである。それは光圀の「大義の正道」の延長上にある発言であると同時に（じっさい幽谷は、この文章中で「義公の意」を強調している）、いっぽうで、光圀本人が明言している修史目的、「皇統を正閏し……」云々を否定することでもある。そしてこのような正閏論をたなあげする議論の延長上で、歴代天皇の「失得を論じて忌憚する所な」い論賛の削除も企てられることになる。

第九章　歴史という物語

(1) 延広真治編「番附」（『日本庶民文化史料集成』第八巻所収、一九七六年）参照。なお、明治初年の上方講釈界における正成の人気については、司馬遼太郎氏『余話として』（一九七五年）に述べられている（第六章1節参照）。

(2) 司馬遼太郎氏、註1書。

(3) 河内の楠氏旧跡をたずねた大久保利通が、堺県令の税所篤に語ったとされることばに、「吾等同志の者が、尊王討幕の大義を唱へ、……遂に明治維新・王政復古の御代を開いたのは、皆これ大楠公の遺志を継承して、君国の為に臣節を淬礪したからである云々」とある（藤田精一『楠氏研究』所引）。

(4) 臣と民という、別個の存在をあわせて言うばあいの「臣民」は、古くからあった用語だが（たとえば『墨子』に用例がある）、しかし臣・民を同一視して、単一の存在呼称として「臣民」の語を用いたのは、後期の水戸学であった。たとえば、会沢正志斎『迪彝篇』に、「臣民たらん者、各々、其の邦君の命に従ふは、即ち、幕府の政令に従ふの理にて、天朝を仰ぎ、天祖に報ひ奉るの道也」とある。

（5）明治二年（一八六九）四月、明治天皇が輔相（太上大臣）の三条実美に修史事業の開始を命じた勅書に、「修史ハ万世不朽ノ大典、祖宗ノ盛挙ナルニ、三代実録以後絶テ続ナキハ、豈大闕典ニ非スヤ。今ヤ鎌倉已降武門専権ノ弊ヲ革除シ、政務ヲ振興セリ。故ニ史局ヲ開キ、祖宗ノ芳躅ヲ継キ、大ニ文教ヲ天下ニ施サント欲シ、総裁ノ職ニ任ス。須ク速ニ君臣名分ノ誼ヲ正シ、華夷内外ノ弁ヲ明ニシ、以テ天下ノ綱常ヲ扶植セヨ」とある。計画当初の六国史続修の方針が、明治八年に『大日本史』続修へ変更されたわけだが、しかし「天下ノ綱常ヲ扶植」するための「正史」の編修という趣旨は、むしろ『大日本史』続修でより明確になったのである。

（6）大久保利謙「島津家編纂皇朝世鑑と明治初期の修史事業」（『史学雑誌』一九三九年十二月）

（7）福沢諭吉『文明論之概略』（明治八年）は、その第九章「日本文明の由来」のなかで、従来の国史が政府の歴史を記したのみで「日本国の歴史」ではないとし、それを「学者の不注意にして国の一大欠典と云ふ可し」と述べていた。その影響と思われる一節が、重野安繹が明治十二年に行なった史学講演「国史編纂の方法を論ず」に見いだされる。すなわち「本朝文学の事、悉皆漢土に取りたれども、歴代の史類に於ては、従来正史あることなし。なきに非ず。ありと雖も其体未具らざるなり。……書紀は勅撰にて、編年体を以て編纂せられたれども、真の編年に非ずして実録体なり。後紀・続紀等は別して編年の正体に非ず。たゞ至尊の動作、諸臣の進退を記するまでにて、所謂起居注日歴の類を潤色するに過ぎず」。

（8）久米邦武「田中博士の備前児島一族発見について」（『歴史地理』明治四十三年二月）

（9）当時を回想した久米邦武の文章に、つぎのようにある。

「（重野は）太平記を妄誕と信認するや、直に之を発表すると共に其匡正に邁進し、世間に抹殺博士とて嘆き、決闘状を送るものも有たれど、先生少しも躊躇の容はなかつた。されば周囲の刺激は、在朝の太平記に支配されたる維新の功臣には悪寒を生じ、非編修派は之を嫉視する、水藩史家は之を嫌忌するし、世間の操觚者は囂々と雷同するも、先生は確乎自信のあれは蚊鳴蟬噪の如くに聞做しゐられた」(「余が見たる重野博士」『歴史地理』第十七巻三号)。

(10) 参考までに久米邦武「勧懲の旧習を洗ふて歴史を見よ」から、その書き出しの部分を引用しておく。

「……歴史は其時代に現出たる事を実際の通りに記したるが良史なり、記者の意にて拵へ直しては歴史の標準にならぬなり、其事実には善悪のあることもあり、なきこともあり、又善悪の分からぬこともある、史学者は己の眼目とする筋につきて考究し、是非得失利害を判断することなり、和げていへば人情世態に通ずる学なり、人より善悪を指定め教へられて、猶我承知する迄は考へねばならぬに、皆著者より勧懲を受べしとは、無学の人の事なり」。

(11) 小沢栄一『近代日本史学史の研究』(明治編、一九六六年)

(12) 重野家文書「編年史文体ノ事」(明治十八年稿)。参考までに、関係箇所の原文を引用しておく。

「漢文ヲ止メ仮名マシリノ方宜カルヘシトノ論有之由、本館十五年一月編年史着手ノ節、熟議致シ、『和文ハ古来時世ニ随テ変化シ一体文法ナク、漢文ハ体裁一致ニテ古事記・六国史・大日本史・本朝通鑑等凡ソ国史ト称スルモノハ何レモ漢文ナレハ、其跡ニ接スル編年史ハ同体然ルヘシ』トノ事ニテ、上申ノ上、漢文ト決定シタリ。若シ之(漢文)ヲ仮名マシリニセントナラハ即時ニ其方ニ直スヘシ。又平仮名ニセントナラハ是レ亦如何様ニモ綴リ易ユヘシ。畢竟文体ハ枝葉ノ事ナレトモ異論アルニ因リ此ニ一言ヲ贅ス」。

(13) 久米邦武「余が見たる重野博士」(『歴史地理』第十七巻三号)

(14) 佐藤進一『日本の歴史9・南北朝の動乱』(一九六五年、中央公論社)七〜九ページ、佐藤和彦『日本の歴史11・南北朝内乱』(一九七四年、小学館)二一ページ。

(15)「帝国大学修史事業継続に関する請義」から関係箇所を引用しておく。

「所謂史稿なる者、凡そ百余冊、漢文を以て成る者にして、ほとんど無用の長物に属す。唯其の所謂史料なる者に至りては、已に総計五千余冊に上り、将来史家の編纂、幷びに史学の考察に於て有益の資料を予ふる者たるは疑なし。……明治二十八年度より、一旦停止したる修史事業を継続し、適任の人を選みて其の委員となし、前日の方針を一変し、先づ専ら史料の編纂に当らしめ、五箇年を期し其の完成を見んとす。庶幾くは、史料整備の後、他年完全なる国史を編纂することを得ん」。

(16) 両朝併記の方針を貫いた田中義成の『南北朝時代史』について、たとえば佐藤和彦氏は、「闇夜のような状況のなかで唯一の光明であり、学問・思想の自由を守り続けた作品」であるとし、「今の時点で私たちが南北朝時代の研究をしようとするとき、戦前の書物で参照すべきものは田中義成の『南北朝時代史』しかありません」とまで述べている（『「太平記」を読む』一九九一年）。

(17) たとえば、重野安繹によってその存在が「抹殺」された児島高徳について、田中義成は明治四十三年一月に発表した論文「児島高徳」のなかで、その存在を「復活」させる論を展開している（『歴史地理』第十五巻第一号）。これにたいして、久米邦武は、皮肉をこめて、「……田中博士は今度の如く太平記の文書記録に接近して虚構捏造も徴証を発見さるるを喜ばるれど、太平記の虚構捏造は物理数理の上より復活の望みなき事夥多し。精神を消耗せぬ程度に考証をなして自愛せられんことを忠告す」と述べている（「田中博士の備前児島一族の発見について」『歴史地理』第十五巻第二号）。一見無目的ともみえる田中の考証主義にたいする久米のいらだちは、たとえば、明治三十四年六月、史学会で（つまり田中の面前で）行なった講演「史学考証の弊」にもうかがえるのである（『史学雑誌』第十二編第八号）。

(18) デロレン祭文の前口上や外題付けなどに使用される慣用句。

(19) 兵藤「デロレン祭文・覚書」（『口承文芸研究』第十三号、一九九〇年三月）、同「デロレン祭文伝承誌」（『説話の講座』第六巻、一九九三年）

(20) なお、このような祭文太夫の「家」に類似する芸人組織は、江戸や上方で各種の大道芸・門付け芸の担い手となった願人坊主の師弟組織にもみられれ、また近世の地方盲人の芸人組織にもみられるものであった。たとえば、願人坊主の同業者仲間が「イエ」を単位として組織化されていたことは、吉田伸之「江戸の願人と都市社会」（塚田孝編『身分的周縁』一九九四年）の考察がある。また、近世の地方盲人の「家」については、兵藤「座頭（盲僧）琵琶の語り物伝承についての研究（二）」（『埼玉大学紀要・教養学部』第二八巻、一九九三年三月）、同「八坂流の発生」（久保田淳編『論集中世の文学』一九九四年）などに述べた。参考までに要約しておくと、近世の地方盲人は、藩単位に置かれた支配役（検校・勾当クラスの盲人）をつうじて中央の当道に帰属するいっぽう、支配役が統括する座の内部は、派家頭（組頭とも）が率いる複数の派家（組）によって系列的に構成されていた。座組織としての実効性は、むしろ派家（組）を単位とした擬制親族（血縁）的な組織構成にあり、そのような派家（組）の組織は、当道の支配が解消した明治以降も基本的にひきつがれている。たとえば、肥後地方の琵琶弾き座頭のばあい、比較的最近まで、星沢派（近世の天草上組）、玉川派（近世の天草中組）、宮川派、京山派などが存在したが、それらの各派について、当の琵琶弾きたちは○○家という（○○流の呼称は、地元の郷土史家や音楽研究者によって広められたもの）。そして（山形県の祭文太夫たちと同様）師匠は「親」、相弟子は「兄弟」であり、「家」内の申し合わせは、「家」ごとの親方たちの年二回の談合（妙音講）によって決められるのである。

(21) 柳田国男「親方子方」（定本十五巻）

(22) 貝塚茂樹『孫文と日本』（一九六七年）

(23) 正岡容『日本浪曲史』（一九六八年）によれば、舞台横手には、大石内蔵助の肖像が掲げられ供物なども供えられたという。

原本あとがき

明治十年代までの帝国大学には、史学科に国史の科目がなく、国史にかんする書物は和漢文学科で読まれていた。

和漢の文学科というより、和文・漢文学科である。歴史を文（文章）の学の一領域とするのは、中古の文章道《もんじようどう》（平安時代の大学科目の一つ）にまでさかのぼる史学の伝統だが、そこには、歴史研究の前近代について考える重要なキーがかくされている。

たとえば、E・H・カー『歴史とは何か』（清水幾太郎訳、岩波新書）などをあらためて引くまでもなく、過去のできごとがイコール歴史ではないことはいうまでもない。過去をどう認識したか。その認識した結果が歴史である。

しかもことばによって（より厳密にいえば、ことばとして）認識される歴史は、ことばをめぐるさまざまな問題をわかちがたく付随させる。歴史研究は、たしかに文章の学と不可分であるはずだが、にもかかわらず、文章やことばの問題をむしろ最小限にみつもったかたちで出発するのが、近代のアカデミズム史学であった。

明治二十二年（一八八九）に、和文学科から分離するかたちで、国史科が開設された。制度上はじめて国史研究が文章の学から独立するのである（なお、国史科を分離した和文学科は、同年中に国文学科と改称し、和文の学から近代的な文学科となってゆく）。

そして近代史学（西洋史、万国史など）の一領域となった明治の国史研究は、歴史の客観記述を追求して、以後ひたすら事実か虚構かといった二項対立的な議論に終始してゆくことになる。その間の経緯は、本書第九章に述べたとおりだが、そこには認識の客観性にたいする過度の信頼、あるいは言語使用における記述主義的誤謬といった近代科学の共有する弱点があったのである。

＊

文章としての歴史（始めと終りのあるひとまとまりの言説《ディスクール》という意味で、本書では「物語」とよんだ）というテーマを、日本をフィールドにして具体的に考えたのが本書である。日本歴史、あるいは「日本」という枠組みを形成した歴史の物語性について考えるとき、太平記の読み（解釈）の問題を除外した歴史論（あるいは物語論）はなりたたないと私は考えている。本書は、二百数十ページをついやして、要するにそのことを述べたのだが、なお、太平記〈よみ〉というタイトルに関連して、ひとこと補足しておく。

言説（物語）としての歴史といったばあい、歴史は書物のような「もの」としてあるのではない。それは、ある制度化された言表行為として読まれ、また語られることで歴史になるのである。

太平記は読まれる歴史である。近代以前の読むは、文字テクストの音読を意味し（黙読は古くは「みる」といわれた）、また解釈（釈《よ》み）をまじえながらの音読、さらに本文を誦《よ》むというたてまえで行なわれる語りの芸もヨムといわれた。

ふつう太平記読みといえば、中世から近世にかけて行なわれた太平記講釈の芸能をさしているが、芸能世界の読みに一つのウェートをおきながらも、より広範な読み・読みかえの現場にたちあう本書は、あえて太平記〈よみ〉とひらがな書きにした。もちろんその〈よみ〉には、私じしんの読みもふくまれている。

本書の企画がもちあがってから、すでに二年半がたっている。その間、講談社学術局の横山建城氏をはじめ、本書の出版に尽力してくださった方々には、あらためてお礼をもうしあげたい。とくに横山氏のねばりづよい励ましと助言がなかったら、本書の企画はなかばで霧消していた。

一九九五年　九月

兵藤裕己

学術文庫版あとがき

歴史の物語性ということについて、前近代から近代の「日本」へのつながりという観点から考察したのが本書である。具体的には、太平記の読み（読みかえ）の現場を検証しながら、物語としての歴史が、あらたな現実の物語をつむぎだしてゆく仕組みについて考察した。

本書を出版してからこの十年ほどのあいだ、歴史の物語性をめぐる議論はますますさかんである。歴史教科書や歴史認識問題に端を発したナショナル・ヒストリー（国民史）の語りかえや読みかえをめぐる議論が出版界をにぎわしている。

だが私には、それらの議論が、往々にして前近代の「日本」とのつながりという観点を欠落させているように思われる。「日本史」の物語性を、近代国民国家のつくられた文化伝統としか見ないのは、近代以前の歴史認識、歴史叙述にたいする無理解といわれても仕方がない。そのような意味で、本書であつかった問題は、出版から十年がたっても古びていないと思われる。

なお、旧版の「あとがき」に書き忘れたことだが、本書は、一九九〇年から九二年にかけて砂子屋書房から刊行された雑誌、『物語』に連載した「中世神話論（一）（二）」を論の骨バサラ、悪党、異形の者、忍びの者の跳梁——室町幕府に先行し、ある意味でそれを巻き込んで足利政権が成立したともいえるこの風潮、やがて安土桃山時代に大輪の花を咲かせた時代精神を、義満は、悪党の頭領楠正成の血続きともいわれる〝面をつけた伊賀者〟、観阿弥父子をあえて身辺に取りこむことを通して、宿命のように熟成させたのであろう。それは、河原者の異形の所作を、仮面劇の洗練の極致にまで高めた足利権力者の、おそらく当事者にも意識されなかった原初の動機だったのではないか。「顔をおおいかくす、つまり身もとを不明化することで、社会との世俗的関係を絶った」（六三頁）、「異類異形」をよそおい、それでいて「不思議なほど詩文に長じた」（七七〜七八頁）「忍びの者」（一二四〜一二六頁）こそ、観阿弥、世阿弥父子の姿だったのではなかったか。とくに世阿弥は、義満の求めに応えて、足利の権力者たちも必要とした「平家物語のメタファー」（第三章）を、執拗なまでに演能空間に再現して見せもしたのだ。

遍歴の物語僧たちが、談義の場で仏教説話を「釈《よ》み」（五六頁）、交流したという兵藤さんの指摘は、世阿弥作の『桜川』や元雅の『隅田川』の成立、そしてその深層にある花鎮めの習俗や梅若伝承群に興味をそそられている私を、関東での重要な談義所があった常州磯部の月山寺へ、東北本線の小山で水戸線に乗り換え、羽黒駅で降りて、連れて行く。直接体験によって自分の感性で確かめないと気のすまない兵藤さんが、かつて山形のデロレン祭文や熊本の盲僧琵琶にも私を連れて行ってくれたように。だが今度は、兵藤さんの本を再読して、私のうちに湧いたイマジネーションに導かれた私ひとりで。

自己流に飛躍した、見当はずれか、逆に専門家のあいだでは当たり前すぎるのかも知れない私の想いめぐらしは、この本の著者としての兵藤さんのあずかり知らぬことであろう。だが著者の意図した主題からは逸脱した、こんな勝手な〈よみ〉も可能にする豊かな示唆を、兵藤さんのこの本はいたるところにちりばめているのだ。

あるいは、こんな素朴な問いかけも、兵藤さんの本を読んだ私のうちに起こって来る。『太平記』が明治維新、そしてそれ以後の日本にまで提供した重要なメタファー、楠正成楠正成は、昭和二十年八月の日本帝国の崩壊とともに、教科書や銅像、菊人形、凧の絵からだけでなく、語り芸などの大衆芸能からも、ほぼ完全に姿を消してしまったようにみえる。それにひきかえ、『太平記』に〝世界〟をとった忠臣蔵の物語は、GHQに上演を禁じられた数年間をのぞけば、元禄以後の徳川時代から戦前戦後を通じて、松の廊下・討入り・切腹のトリプル三百周年記念行事が三年続いた二十一世紀はじめまで、芝居や語り芸は勿論、明治以後はこれに加えて映画、小説、テレビ等々メディアのあらゆる分野で、くりかえし取り上げられ、変わらない人気を博しつづけてきたのはなぜか。四十七士と対照をなして、正成は戦前にも、もしかすると一度も、映画化されなかったのではないか。

あるいはまた、こんな疑問。源平の旗の白と赤は、何に由来しているのか。ゲームとして定式化された紅白の対立は、現代も「赤勝て、白勝て」の運動会の対抗競技から、大晦日の紅白歌合戦にまでつづいている。そして紅白の対立が止揚されて一組になったものは、水引などあらゆる祝い事の品々、祝賀行事の紅白の幔幕、国家レベルでの日章旗にいたるまで、広く根を張っている。日本人の紅白好みが、源平交代史観を深層で支える力としても作用したのか、その逆はおそらく考えにくいであろうが、紅白の組み合わされた色彩シンボリズムの背景は、これを日本と共有しないアジアの近隣諸文化をはじめ、世界の他の文化との比較の視野で、検討される価値をもっているのではないだろうか。

いうまでもなく、この本を貫流している主題は、歴史とは物語であるという基本認識であり、それを兵藤さんは、『平家物語』『太平記』『忠臣蔵』『大日本史』等々、複数の物語の〝重ねヨミ〟を通して、先行研究も十分に踏まえながら、快刀乱麻を断つ鮮やかさで展開してゆく。天皇をいただく源平武臣の交代史、宋学に影響された名分論が、幕末に国体思想にヨミ変えられ、正成流バサラの再現としての薩長閥の尊皇攘夷へと続いてゆくその解読の流れは、創見に充ち、説得力がある。

歴史研究における十九世紀ランケ流の素朴実在論、歴史家の任務は主観を排し、事実としての歴史の客観性に接近することにあるとする歴史認識論が否定されて久しい。歴史は過去の再認識をことばで紡ぐ物語であるとする、私も生前親しく接したポール・リクールらの歴史＝物語論を、批判的にだが私自身の研究を通して支持している者としては〔注1〕、大幅に私と関心の重なる兵藤さんの試みに、だがいくらか付け加えたい気持もある。

ことばだけでなく、ことば以外の音、身体表現、自然と人間の長い交渉から生みだされる風景や集落や住居、各種のモニュメント、職人技や道具などを媒介として、再生され継承される集合的記憶における過去の表象のあり方を、非文字資料や音文化、物質文化、身体技法の、日本・ヨーロッパ・アフリカでの多年の現地調査を通して「文化の三角測量」の方法によって、私は模索してきた。その探求の差し当たっての帰結の一つとして私は、最広義の歴史に、「生きられた次元」と「表象された次元」を区別すべきだと考えている。

「生きられた次元」に属するのは、過去を想起する主観からは独立に、一義的に実在したはずのものだ。正成、正季兄弟の湊川での討死、忠臣蔵事件の発端となった江戸城内での刃傷事件、日本軍の真珠湾奇襲攻撃等々。だがそれを想起し、現在との関係で意味づける人間の営み、その一つに含まれる、ことばで語る行為は、「表象された次元」に属する。指摘されれば当り前に思われるかもしれないこの区別を、十分に踏まえた上でさらにこまやかな議論に進まない限り、依然として日本にも根強い、素朴客観史の頑迷な信奉者を、歴史＝物語論は説得できないだろう。[注2]

兵藤さん四十五歳の、啓示と魅力に充ちたこの記念碑的労作は、第八章、第九章で、やや駆け足で予告されている、これに続く兵藤さんの著作の数々、とりわけ『〈声〉の国民国家・日本』(二〇〇〇年、NHKブックス)や『演じられた近代――〈国民〉の身体とパフォーマンス』(二〇〇五年、岩波書店)を読んで補われるべきであろう。東北や九州の現地調査に連れて行っていただいただけでなく、『平家物語』や明治以後の語り芸、演劇をめぐる研究会、口承文芸学会、私が在職していた東京外国語大学アジア・アフリカ言語文化研究所で三年間つづけた共同研究「音・図像・身体による表象の通文化的研究」など、さまざまな場で（ときに長電話で）議論し、八月十五日の靖国神社と遊就館、東京都慰霊堂への私の例年のフィールドワークにも二度おつきあいいただくなどして、兵藤さんに接してきた一人として、私は、明治以後についてとくに、この本での浪曲への注目に、深い敬意を払っている。浪曲こそは、これまで民俗学や口承文芸研究で不当に疎外され、欠落していた、だが兵藤さんの指摘で明らかにされたように、日本近代の形成を考える上で軽視することのできない領域だ。

浪曲と不可分の関係での宮崎滔天論も、この本以後の兵藤さんの旺盛な執筆活動が示すように、近代日本思想の解明にとって、『太平記〈よみ〉の可能性』の延長上に位置づけられる、独創に富んだ貢献だ。ただ、第九章の最後のページで端折って触れられている、滔天の「アジア主義」がその後の日本のアジアとの関係でたどった現実については、「歴史という物語」の、いわば「表象された次元」に加えて、徳富蘇峰を、西洋文化にも見識をもった平民主義のジャーナリストから、天皇国家主義・帝国主義の強力なイデオローグに変身させた、[注3]日清戦争後の三国干渉をはじめ、英米露仏独等の東アジアでの利権をめぐる思惑やパワーゲームの渦巻くなかに飛び込んだ明治以後の日本の、「生きられた次元」に属する国際関係

（それは幕末までの日本にはなかったといってよいものだ）への十分な目配りとその検討が不可欠であることを、兵藤さんがこの本では書ききれなかった諸々《もろもろ》の一つとして、付け加えておきたい。

（文化人類学／神奈川大学大学院歴史民俗資料学研究科教授、神奈川大学日本常民文化研究所所員）

〔注1〕川田『無文字社会の歴史――西アフリカ・モシ族の事例を中心に――』（二〇〇一年、岩波現代文庫）、とくに「あとがき」「自著解題」「文庫版のための追記」、『人類学的認識論のために』（二〇〇四年、岩波書店）、"Histoire orale et imaginaire du passé", *in Annales: Économies-Sociétés-Civilisations*, 48 (4), Almand Colin, Paris, 1993: 1087-1105 など。

〔注2〕例えば、神奈川大学大学院歴史民俗資料学研究科開設十周年記念公開シンポジウム『歴史と民俗の交錯――記録すること・記憶すること――』での川田報告「民俗のなかの歴史・歴史のなかの民俗」および討論、神奈川大学『歴史民俗資料学研究』第九号、二〇〇四年三月、一～六八頁、などを参照。

〔注3〕私たち現今のひよわな言論人からは想像もつかない強大な影響力を、蘇峰は国家の政策に及ぼした。そのこと自体研究に値するのだが、蘇峰の長い一生が日本とアジアの近代史にもった意味について、日本の歴史研究者は、とかく主観的な価値判断が先行しがちだ。これまでの最も冷静な思想史的位置づけの一つが、ヴェトナムの歴史学者ビン・シンがトロント大学に提出した英語の博士論文がもとになった『評伝徳富蘇峰――近代日本の光と影――』（杉原志啓訳、一九九四年、岩波書店）だということに、大方の異論はないのではないか。

KODANSHA

本書の原本は、一九九五年十一月、小社より刊行されました。

兵藤裕己（ひょうどう　ひろみ）

1950年生まれ。京都大学文学部卒業，東京大学大学院人文科学研究科博士課程修了。学習院大学教授。専攻は国文学。著書に『語り物序説』『王権と物語』『平家物語―〈語り〉のテクスト』『平家物語の歴史と芸能』『物語・オーラリティ・共同体』『〈声〉の国民国家・日本』『演じられた近代』などがある。

講談社学術文庫

定価はカバーに表示してあります。

太平記《たいへいき》〈よみ〉の可能性《かのうせい》

歴史《れきし》という物語《ものがたり》

兵藤裕己《ひょうどうひろみ》

2005年９月10日　第１刷発行
2024年10月３日　第７刷発行

発行者　篠木和久
発行所　株式会社講談社
東京都文京区音羽2-12-21 〒112-8001
電話　編集（03）5395-3512
販売（03）5395-5817
業務（03）5395-3615

装　幀　蟹江征治
印　刷　株式会社ＫＰＳプロダクツ
製　本　株式会社国宝社
本文データ制作　講談社デジタル製作

ISBN4-06-159726-4

「講談社学術文庫」の刊行に当たって

これは、学術をポケットに入れることをモットーとして生まれた文庫である。学術は少年の心を養い、成年の心を満たす。その学術がポケットにはいる形で、万人のものになることは、生涯教育をうたう現代の理想である。

こうした考え方は、学術を巨大な城のように見る世間の常識に反するかもしれない。また、一部の人たちからは、学術の権威をおとすものと非難されるかもしれない。しかし、それはいずれも学術の新しい在り方を解しないものといわざるをえない。

学術は、まず魔術への挑戦から始まった。やがて、いわゆる常識をつぎつぎに改めていった。学術の権威は、幾百年、幾千年にわたる、苦しい戦いの成果である。こうしてきずきあげられた城が、一見して近づきがたいものにうつるのは、そのためである。しかし、学術の権威を、その形の上だけで判断してはならない。その生成のあとをかえりみれば、その根は常に人々の生活の中にあった。学術が大きな力たりうるのはそのためであって、生活をはなれた学術は、どこにもない。

開かれた社会といわれる現代にとって、これはまったく自明である。生活と学術との間に、もし距離があるとすれば、何をおいてもこれを埋めねばならない。もしこの距離が形の上の迷信からきているとすれば、その迷信をうち破らねばならぬ。

学術文庫は、内外の迷信を打破し、学術のために新しい天地をひらく意図をもって生まれた。文庫という小さい形と、学術という壮大な城とが、完全に両立するためには、なおいくらかの時を必要とするであろう。しかし、学術をポケットにした社会が、人間の生活にとってより豊かな社会であることは、たしかである。そうした社会の実現のために、文庫の世界に新しいジャンルを加えることができれば幸いである。

一九七六年六月

野間省一

日本の古典

懐風藻
江口孝夫全訳注

国家草創の情熱に溢れる日本最古の漢詩集。近江朝から奈良朝まで、大友皇子、大津皇子、遣唐留学生などの佳品百二十編を読み解く。新時代の賛美や気負に燃えた心、清新溌剌とした若き気漲る漢詩集の全訳注。

1452

常陸国風土記
秋本吉徳全訳注

古代東国の生活と習俗を活写する第一級資料。筑波山での歌垣、夜刀神をめぐる人と神との戦い、巨人伝説・白鳥伝説など、豊かな文学的世界が展開する。華麗な漢文で描く、古代東国の人々の生活とこころ。

1518

吉田松陰　留魂録
古川　薫全訳注

大文字版

死を覚悟して執筆した松陰の遺書を読み解く。志高く維新を先駆した思想家、吉田松陰。安政の大獄に連座し、牢獄で執筆された『留魂録』。松陰の愛弟子に対する最後の訓戒で、格調高い遺書文学の傑作の全訳注。

1565

古典落語
興津《おきつ》　要《かなめ》編（解説・青山忠一）

名人芸と伝統――至高の話芸を文庫で再現！　人情の機微、人生の種々相を笑いの中にとらえ、庶民の姿を描き出す言葉の文化遺産・古典落語。「目黒のさんま」「時そば」「寿限無」など、厳選した二十一編を収録。

1577

古典落語（続）
興津　要編（解説・青山忠一）

日本人の笑いの源泉を文庫で完全再現する！　大衆に支えられ、名人たちによって磨きぬかれた伝統話芸、古典落語。「まんじゅうこわい」「代脈」「妾馬」「酢豆腐」など代表的な十九編を厳選した、好評第二弾。

1643

日本後紀（上）（中）（下）全現代語訳
森田　悌《てい》訳

『日本書紀』『続日本紀』に続く六国史の三番目。延暦十一年から天長十年の四十年余、平安時代初期の律令体制再編成の過程が描かれていく貴重な歴史書。漢文編年体で書かれた勅撰の正史の初の現代語訳。

1787〜1789

組みとしている。二百枚近い長編論文の連載（『物語』が第二号で廃刊になったため、未完に終わったが）の場をつくってくれた砂子屋書房の田村雅之氏に、遅ればせながらお礼を申しあげたい。

この講談社学術文庫版の出版にあたって、旧版における事実関係の誤りをいくつか修正し、引用本文を校訂するとともに、文章を読みやすくあらためた箇所がある。また、解説の執筆を川田順造氏にお願いした。歴史叙述や口頭伝承に関してつねに先駆的な仕事をされてきた文化人類学の泰斗、川田氏が解説を引き受けてくださったことは私にとって大きな喜びである。川田氏のご好誼に心から感謝申し上げる。また、出版にさいしてお骨折りいただいた講談社学術文庫出版部の稲吉稔氏ならびに校正部のみなさんにお礼を申し上げたい。

二〇〇五年　七月

兵藤裕己

豊かな〈よみ〉の可能性にみちた知的冒険

川田順造

これほど、読むたびに知的興奮を覚えさせられる本は、めったにない。十年前、兵藤さんからこの本を贈られ、一気に読んでそのスリリングな議論展開のとりこになって以来、『太平記〈よみ〉の可能性』は、文字通り私の座右の書になった。そのときどきの私の関心に応じて、さまざまな読み方ができ、そのたびに啓発される。この本自体、豊かな〈よみ〉の可能性にみちているのだ。

私の自分勝手な〈よみ〉の一例を挙げよう。幼くして足利三代将軍になった義満の、五歳年下の美少年世阿弥への稚児愛もからんだ異常な能楽愛好、世阿弥の父と子、観阿弥と元雅の、演能に招かれた旅先での謀殺ともいわれる謎の死、七十二歳になった老世阿弥の、六代将軍義教による佐渡への配流……。四代にわたる足利将軍と最初期三代の能楽師との、愛憎の葛藤に私の関心があったとき、兵藤さんの本の第二章、第三章を再読して、私は目の前がひらけた思いがした。